TRISTAN V

CW00521182

****

Neo

Hominum

Tome 1 : équations anthropiques

Couverture : Guillaume Ducos

Table des matières

Du même auteur

Fantasy

- L'épée et l'enclume, 2017.

- La quête de Lya, Tome 1 : Le Sanctuaire, 2017.

- Il était une foi, 2017.

- Le peuple des étoiles, 2019.

- La quête de Lya, Tome 2 : La reine de Salinar, 2019.

Science-fiction

- Neo Hominum, Tome 2 : Révélations, 2021.

Chapitre 1 – L'annonce

— J'espère pour toi que cela va marcher, sinon on est morts.

— Écoute, Matt, de toute manière on n'a pas vraiment le choix. Je n'y connais rien, moi. Comment aurais-je pu savoir ? Tu n'y as pas pensé non plus, du reste… Il nous faut six jours pour atteindre la zone et le vaisseau arrivera dans sept jours. Estimons-nous heureux d'avoir trouvé cette fille !

— Valone, je pense que j'ai déjà assez à faire avec…

— Chut ! coupa Valone. Elle appelle, tâche de faire bonne impression, ajouta-t-il avant d'appuyer sur la commande de l'hologramme.

Une jeune femme aux longs cheveux noirs et lisses apparut devant eux, comme si elle avait été assise de l'autre côté de la table. Face à elle, Matt et Valone avaient passé des costumes pour essayer de se donner un air « corporate » comme si était amusé à dire Valone. La passerelle du vaisseau avait, elle aussi, bénéficié d'un grand nettoyage pour l'occasion.

— Bienvenue à bord du Damascus, commença Valone en souriant à la jeune femme qui observait discrètement les lieux de ses yeux vert clair.

— Bonjour, Messieurs, répondit-elle d'une petite voix, presque enfantine. Je vous remercie pour cette entrevue.

— Enchanté, Salila, dit Matt. Attendez d'avoir le poste avant de nous remercier, plaisanta-t-il. Vous avez passé tous les tests avec succès, mais vous n'êtes pas encore pour autant notre nouvelle ingénieure systèmes. Avez-vous bien pris connaissance des contextes et des enjeux de cette mission ?

— Oui, monsieur, répondit Salila du bout des lèvres. Départ ce jour même pour trente jours, aucune question, aucun contact avec l'extérieur. J'accepte ces conditions sans aucune réserve. Comme vous le savez, je sors de formation et j'ai besoin d'un premier poste pour prouver ma valeur sur le terrain. Je suis prête à vous démontrer ma motivation si vous m'en donnez la chance.

— Un instant, jeune fille, coupa Matt. Cette mission sera non officielle, l'avez-vous bien compris ? Il n'est pas question de vous donner une quelconque recommandation après coup. Pour la compagnie, vous n'existerez pas. Il n'y aura aucune trace dans les fichiers. Officiellement, vous ne serez même pas montée à bord du Damascus.

— Je le sais, répondit Salila. Mais, sans parler de rémunération, j'ai vraiment besoin de me mettre à l'épreuve ; de voir concrètement quel est mon rôle à bord d'un vaisseau.

— Parfait. Vous aurez notre réponse d'ici deux heures, conclut Valone avant de couper la communication.

— Ce n'était pas un peu court ? demanda Matt.

— Je ne sais pas, je n'ai jamais passé d'entretien d'embauche, répondit Valone en souriant bêtement.

— On a de la chance, cette gamine est prête à tout, souffla Matt en se redressant. Trouver un ingénieur systèmes disponible dans ce trou relevait du miracle.

— Cinq mille crédits pour trente jours, quand même. Mais c'est une bonne chose qu'on soit tombé sur une gentille et naïve petite, tout juste sortie de l'école. En revanche, il se peut qu'elle soit surprise par « son rôle à bord d'un vaisseau », ricana Valone.

****

Salila arriva à la baie d'amarrage B13 de la station Foxite - H en fin d'après-midi. Cette petite base spatiale avait été construite dans le système FX-83 lorsque la présence massive d'iridium fut découverte sur sa troisième planète. La planète hébergeant le précieux métal était si dense que la gravité à sa surface nécessitait l'emploi de lourds et puissants matériels. Indispensable dans la réalisation des coques de vaisseaux empruntant les vortex, la découverte de ce métal rare dans un système déclencha une débauche de moyens pour l'extraire, à la manière de la ruée vers l'or sur Terre des siècles auparavant. Une station orbitale fut construite autour de la planète par des techniciens et ingénieurs qui semblaient affluer de toute la galaxie. Malheureusement pour les investisseurs, après des dizaines d'années d'extraction intensive, le gisement s'avéra moins rentable que prévu. D'autres gisements furent découverts en nombre, dans des systèmes aux conditions d'extraction bien plus aisées. Le prix de l'iridium chuta pour se stabiliser à un niveau permettant tout juste de continuer l'exploitation sur FX-83. Si la plupart des ingénieurs et opérateurs avaient depuis déserté les lieux, la compagnie laissa une délégation sur site et une équipe réduite pour poursuivre l'extraction. Peut-être spéculaient-ils sur les cours de l'iridium qu'ils espéraient voir remonter un jour. En attendant, d'autres métaux, moins onéreux, furent exploités sur deux autres planètes du système ; ce qui permit le retour de quelques âmes à bord de la station Foxite – H. Huitième installation de la compagnie minière Foxite, la station fut sortie de l'orbite de la troisième planète pour se caler dans une zone jugée optimale pour l'ensemble des activités des mineurs qui devaient se rendre sur trois planètes différentes.

Salila était la fille d'un couple d'ingénieurs envoyés sur Foxite – H, surnommée « FH » par ses habitants, pour rechercher de nouveaux gisements dans le système. La vie à bord de cette station-dortoir était tout sauf exaltante pour cette jeune femme qui rêvait d'exploration spatiale. Après un long cursus universitaire, son diplôme d'ingénieure systèmes allait enfin lui permettre de réaliser son rêve : embarquer à bord d'un vaisseau. Lorsque le Damascus arriva à la station, Salila ne put s'empêcher de traîner dans la zone des baies d'amarrage. Si les arrivées et les départs étaient rares, celles d'un vaisseau étranger l'étaient encore davantage. Pour une fois, ce n'était pas un énième vaisseau cargo qui faisait halte avant de rejoindre le vortex, mais un maraudeur, un de ces vaisseaux construits pour faire face à n'importe quelle situation. Le genre de bâtiment utilisé par les mercenaires ou les plus fortunés. L'annonce de l'équipage du Damascus qui recherchait un ingénieur systèmes fut inespérée pour la jeune femme.

L'intérieur du Damascus tranchait avec la station. De construction relativement récente, le vaisseau était lumineux, doté de technologies avancées, et surtout, il était propre ! Intimidée, Salila se présenta dans la passerelle, accompagnée d'un membre de l'équipage qui l'avait repéré errant vers la porte d'embarquement. Valone lui souhaita la bienvenue et la fit conduire dans sa cabine, un exigu espace qu'elle partagerait avec un autre membre d'équipage, une femme peu bavarde nommée Line.

Une heure plus tard, le Damascus se détachait de ses amarres, quittant lentement la station FH. Installée derrière un pupitre de contrôle, lui-même situé dans une petite annexe isolée de la passerelle, Salila observait plusieurs écrans avec attention. Derrière elle, un autre opérateur, bien moins qualifié, passait son temps à discuter sur son intercom. Une fois la distance de sécurité autour de la station franchie, le Damascus mit ses deux grands propulseurs arrière en marche et le vaisseau s'enfonça dans le vide intersidéral. En l'espace d'un instant, FH ne fut plus visible sur les écrans. Le cœur gonflé, Salila savourait cet instant où elle n'était plus la fille de mineurs, exilée sur une sordide station, mais l'ingénieure systèmes d'un maraudeur en route vers sa mission. En y pensant, Salila se dit à elle-même qu'elle n'avait d'ailleurs aucune idée de ce qu'ils étaient partis faire. Même s'il était vrai que son rôle se cantonnait plus au fonctionnement du vaisseau, ses employeurs auraient au moins pu avoir la décence de lui en parler.

Six jours passèrent. Salila avait beaucoup de mal à se fondre parmi l'équipage dont elle était maintenant persuadée qu'il était constitué de mercenaires. S'ils n'étaient peu enclins à discuter avec la nouvelle venue, tous attendaient le « gros coup » à venir. Le Damascus se dirigeait vers un point de rendez-vous où il prendrait possession d'une cargaison de grande valeur. La plus grande pièce du vaisseau, la zone cargo, avait d'ailleurs été entièrement vidée pour accueillir cette précieuse marchandise. Les espérances de l'ingénieure systèmes s'étiolèrent avec le temps. Son rôle à bord d'un vaisseau récent se limitait à observer des écrans de contrôle et à effectuer des vérifications de routine. Salila ne s'était pas imaginé avoir ce genre d'occupation lorsqu'elle s'était engagée dans cette voie. Elle trouvait même cela étrange. Le Damascus n'avait pas vraiment besoin d'ingénieur systèmes. Plus tard, alors qu'elle était dans sa cabine en période de repos, une alarme sonore retentit dans toute la carlingue du vaisseau et son bracelet multifonctions lui indiquait que Valone, le second, l'appelait. Il lui demanda de se tenir prête avec du matériel léger. Salila se rendit dans l'atelier. Elle venait de terminer son paquetage, constitué d'un multiscanner, une sorte d'ordinateur portable bardé de capteurs et de quelques autres outils servant à découper, démonter ou assembler lorsque qu'une secousse ébranla le Damascus. Un nouveau message de Valone lui ordonnait de se rendre immédiatement à l'un des sas du vaisseau. Salila s'exécuta, s'empressant de rejoindre l'endroit indiqué. Elle fut surprise d'y trouver une dizaine d'hommes armés, attendant face à la porte du sas dont le hublot laissait entrevoir une autre porte métallique : le Damascus s'était amarré à un vaisseau. Valone arriva peu après.

— Salila, passe une combinaison et va ouvrir cette porte, ordonna-t-il à la jeune femme.
— Il suffit de…

— Ne discute pas mes ordres, coupa Valone d'un ton autoritaire. Enfile une combinaison et va ouvrir.

Vêtue d'une combinaison étanche pourvue d'une réserve d'oxygène, l'ingénieure systèmes s'engouffra dans le sas peu après avec son sac. Un puissant sifflement résonnait dans l'espace exigu, indiquant une fuite d'air : l'amarrage entre les deux vaisseaux n'était pas optimal et la zone se dépressurisait. Après avoir activé l'alimentation en oxygène de sa combinaison, Salila sortit le multiscanner de son sac et s'approcha de la porte de l'autre vaisseau. Elle cala ses affaires qui commençaient à flotter autour d'elle face à l'absence de gravité, puis commença à pianoter sur une commande avant de se figer tout en exprimant sa surprise.

— Que se passe-t-il ? s'inquiéta Valone dans l'intercom.
— Ce n'est pas... Enfin, je veux dire... Il n'y a rien d'habituel. Le vaisseau ne réagit pas au protocole et je ne vois aucune interface de connexion. Je n'ai jamais rien vu de tel auparavant.
— Trouve un moyen d'ouvrir ! ordonna Valone.

Salila pivota vers le bas, laissa son multiscanner flotter à ses côtés, et se saisit d'une dévisseuse pour extraire une petite plaque de métal située près de la porte. Elle sélectionna ensuite des câbles de connexion qu'elle raccorda à une carte électronique engoncée dans le petit renfoncement qu'elle venait d'ouvrir. Elle connecta ensuite son multiscanner avant d'utiliser l'appareil pour essayer de comprendre le fonctionnement du système. Après quelques minutes d'essais infructueux, Salila commençait à douter qu'elle puisse ouvrir cette porte. Cela la désespérait.

Elle allait échouer dès sa première tâche qui sortait de l'ordinaire.

— Alors ? s'impatienta Valone dans l'intercom.

— Je suis désolée. Les systèmes embarqués de ce vaisseau sont incompatibles, je n'ai jamais vu ça !

— Ça, on le sait, tu l'as déjà dit. Tu es ingénieure systèmes ou cuisinière ? Ouvre cette fichue porte ! s'écria Valone d'un ton aussi courroucé qu'autoritaire.

— Le sas n'est pas pressurisé, il doit y avoir un protocole de sauvegarde qui empêche l'autre porte de fonctionner dans un tel cas, affirma Salila d'un ton désespéré.

— C'est bon, j'ai compris. Sors de là !

Salila sortit du sas sous les regards méprisants des mercenaires qui attendaient de pénétrer à bord du second vaisseau. Valone n'eut aucun regard particulier pour elle. Il fit chercher de quoi colmater le sas provisoirement et une découpeuse plasma pour éventrer la coque du vaisseau.

En retrait, Salila observait l'homme en train de découper la carlingue. De la mousse expansive avait été projetée sur tout le pourtour du sas, faisant disparaître le sifflement. Peu après, la porte récalcitrante avait été entièrement découpée. Les bords encore rougis par la découpe plasma, elle tournait lentement sur elle-même dans le sas de l'autre vaisseau. Les hommes s'y engouffrèrent immédiatement. Ils s'agrippaient aux mains courantes pour progresser dans cet endroit dépourvu de gravité.

Avant de rejoindre les autres, Valone s'arrêta au niveau de Salila, restée immobile. Il la fixa dans les yeux d'un regard sévère.

— Tu as encore une chose à faire, une seule : ne me déçois plus. Allez, enlève ta combinaison, on embarque.

Salila pénétra à l'intérieur du vaisseau, se contorsionnant pour éviter l'épaisse porte qui flottait au milieu du sas. À bord du second vaisseau, une obscurité totale régnait. Valone alluma une lampe torche. La température, bien que plus fraîche que dans le Damascus, était supportable. Ils passèrent le sas pour déboucher dans un couloir. Seules quelques diodes disposées çà et là indiquaient que ce vaisseau était encore animé. Valone attrapa Salila par le bras pour l'enjoindre à continuer. Ils arrivèrent dans une petite salle d'où partaient trois autres couloirs. Dans deux d'entre eux, les lumières des torches des mercenaires qui les précédaient virevoltaient au loin. L'air avait une odeur étrange, faite d'un mélange indescriptible.

— Là ! s'exclama soudain Valone, en tirant Salila par le bras alors qu'ils passaient devant ce qui ressemblait à une console de commande. Mets-nous de la lumière.

Salila s'approcha d'un renfoncement dans la structure qui logeait un grand écran surplombant un clavier de commandes. Une fois encore, elle se trouvait face à un système qu'elle ne connaissait pas. Rien de ce qu'elle avait appris lors de sa longue formation ne lui permettait d'appréhender cette interface dont elle commençait à entrevoir l'origine. La disposition des commandes, les connectiques présentes ou encore les composants utilisés pour construire ce matériel lui faisaient penser à un grand retour en arrière : elle était face à une console vieille de plus d'un siècle. Sous le regard impatient de Valone, Salila parvint à connecter son multiscanner à la console. Après plusieurs manipulations, elle se trouva face à l'écran d'accueil du Gemini II, un vaisseau de colonisation construit voilà près de deux cents ans. Salila commençait à comprendre pourquoi Matt et Valone avaient eu besoin d'elle pour cette mission, mais que faisaient donc ces mercenaires à bord ? Faisait-elle partie d'une équipe de pillards d'épaves sans le savoir ?

— Ça vient ? s'exclama Valone, plus impatient que jamais.

— Oui, voilà, répondit Salila en activant une commande.

L'ensemble du Gemini II s'illumina. Ici et là, des consoles de commandes ou des appareils nécessaires à la vie courante redémarraient après deux siècles de sommeil.

— Parfait. Allez, viens. Ce n'est pas encore tout à fait terminé, dit Valone d'une voix presque apaisée.

Salila eut à peine le temps de rassembler ses affaires. À travers son intercom, Valone venait d'avoir la confirmation que ses hommes avaient trouvé la cargaison tant convoitée. Ils se précipitèrent à travers un long couloir pour déboucher dans une vaste pièce au plafond doté de nombreux hublots. Depuis là, Salila put enfin apercevoir une partie du vaisseau dans lequel ils déambulaient. Tout en longueur, il tournait lentement sur lui-même, comme tous les bâtiments équipés de cette génération de générateurs de gravité. De l'autre côté de la pièce, une ouverture dans le mur permettait de rejoindre la seconde partie du Gemini II à travers un long passage.

— On passe par le tube, dit Valone. Accroche-toi et suis-moi.

Valone attrapa l'un des mousquetons présents sur le côté d'un long tube de métal à peine éclairé. Il appuya sur une commande et fut tiré par un système mécanique relié au mousqueton. Salila fit de même et se retrouva tractée à son tour dans ce long tunnel sous apesanteur. Ils se dirigeaient vers l'avant du vaisseau, une zone probablement moins exposée aux radiations du réacteur à fusion. La plupart des grands vaisseaux de cette époque s'étiraient ainsi en longueur afin d'éloigner la zone de vie du système de propulsion. De l'autre côté du tube, un panneau indiquait le retour de la gravité alors que le système d'entraînement du mousqueton ralentissait. Tout en progressant vers l'extrémité, Salila observait la salle qui tournait lentement sur elle-même. Valone disposa ses jambes vers le bas, puis tomba brusquement sur le sol métallique lorsqu'il sortit du tunnel. Salila l'imita avant de jeter un œil sur les alentours. Ils se trouvaient dans une sorte de vestiaire. Le pourtour de la pièce était équipé de petites armoires en matériau composite. Salila n'eut pas le temps d'aller jeter un œil. Sans un mot, Valone l'agrippa une fois encore par le bras pour l'entraîner plus loin dans le vaisseau. Ils empruntèrent un couloir, passèrent une autre salle dotée de multiples écrans et pupitres avant de finalement arriver dans une grande pièce à la faible luminosité et dans laquelle se trouvaient des dizaines de capsules cryogéniques. Disposées les unes à côté des autres, sur deux colonnes séparées par un couloir, ces machines permettaient à leurs occupants de rentrer dans un état léthargique durant lequel leur corps n'était presque plus

14

soumis aux affres du temps. Ces sarcophages de plastique et de métal ne laissaient rien apercevoir de leur contenu, si ce n'était le petit écran de contrôle disposé au pied de chacun. L'identité de la personne s'y trouvant ainsi que ses constantes vitales y étaient affichées. Tous les mercenaires s'étaient rassemblés dans cette salle. Certains contrôlaient les capsules, d'autres discutaient, attendant probablement l'arrivée de Valone. L'un d'entre eux, petit et sec, s'approcha de Valone d'une démarche assurée.

— Il y en a cinquante-cinq. Six ont foiré, mais les quarante-neuf autres sont viables.

— Parfait, s'exclama Valone avec une grande satisfaction.

— Ce n'est pas fini. Il y a trois autres salles identiques réparties sur les autres ponts. Au total, nous en avons cent quatre-vingt-seize vivants. Comme prévu, ils sont verrouillés. De notre côté, nous sommes prêts.

— Merci, vous avez fait du bon boulot, répondit Valone avant de se tourner vers Salila.

— Salila, écoute-moi bien, commença-t-il d'un ton sérieux et de nouveau autoritaire. Cent quatre-vingt-seize personnes sont en stase cryogénique dans ce vaisseau. Ils sont partis il y a deux siècles et le système ne les réveillera pas avant qu'ils soient arrivés à leur destination. Le problème, c'est que leur destination a entretemps été colonisée et de fait, leur voyage est maintenant inutile. Tu dois forcer le système pour enclencher la procédure de réveil. Une salle après l'autre.

— D'accord, mais pourquoi…

— Rappelle-toi, Salila : pas de question. Tu prends le temps qu'il te faut pour t'assurer de ne faire prendre aucun risque à ces gens, et lorsque tu es prête, tu me préviens. On réveille une salle et puis, lorsque nous avons géré ces revenants, on réveille une deuxième salle, et ainsi de suite. C'est bien clair ?

Salila opina de la tête. Sous les regards des mercenaires, elle s'approcha d'une capsule cryogénique. Toute en rondeur, elle ressemblait à un cocon. Elle s'agenouilla face au petit pupitre du premier appareil et commença à utiliser les commandes de la machine. À l'intérieur se trouvait une jeune femme, une botaniste qui s'était certainement engagée à bord deux siècles auparavant pour coloniser un nouveau monde. Son réveil allait être éprouvant à plus d'un titre. L'utilisation des premières capsules de cryogénisation, dont faisaient partie celles-là, était douloureuse en phase d'endormissement et de réveil. Après quoi, cette botaniste aurait la mauvaise surprise de découvrir que le monde convoité était déjà colonisé depuis longtemps. Elle avait sûrement dû abandonner des membres de sa famille ou des amis lorsqu'elle avait rejoint cette mission de colonisation. Apprendre que son voyage et ses sacrifices n'avaient au final servi à rien s'avérerait certainement plus douloureux encore que la phase de réveil. Salila butait sur une protection basique, mais incontournable depuis le pupitre de la capsule, qui l'empêchait de forcer le réveil de la personne cryogénisée. Elle se rendit alors dans une salle du vaisseau qu'ils avaient traversée avec Valone et qui était dotée de nombreux pupitres de commande. De là, elle espérait pouvoir pénétrer à l'intérieur du système central du vaisseau et faire sauter un à un les verrous qui empêchaient le réveil. Valone resta sur place, mais Matt rejoignit Salila dans la salle des commandes. Une certaine tension régnait. Toute l'opération reposait sur les capacités de Salila à déverrouiller ces capsules cryogéniques.

— Tout se passe bien ? s'inquiéta Matt d'un ton faussement détaché.

— J'ai compris comment le système fonctionne, ce n'est qu'une question de temps, répondit Salila avec certitude.

— Bien. Alors je vous laisse faire. Je ne vous dérange plus.

— Discuter ne me dérange pas. D'ailleurs, je sais que je ne suis pas censé le faire, mais puis-je vous poser une question ?

— Dites toujours…

— Ces gens que je vais réveiller. Qu'allez-vous en faire ?

— Que pensez-vous que nous en fassions, Salila ? répondit Matt en fixant la jeune femme avec un regard déstabilisant.

— Je ne sais pas, mais déjà, pourquoi tous ces hommes armés vous accompagnent-ils ? demanda Salila de sa petite voix.

— Simple précaution, répondit Matt avec calme. Écoutez Salila, cela faisait partie des conditions du job : pas de question sur la mission. Vous êtes jeune, voyez ceci comme une opportunité de vous faire un peu de cash facilement. Nous avons bientôt terminé et serons rentrés sous peu. Cinq mille crédits vous attendent, à la condition que vous restiez en dehors de tout cela. Faites votre boulot, concentrez-vous sur la technique et oubliez le reste.

— Bien entendu, répondit Salila en se replongeant sur son pupitre.

Quelques dizaines de minutes plus tard, Salila parvint à ses fins et réveilla la première salle. Matt ne la quittait pas des yeux tout en donnant des instructions à Valone depuis son intercom. Certains de ses propos laissaient à penser que cette mission était tout sauf une mission de sauvetage. Matt enjoignait ses équipes à ne pas « abîmer la marchandise », un terme qu'il employait systématiquement pour citer les gens qu'ils réveillaient. De l'autre côté de l'intercom, Valone n'avait pas plus d'égard envers ces revenants d'un autre siècle. Il jubilait face au nombre de ces individus encore vivants, se félicitant d'une opération plus que rentable.

Quelques heures plus tard, l'ensemble des occupants des quatre salles avait été réveillé et il ne restait que les derniers à emmener sur le Damascus. À travers l'un des moniteurs de son pupitre de commande, Salila pouvait voir le déroulement des opérations. Dès leur réveil, aussi douloureux soit-il, ces pauvres gens étaient traités comme du bétail, forcés à rejoindre immédiatement le Damascus sans pouvoir attraper le moindre effet personnel. Certains criaient ou pleuraient, implorant les mercenaires de les laisser retrouver un proche. En retour, les hommes de main de Valone leur hurlaient dessus, les bousculaient ou les frappaient pour qu'ils avancent tout en les menaçant constamment avec leurs armes. Dès que la dernière salle fut en phase de réveil, Matt parti rejoindre ses équipes. Salila comprit qu'elle participait à quelle chose de mal, mais que pouvait-elle y faire ? Sa seule option envisageable était malheureusement de ne rien dire ni voir. Elle décida d'aller marcher dans le vaisseau pour se changer les idées avant de rejoindre le Damascus. L'idée de croiser le regard d'un de ces revenants lui donnait des frissons et elle préférait laisser les mercenaires finir cette opération avant de rejoindre sa cabine.

18

— Matt, je vais explorer un peu le vaisseau, voir si je trouve quelque chose d'intéressant, dit-elle dans son intercom.

— Ne vous éloignez pas trop, nous évacuons dans une heure max, répondit Matt à toute vitesse, visiblement accaparé par quelque chose.

Salila se dirigea vers le vestiaire par lequel elle était arrivée avec Valone. De là, elle se rappelait avoir aperçu plusieurs couloirs qui devaient desservir d'autres parties du vaisseau. Au moins, ne croiserait-elle personne là-bas.

Après avoir emprunté un couloir faiblement éclairé, Salila se trouvait face à une porte close qui refusait de s'ouvrir. La morphologie du vaisseau ne laissait pas envisager grand-chose derrière. Il devait y avoir une ou deux petites pièces tout au plus, mais pourquoi une sécurité avait-elle été déployée ici ? La salle de commande ou encore les salles des capsules cryogéniques ne disposaient quant à elles d'aucune protection. Salila ouvrit le petit panneau amovible situé sur la paroi proche de la porte. Elle se sentait beaucoup plus à l'aise avec la technologie passée de ce vaisseau et la porte ne lui résista pas longtemps. De l'autre côté, le couloir se prolongeait dans l'obscurité. Seul un petit rai de lumière sur la droite indiquait la présence d'une porte ou d'une ouverture vers un endroit éclairé. Salila s'approcha doucement, puis stoppa net lorsqu'elle entendit quelqu'un pester envers un objet récalcitrant. Cet homme, à la voix légèrement éraillée, essayait de faire fonctionner son ordinateur, mais ce dernier refusait visiblement de lui obéir. Il l'insultait copieusement, vociférant contre la compagnie qui avait affrété ce vaisseau, et qui l'avait doté de matériel au rabais. Après un instant d'hésitation, Salila ouvrit la porte pour découvrir une luxueuse cabine où régnait un certain désordre. Si la pièce n'était pas très grande, elle était dotée d'un hublot, d'un pupitre complet de commande, d'une zone couchette et d'une capsule cryogénique encore ouverte. Assis face à un petit bureau, l'homme qu'elle avait entendu s'évertuait à essayer de faire fonctionner un ordinateur hors service. Il n'était pas très grand et portait encore sa combinaison blanche de sommeil cryogénique. Sa chevelure noire ondulée et son bouc rehaussaient son regard à la fois mystérieux et charmeur.

— Qu'est-ce que c'est ?! s'exclama l'homme tout en se retournant vers Salila. Ah, tout de même. Vous avez mis le temps ! Écoutez, c'est simple, il n'y a rien qui fonctionne dans cette foutue cabine. Avec le prix que je paie, je pense que j'ai le droit à un petit peu mieux que ça, non ? fit-il en montrant le capharnaüm du revers de la main.
— Bonjour, Monsieur, répondit Salila machinalement après un blanc.
— Oui, bonjour, répondit-il sèchement. Bon, alors ?
— C'est que… je ne fais pas partie des membres de l'équipage. Votre vaisseau a été intercepté après deux siècles de voyage.
— Quoi ?! Mais qu'est-ce vous racontez, siffla-t-il avant de jeter un œil à son pupitre pour contrôler la date.

L'homme sembla abasourdi par ce qu'il vit. Il s'assit sur le petit fauteuil qui faisait face au pupitre, puis pivota vers Salila.

— Nous étions censés arriver il y a des dizaines d'années, que s'est-il passé ?

— Je ne sais pas, peut-être une erreur de l'ordinateur ou du programme de navigation. Vous n'êtes pas très loin d'un système, mais je doute que cela soit celui visé si vous deviez arriver bien avant. Vous ne semblez pas groggy, vous ne venez pas de vous réveiller ?

— J'ai pris... un médicament, répondit l'homme en jetant un bref regard au pistolet à injection qui se trouvait sur sa couche. Bien, le temps de rassembler quelques affaires et je vous suis.

— Puis-je vous demander pourquoi vous n'êtes pas avec les autres ? demanda Salila en montrant de la tête la capsule cryogénique installée dans la cabine.

— Je ne suis pas avec les autres, car je ne suis pas n'importe qui ! Je ne fais officiellement pas partie du programme de colonisation, mais ma place, je l'ai payée. Très cher, vous pouvez me croire.

Soudain, Valone s'adressa à Salila à travers son bracelet multifonctions. Se pensant seule, la jeune femme avait désactivé la fonction intercom de l'appareil pour ne pas entendre les propos grossiers et déplacés du reste de l'équipage du Damascus. En recevant cet appel direct, son bracelet fit résonner le son de la voix de Valone dans la petite cabine.

— Salila, nous allons partir, où êtes-vous ? demanda Valone.

— Et bien, répondez ! s'exclama l'homme devant le mutisme de Salila. Nous n'allons pas moisir ici !

— Je ne vous ai pas tout dit. Votre vaisseau a été intercepté, mais pas par les autorités. Ils sont en train d'emmener tous les survivants du voyage, mais je doute que leurs intentions soient bonnes.

— Comment ça « ils » et « je doute » ? Vous n'êtes pas avec eux ?

— Non. Je suis employée par ces gens, mais j'ignore ce qu'ils font.

— Mais c'est pas vrai ! s'exclama l'homme en surjouant son indignation. D'un bout à l'autre, ce voyage aura été une catastrophe. Une organisation pareille, je n'ai jamais vu ça ! Et on peut savoir ce qui est prévu pour les membres d'équipage du Gemini II ?

— Aucune idée, mais rien de bon, c'est certain. Les gens sont réveillés brutalement et emmenés manu militari.

— Mais c'est juste incroyable cette veine qui me poursuit ! s'écria l'homme.

— Je suis désolée, reprit Salila d'un air emprunté.

— Vous allez me livrer ? demanda l'homme avec un regard méfiant.

— Pardon ? s'étonna Salila.

— Êtes-vous ici pour me livrer à vos employeurs ?

— Non… je ne faisais qu'un tour. Je ne pensais pas trouver quelqu'un dans cette partie du vaisseau.

— Très bien, alors que faisons-nous ? Soit vous me livrez, soit vous me sauvez. Que décidez-vous ? demanda l'homme avec une insistance étrange.

— Je ne sais pas, finit par répondre Salila après une courte réflexion.

— Salila, la marchandise est chargée, on part. Qu'est-ce que tu fous ? lança Valone dans l'intercom.

— La « marchandise » ? Il parle des membres de l'équipage, là ? demanda l'homme.

— Oui, répondit Salila en grimaçant.

— Je vous confirme que cela ne me donne pas vraiment envie. On prend l'option sauvetage, si vous êtes d'accord ? demanda-t-il en avec un sourire charmeur complètement inapproprié au contexte.

— Vous savez où se trouvent les combinaisons spatiales ? demanda Salila après une longue réflexion.

— Oui, mais je ne vois pas vraiment le rapport avec ma question.

— Salila ? demanda Valone sur l'intercom avec insistance.

— J'arrive, répondit-elle avant de couper le son. Alors voilà ce que nous allons faire, reprit-elle en fixant l'homme. Nous enfilons les combinaisons, sortons à l'extérieur avec une bonne réserve d'oxygène, puis nous attendons patiemment qu'ils partent. C'est le seul moyen de vous sauver.

— J'ai aussi une capsule de sauvetage sinon. Vous pouvez retourner voir vos employeurs et moi je me sauve.

— Nous sommes loin de tout ici, vous ne survivrez pas.

— Vous venez de dire que nous n'étions pas loin d'un système ?

— Pas loin avec un vaisseau de notre époque. Nous avons mis une semaine pour parvenir jusqu'ici. Et puis, quand bien même, vous seriez immédiatement repéré, puis intercepté. Notre meilleure chance est de nous cacher. Montrez-moi où se trouvent les combinaisons.

L'homme accompagna Salila jusqu'à une petite salle de dépôt située non loin de sa cabine. De grands casiers de métal renfermaient tout le matériel nécessaire aux sorties spatiales destinées à l'entretien du Gemini II. Salila l'aida à passer une combinaison avant de faire de même. Elle était en train de chercher des réserves d'oxygène supplémentaires lorsque des bruits de pas, précédés de lumière, parvinrent du couloir. Avec précaution, elle se faufila dans l'un des casiers et fit signe à l'homme de faire de même. Dissimulés derrière des combinaisons suspendues, ils se figèrent lorsque deux hommes pénétrèrent dans la pièce.

— Regarde! s'exclama l'un d'entre eux. Quelqu'un a fouillé les casiers, elle ne doit pas être loin. Qu'est-ce qu'elle peut foutre?

— Fouille la pièce, je vais contrôler à côté, répondit l'autre tout en dégainant une arme de poing. Si elle oppose la moindre résistance, on efface le problème, compris? demanda-t-il à son complice qui lui répondit d'un sourire.

Le cœur de Salila s'emballa. Elle demeura immobile, fixant le mercenaire depuis sa cachette tout en pensant aux potentielles conséquences de ses actes. Si elle se faisait prendre, comment allaient réagir Matt et Valone face à cette trahison? Maintenant qu'ils n'avaient plus besoin d'elle, leur réaction pourrait s'avérer terrible. Le mercenaire s'approcha des casiers où se trouvaient les combinaisons suspendues. Le cœur de Salila battait à rompre. Elle ferma les yeux lorsqu'un son resonna dans la petite pièce.

— Ralph, viens ici! Il y a une cabine et un banc cryo! s'exclama le binôme du mercenaire à travers son intercom.

24

— J'arrive, répondit-il. Par contre, ça va être l'heure de partir pour le frigo.

L'homme hésita un instant, observant une dernière fois les lieux, puis quitta la pièce. Salila expira lentement, soulagée, avant de sortir de sa cachette. Son compagnon fugitif était engoncé au fond de son casier, les yeux écarquillés et le regard terrorisé.

— Venez, murmura-t-elle. Nous devons partir.

L'homme prit quelques secondes pour sortir de sa torpeur, puis acquiesça. Le sas le plus proche se trouvait juste en face de la pièce qui contenait les combinaisons, mais Salila craignait que les deux mercenaires ne soient de retour avant qu'ils n'aient fini leur manœuvre pour sortir à l'extérieur. Pire, le mécanisme du sas émettait certainement un avertissement sonore et lumineux lors de son fonctionnement.

— Nous ne pouvons pas utiliser ce sas, ils pourraient revenir à n'importe quel moment, dit-elle à son compagnon d'infortune au regard toujours paniqué. Y a-t-il un autre sas ?

L'homme répondit d'un geste des épaules pour indiquer qu'il n'en avait aucune idée. Pétrifié, il se contentait de fixer Salila, attendant ses instructions. Salila se remémora sa progression à travers le vaisseau lorsqu'elle arriva avec Valone. Son architecture était simple, et surtout, symétrique : il y avait probablement un second sas de l'autre côté. Elle prit la main de l'homme et l'entraîna à travers le couloir.

****

Accrochés à la carlingue du Gemini II, les deux fugitifs contemplaient l'immensité sidérale qui leur faisait face. Salila avait attaché les sangles de leurs combinaisons à la ligne de vie qui permettait aux techniciens de parcourir la coque du vaisseau pour des interventions de réparation. Situés dans le creux d'un renfoncement, une partie borgne de la structure, personne ne pourrait les apercevoir, même en passant à côté. Elle fit signe à l'homme d'activer l'intercom de sa combinaison.

— Ça va ? demanda-t-elle lorsqu'il parvint à activer la commande.

— C'est un cauchemar ! hurla-t-il. Comment allons-nous nous en sortir ?!

— Calmez-vous. Je n'ai pas eu le temps de prendre de réserve supplémentaire d'oxygène et je ne sais pas combien de temps nous allons devoir rester là. Vous devez économiser votre air. Ne vous en faites pas, j'ai un plan pour la suite. Tout ira bien.

— Entendu, reprit-il d'une voix à peine plus apaisée, expirant profondément.

— Comment vous appelez-vous, au fait ?

— Max.

— Enchantée, Max. Moi, c'est Salila.

Chapitre 2 – Le Gemini II

— J'espère que votre plan est solide parce que moi, je le sens pas, là, dit Max à travers l'intercom, agrippé de toutes ses forces à une petite excroissance de la carlingue du Gemini II.

— Vous pouvez lâcher cette antenne, Max, répondit Salila. Nous sommes accrochés à la ligne de vie. Essayez de vous détendre, vos réserves d'oxygène doivent filer.

— Excusez-moi de m'inquiéter ! s'exclama ironiquement Max. Et pour commencer, qui me dit que j'ai fait le bon choix en vous suivant ? Vous êtes peut-être complément cinglée !

— Max, je viens probablement de vous sauver la vie en risquant la mienne. Je pense qu'un minimum de reconnaissance serait la bienvenue. Vous avez vu les deux hommes à notre poursuite ?

— Rectification : à « votre » poursuite, coupa Max.

— Écoutez, Max, j'aurais très bien pu laisser faire les choses, mais j'ai choisi de vous sauver. Ce que j'ai vu ou entendu me laisse présager le pire pour les membres d'équipage du Gemini II. Vous avez une grande valeur à leurs yeux, une valeur pécuniaire. Alors, si vraiment je n'avais agi que dans mon intérêt, il me suffisait de repartir avec eux, d'empocher mes cinq mille crédits et d'oublier cette histoire. J'ai préféré vous sauver, mais je commence presque à le regretter.

— Excusez-moi, finit par répondre Max après un long blanc. Savez-vous au moins qui étaient ces hommes ?

— Des privés. Probablement des pilleurs d'épaves ou des pirates.

— Il y a quelque chose qui m'échappe. Que faisiez-vous à bord de leur vaisseau dans ce cas ?

— Je sors de formation, c'était mon premier job. Une occasion inespérée pour moi. C'était bien payé, mais en contrepartie d'une discrétion absolue. Je ne m'imaginais pas que cela me mènerait à tout cela.

— Je vois, et quelle est la suite, jeune diplômée ?

— Vous êtes incroyable, vous. Vous me traitez de cinglée et vingt secondes plus tard vous vous en remettez à moi.

— Vraiment désolé, Salila, mais mettez-vous à ma place : je suis sous le choc. Cela fait deux siècles que je dors, pensant me réveiller dans les tréfonds de la galaxie pour bâtir un nouveau monde ; pas pour être pourchassé par des pilleurs d'épave. À cet instant, vous seule pouvez m'aider, mais que vont faire ces hommes qui vous cherchent ?

— Je ne représente rien pour eux. Ils vont peut-être chercher encore un peu après avoir vu votre capsule cryogénique, puis, je l'espère, partir. Nous pourrons alors retourner à l'intérieur dans un premier temps.

— D'accord, mais ensuite ? insista Max.

— Max, si vous voulez bien, nous reprendrons cette conversation à l'intérieur. Nous devons impérativement économiser notre oxygène. Nous sommes peut-être ici pour des heures. Essayez de dormir, c'est le meilleur moyen de passer le temps tout en respirant moins.

— « Essayez de dormir », répéta Max en soupirant, non, mais vous en avez de bonnes ! s'exclama-t-il avant de se rendre compte que Salila avait coupé son intercom.

Les deux fugitifs restèrent un long moment accrochés à la carlingue du Gemini II. Immobiles, face à l'immensité silencieuse, ils attendaient. Salila contrôlait l'intensité du signal radio de Valone à intervalle régulier pour déterminer si le Damascus était toujours là. Entre deux vérifications, elle réfléchissait. Avait-elle pris la bonne décision ? Ces hors-la-loi n'allaient-ils pas essayer de se venger ? Même si c'était peu probable, car elle ne représentait rien pour eux, Salila ne put s'empêcher d'avoir une pensée pour ses parents. Elle n'avait pas osé leur parler des conditions de son emploi de peur qu'ils l'obligent à refuser. Ils pensaient que leur fille avait rejoint un convoi de haute sécurité et qu'elle serait bientôt de retour, riche d'une nouvelle expérience et de précieux crédits qui lui permettraient de préparer un meilleur avenir.

Plus de deux heures s'étaient écoulées, Salila jeta un œil à son écran pour constater avec soulagement que le signal de la radio de Valone était nul. Max était toujours immobile un peu plus loin, le bras encerclant une sorte d'antenne fixée à la coque. Salila activa son intercom et ne put s'empêcher de sourire lorsqu'elle entendit les longs ronflements de Max. Elle ne le réveilla pas, ce sommeil providentiel allait lui permettre d'aller contrôler de visu l'absence du Damascus. À l'aide de la ligne de vie, Salila progressa précautionneusement le long de la coque pour atteindre une zone dégagée. Le Gemini II tournait lentement sur lui-même et après une rotation complète, Salila exprima son soulagement au travers d'une longue expiration : ils étaient effectivement seuls.

****

29

— Je vous dois des excuses, lança Max sur un ton jovial alors qu'il venait d'ôter le casque de sa combinaison. Nous nous en sommes finalement sortis !

— Ce n'est pas encore fini, répondit Salila, plus sombre.

— Pourquoi ça clignote rouge un peu partout ? s'inquiéta Max en observant les environs du sas.

— Il y a un problème, je vais voir, répondit Salila en se dirigeant vers un pupitre situé dans le couloir.

Salila pianota sur le clavier. La machine indiquait qu'une partie du vaisseau était dépressurisée et que les portes de sécurité s'étaient refermées pour isoler la zone. Elle éteignit l'alarme, puis se retourna pour constater que Max avait disparu. Après avoir ôté l'ensemble de sa combinaison, Salila se mit à sa recherche en se dirigeant vers sa cabine. Elle fut rapidement confortée dans son choix lorsqu'elle entendit des insultes fuser depuis là. Elle pénétra dans la pièce. À l'intérieur, tout était retourné, renversé. Max fouillait les armoires en vociférant.

— Ces saloperies de bidasses ont tout pris ! s'écria-t-il lorsqu'il vit Salila.

— C'est-à-dire ? demanda-t-elle presque amusée.

— Tous mes objets de valeur, tout ce que j'avais mis de côté pour ma nouvelle vie : il n'y a plus rien ! cria-t-il de plus belle.

— Max, nous sommes en vie…

— Et ça vous fait sourire ?! lança Max en voyant le rire en coin de Salila.

— Désolée, mais oui ! s'exclama-t-elle en riant franchement.

— Un instant, reprit Max plus calme et sérieux. Vous n'aviez pas les yeux foncés il y a un instant ? dit-il en observant les yeux de Salila à la teinte vert très clair.

— Si, répondit Salila laconiquement.

— Et ça, c'est normal ? demanda-t-il.

— Chez moi, oui.

— C'est quoi ? Une sorte d'implant de coquetterie pour les filles à papa ? Vous avez les yeux qui changent de couleur suivant votre humeur, n'est-ce pas ? Ils sont en train de le faire ! Je veux bien croire qu'il s'est passé des choses en deux cents ans, mais là c'est fort.

— Écoutez, Max, il y a effectivement eu de gros progrès depuis votre départ. La médecine génétique permet aujourd'hui de soigner toutes les maladies, toutes les tares. Le problème c'est qu'à force de jouer avec le génome, certains effets secondaires ont commencé à apparaître dans les générations suivantes. Ils ont d'abord essayé de corriger cela avec de nouveaux traitements, mais cela n'a fait qu'amplifier la chose. Je fais partie d'une nouvelle race issue de ces erreurs répétées du passé...

— Vous êtes une mutante ! s'exclama Max avec spontanéité.

— Vous avez lâché le mot. C'est bien comme cela qu'on nous appelle, mais ce mot est empreint de haine. Nous sommes rejetés, désignés comme le fruit d'une société décadente.

— Désolé, je ne savais pas, reprit Max.

— Je sais, ce n'est rien. Si vous voulez tout savoir, la plupart des mutants sont stériles et comme ils sont de plus en plus nombreux, la question de l'avenir de l'humanité s'est recentrée sur ce point.

— En effet, cela ne doit pas arranger votre image… souffla Max avec compassion.

— Nous n'y sommes pour rien, mais vous avez malheureusement raison. Mes différences ne se voient que peu, mais tous n'ont pas cette chance et ils doivent vivre en reclus.

— Vous avez d'autres « différences » ? demanda Max du bout des lèvres.

— Un tentacule dans le dos, oui, répondit Salila avant d'éclater de rire face au regard abasourdi de Max.

Salila se fit une petite place parmi le monceau d'objets qui jonchaient la cabine pour s'asseoir, observant Max qui avait repris sa recherche, s'évertuant à retrouver ses biens.

— Ah ! s'exclama-t-il soudainement en se redressant. Ils n'ont pas trouvé ça ! dit-il avec satisfaction tout en faisant tourner un petit objet métallique entre ses doigts.

— Qu'est-ce que c'est ? demanda Salila avec calme.

— C'est la « Clef de l'Univers », une œuvre d'art de Samuel Wintoski ! Il a élaboré une théorie qui répond à toutes les questions sur l'infini et l'éternel. Tout est écrit à l'intérieur et crypté à l'aide d'un algorithme qui devient plus complexe à mesure que vous essayez d'accéder au contenu. Toutes les autres copies de sa thèse ont été détruites et il est mort sans jamais avoir dévoilé son secret.

— Voilà qui est fort utile, pouffa Salila.

— Mais vous ne comprenez donc rien à l'art ? Cette parabole entre les secrets de l'univers et l'obstination humaine est une œuvre inestimable. Wintoski est un génie.

— Jamais entendu parlé. Et qui vous prouve qu'il y a quoi que ce soit à l'intérieur ?

— Rien. C'est justement là qu'est le génie de Wintoski ! Peut-être que sa réponse est qu'il n'y a pas de réponse, ou peut-être qu'au contraire il a élaboré « la » solution. Il est impossible de le savoir et c'est génial !

— Avec le multiscanner que j'ai au bras, je peux vous lire le contenu si vous voulez. Il me faudra quelques minutes tout au plus, dit Salila d'un air détaché.

— On peut faire ça ? s'étonna Max les yeux ronds tout en fixant l'appareil électronique qui entourait l'avant-bras de Salila.

— Cela fait deux siècles que vous êtes parti…

— Fait chier ! s'exclama Max tout en s'asseyant avant de jeter la « Clef de l'Univers » au sol. Je n'ai même pas envie de savoir, ajouta-t-il d'un ton fataliste.

— Tout à l'heure, vous disiez que vous aviez emporté tous ces objets pour vous assurer une nouvelle vie confortable. Que faisiez-vous avant ? demanda Salila.

— Le web existe encore ?

— Le web ? Le réseau ? Oui, même si ce n'est plus un seul réseau comme vous l'avez probablement connu. Quel rapport avec vous ?

— Comment ça, plus un seul réseau ?

— Avec les distances, la vitesse de la lumière ne suffit plus. S'il fallait quelques heures au plus pour mettre à jour le réseau du système solaire, il faudrait maintenant des dizaines ou des centaines d'années pour atteindre les différents systèmes colonisés. Chaque réseau est devenu indépendant. Il y a bien un tronc commun qui est mis à jour au rythme des passages de vaisseaux.

— Je ne comprends rien à ce que vous dites !

— Un exemple : j'habite sur une petite station située dans un système éloigné de quatre années-lumière du système le plus proche. Si nous devions partager le même réseau, les mises à jour se feraient tous les quatre ans. Et je ne parle pas du reste des systèmes colonisés qui sont bien plus éloignés. Bref, nous avons tous un réseau propre qui est séparé du réseau universel, qui lui est mis à jour de manière épisodique. Lorsqu'un vaisseau en provenance d'un autre système arrive. Il apporte avec lui une mise à jour des autres réseaux des mondes qu'il a traversés. C'est fait de manière automatique. Les systèmes très fréquentés sont mis à jour régulièrement, les autres moins.

— On ne peut pas faire mieux que ça ?

— Aller plus vite que la lumière ? Non, pas encore, répondit Salila en souriant.

— Et les vaisseaux alors ? Comment font-ils pour aller si vite ? Si vous êtes là à me parler, c'est que nous avons trouvé un moyen de franchir cet obstacle.

— Ils passent par des vortex, une sorte de trou noir artificiel qui utilise la courbure de l'espace-temps pour ouvrir un passage entre deux points de l'univers. Ils ne se déplacent pas plus vite que la lumière, mais utilisent des raccourcis, si vous préférez. On peut utiliser ce procédé avec un vaisseau, mais pas avec un signal. C'est cependant extrêmement énergivore et les déplacements par ce biais sont limités à l'essentiel ou à ceux qui peuvent se l'offrir.

— Et donc les vaisseaux comme le Gemini II arrivent bien après que les systèmes ne soient colonisés par ce nouveau procédé.

— Voilà, mais vous ne m'avez toujours pas répondu, répliqua Salila en souriant. Qui étiez-vous, Max ?

— J'étais une star du web, une émission par semaine qui rassemblait la moitié du système. « La course aux étoiles », cela vous parle ?

— Non. De quoi ça parlait ?

— Vous savez… ce genre de show que les gens aiment, ni trop profond, ni trop sérieux. Ce que je leur disais ou montrais n'avait guère d'importance, la manière de faire, si.

— Vous étiez donc une célébrité ?

— Dans tout le système ! J'ai rencontré et j'avais les contacts des plus grands. Rien ne m'était refusé.

— De fait, je comprends mieux votre cabine privée, mais pourquoi le Gemini II ? Pourquoi fuir une vie de célébrité vers une nouvelle vie de colon ?

— Pour des raisons personnelles, répondit Max, un peu sec.

— Allons, je vous ai sauvé la vie, insista Salila avec un clin d'œil.

— Et vous ? demanda Max, faisant mine d'ignorer la question de Salila. Que faites-vous dans la vie lorsque vous ne sauvez pas des gens ?

— Rien d'exaltant : je suis une ingénieure systèmes.

— Vous vous occupez des ordinateurs ?

— Des ordinateurs et de tout système utilisant des données.

— Parfait, Madame l'ingénieure, alors, que peut-on faire maintenant ?

— Le Gemini II va vite, mais il ne se dirige pas dans la bonne direction. Je vais essayer de corriger le cap pour pointer vers le système le plus proche, celui d'où je viens.

— En combien de temps pouvons-nous espérer rejoindre la civilisation ?

— Quelques mois.

— Quoi ?! Mais vous venez de dire que nous allions vite ! s'exclama Max.

— Et c'est vrai, même si nous sommes encore bien en deçà des capacités des vaisseaux actuels. Le problème ne vient pas de là. Cette génération de vaisseau ne dispose pas de générateur de relativité interne…

— À vos souhaits ! coupa Max avec ironie.

— Même si nous avions des propulseurs assez puissants pour le faire, nous ne pouvons pas accélérer ou freiner brutalement. Nous serions pulvérisés par la gravité avant que le vaisseau ne subisse le même sort. C'est à cela que sert un générateur de relativité : l'intégrité du vaisseau et son contenu ne sont plus soumis aux effets gravitationnels. Nous devons donc décélérer progressivement et cela va prendre des mois avant d'atteindre notre destination et avoir dans le même temps une vitesse suffisamment basse.

— Génial. Ça tombe bien, les distractions ne manquent pas dans le coin !

Pensive, Salila sourit machinalement à Max avant de se lever pour partir vers la salle de contrôle et tenter de réajuster le cap de cette énorme et obsolète carcasse de métal.

— Un instant, héla Max. Et je fais quoi, moi, pendant que vous vous amusez avec le vaisseau ?

— Je ne sais pas, vous pourriez gérer notre survie à bord ? Comment allons-nous nous nourrir ? Où allons-nous dormir ? Trouvez-nous aussi de quoi faire notre toilette. Répertoriez tout ce qui est utile : médicaments, pièces de rechange, stock de nourriture, et cetera.

— Vraiment, vous comblez mes attentes, répondit Max avec ironie.

— Si vous avez le moindre problème, activez n'importe lequel des intercoms muraux. J'ai relié le mien au vaisseau et nous pourrons échanger ainsi.

Installée au pupitre principal du poste de commande, Salila prenait ses marques avec le Gemini II. Elle n'avait reçu qu'une très brève formation sur le pilotage de vaisseau et ses concepts intriqués, mais elle espérait pouvoir contourner le problème en se servant de l'ordinateur embarqué. Changer de cap était un acte routinier sur un vaisseau actuel, mais sur le Gemini II, chaque opération semblait cerclée de procédés. Dans un premier temps, Salila s'assura d'une évidence : mis à part le Damascus qui s'éloignait, ils étaient seuls. Les appareils de détection ne trouvaient aucune autre trace d'objet en mouvement. Elle s'attela ensuite à la prise en main des commandes de l'ordinateur central. Quelques heures plus tard, l'estomac de Salila la rappelait à l'ordre. Elle avait bien avancé, elle décida de quitter la lecture de ces longues pages de procédures complexes et détaillées pour une pause déjeuner. Elle se dirigea vers la cabine de Max, se demandant ce qu'il avait bien pu trouver durant tout ce temps. Max était bien là. Allongé sur sa couchette, il tenait de ses deux mains un objet étrange, une sorte de sphère métallique irisée d'une lumière bleue. Plongé dans son observation, il ne remarqua pas la jeune femme arriver.

— Je fais une pause, annonça Salila en pénétrant dans la cabine.
— Ah, vous voilà, sursauta Max en manquant de faire tomber sa sphère. Vous allez être étonnée : savez-vous ce

que je tiens dans les mains ? demanda-t-il avec un ton satisfait.

— Max, je meurs de faim, qu'avez-vous trouvé ?

— En fait, je n'ai pas vraiment encore eu le temps de m'occuper de ça…

— Quoi ?! s'offusqua Salila. Qu'avez-vous donc fait pendant que je travaillais d'arrache-pied pour nous sortir de là ?

— Eh bien, vous ne voyez pas ? J'ai rangé ma cabine ! Et mieux encore, j'ai trouvé ça ! s'exclama-t-il en mettant sa sphère en avant.

— Max, je n'ai aucune envie d'entendre l'histoire de ce prétendu objet scientifico-artistique qui vaut une fortune, mais dont personne ne connaît aujourd'hui l'existence. Vous ne semblez pas saisir les contours de la situation ! s'énerva Salila. Vous ferez l'inventaire de vos avoirs plus tard. Là, tout de suite, il nous faut survivre.

— Désolé, je n'ai pas vu le temps passé, répondit Max d'une petite voix tout en dissimulant discrètement sa sphère sous les draps. Je m'y attelle de suite ! Que voulez-vous manger ? Je vais vous préparer un bon petit repas campagnard, cela vous va ? Il faut juste que je trouve les cuisines et vous allez voir ce que vous allez voir !

— Bon, je retourne travailler, lâcha Salila, désemparée face à l'insouciance de son compagnon d'infortune.

En plus de gérer toute la partie technique, elle devrait aussi encadrer cet enfant gâté qui n'avait probablement jamais connu autre chose que l'opulence. Chemin faisant vers la salle de contrôle, Salila activa son intercom et réitéra ses injonctions à Max, tentant une nouvelle fois de lui faire prendre conscience de ses responsabilités dans leur aventure commune. Ce dernier la rassura, évoquant cette fois une oisiveté passagère liée au mal-être de sa sortie de cryogénisation et à la fin des effets de son médicament. Cependant, quelques minutes plus tard, Max annonça sur l'intercom qu'il ne parvenait pas à trouver les cuisines et qu'il serait utile qu'elle lui trouve un plan du vaisseau.

****

Tant bien que mal, Max et Salila parvinrent à s'installer à bord du Gemini II. Après de nombreuses explications et mises au point, Max devint davantage responsable et tenait son rôle, même si son comportement naturel refaisait vite surface. Les réserves de nourriture ou de médicaments étaient suffisantes pour tenir des années, même si Max ne voulut pas, dans un premier temps, avaler la seule nourriture qui avait pu traverser les siècles : de petits blocs protéinés et aromatisés. Pour le reste, la vie de deux personnes à bord de ce grand vaisseau était plutôt confortable. Les longs couloirs permettaient de s'adonner au jogging ; les espaces intimes ne manquaient pas et le Gemini II disposait d'assez d'eau pour permettre une utilisation non rationnée des douches. Il ne restait plus qu'à trouver un moyen de se sortir de là.

Salila était parvenue à assimiler les processus de navigation du Gemini II, mais quelque chose ne fonctionnait pas. Toutes les commandes liées à la propulsion, bien qu'exécutées dans le bon ordre, ne donnaient pas le résultat escompté et Salila investigua alors du côté des avaries. Elle ne mit pas très longtemps à comprendre que le réacteur principal n'arrivait pas à se mettre en pleine charge, et ce, malgré qu'aucune alarme n'indique le moindre problème. De surcroît, aucune communication avec la salle des machines ne fonctionnait. Après de nombreux essais infructueux, Salila se rendit à l'évidence : elle devait se rendre sur place, dans la salle du réacteur. Cela signifiait retourner dans la première partie du Gemini II, celle qui était maintenant dépressurisée. Dans un premier temps, Max refusa catégoriquement de rester seul.

— Si vous avez un problème, si vous restez coincée ou êtes expulsée dehors, je fais quoi, moi ? Je deviens le dernier survivant du Gemini II, voué à l'ennui jusqu'à la mort !

— Max, sans parler du simple fait de devoir se déplacer en apesanteur, ce qui ne vous est pas usuel, l'endroit où je dois me rendre est probablement mortellement irradié. Les quelques minutes dont je disposerai sur place me seront toutes précieuses et, sans vous manquer de respect, vous risquez de nous faire perdre l'opportunité de faire redémarrer la propulsion du vaisseau, et donc de nous sauver.

— Je ne suis quand même pas gauche à ce point ! Je ferai attention. Je préfère mourir en faisant quelque chose plutôt que de rester tout seul.

— Vous savez ce qu'est une mort par irradiation ? Une mort par suffocation ?

— Pourquoi suffocation ?

— Si nous ne parvenons pas à revenir, ce ne sont pas les radiations qui vont nous tuer, ni même le froid, mais le manque d'oxygène. Max, laissez-moi y aller seule. Ce sont nos meilleures chances. Même si je m'expose trop aux radiations, j'aurai largement le temps de revenir et de régler tous les problèmes avant de mourir. Inutile de nous sacrifier tous les deux.

— Oui, c'est... Mais, cela me gêne tout de même. Ce n'est pas mon genre de laisser les autres prendre tous les risques, affirma Max sans le moindre doute.

— Je n'en doute pas, Max, mais pour cette fois, c'est moi qui vous le demande.

Soulagée d'avoir réussi à convaincre Max de rester en arrière, Salila passa une combinaison préparée avec une triple capacité d'oxygène. Sa présence n'aurait fait que la ralentir, et si elle avait forcé le trait sur bien des aspects, elle n'avait aucune envie de passer trop de temps dans la partie dépressurisée du vaisseau, ni d'ajouter de la difficulté à une opération déjà risquée.

Tout en gardant un contact avec Max au travers de leurs intercoms, Salila parvint à rejoindre la partie arrière du vaisseau avec toutes les précautions possibles. Elle se félicita encore d'avoir évincé Max de cette expédition face aux nombreuses petites épreuves qu'elle dut surmonter. Même en empruntant un sas idéalement situé, Salila dut parcourir plusieurs dizaines de mètres à l'extérieur, sur la coque du Gemini II pour rejoindre un autre sas. À deux reprises, elle avait dû se passer de toute sécurité, se détachant de la ligne de vie, pour effectuer un petit saut en apesanteur afin de rejoindre un endroit qui lui permettait de continuer sa progression.

Une fois à l'intérieur, Salila se rendit dans la salle du réacteur, située non loin des énormes propulseurs du vaisseau. La pièce circulaire était vaste, aux parois tapissées d'un revêtement lisse et brillant permettant de contenir la majeure partie des radiations émises par le réacteur. Salila jeta un œil au scanner multifonctions qu'elle avait accroché à son avant-bras : elle pouvait rester quelques minutes tout au plus dans la zone avant d'être irradiée de manière à mettre sa santé en danger. Elle se dirigea vers le centre de la pièce où se trouvait un grand cylindre métallique duquel de nombreux câbles et tuyaux partaient vers le sol et le plafond. Le réacteur était bien en fonctionnement, mais produisait une quantité d'énergie très limitée. Salila entama un tour complet autour de l'appareil avant de stopper net. Plaqué contre la chemise métallique du réacteur, probablement à l'aide d'une surface aimantée, un appareil de quelques dizaines de centimètres avait été raccordé à l'un des nombreux câbles de communication. Elle s'approcha pour ausculter l'appareil. L'écran de contrôle indiquait que le processus était achevé à soixante pour cent. Salila pianota sur le module, de construction bien plus récente, pour rapidement découvrir qu'il avait été installé pour court-circuiter le pilotage du réacteur, lui injectant ses fatidiques instructions : le réacteur à fusion du Gemini II était en train de s'effondrer sur lui-même. Il restait peut-être quelques heures avant l'inévitable implosion qui créerait, par une réaction en chaîne, une énorme explosion. Au stade où en était le processus, aucun retour en arrière n'était possible.

Salila rejoignit Max, tout en le rassurant sur ce qu'elle avait trouvé, prétextant avoir localisé et résolu le problème.

De retour dans la partie habitable du vaisseau, elle se rendit immédiatement dans la salle des commandes. Une inquiétante gravité pouvait se lire sur le visage de la jeune femme et Max s'égosillait à demander les détails techniques du problème auxquels il ne comprenait rien. Malgré les injonctions teintées de panique de Max, Salila ne répondait pas, se contentant de pianoter sur le clavier du pupitre principal lorsque soudain, elle leva les bras au ciel en exultant.

— Quoi ? Qu'avez-vous trouvé ?! Nous sommes sauvés ? demanda Max à toute vitesse.
— Venez ici, ordonna Salila à Max en lui indiquant le poste de commande du pilote.
— Quoi ? Mais pourquoi ? Qu'est-ce que je dois faire ? ajouta Max de plus en plus paniqué.
— Ce bouton va s'allumer. Lorsque je vous le dirai, vous appuierez dessus, Ok ?
— D'accord, mais vous n'avez pas vraiment besoin de moi pour ça ! Pourquoi je dois faire ça ?!

Salila ne répondit pas et retourna à son poste. Max transpirait, imaginant les pires scénarios et une probable fin toute proche. Un bouton rouge se mit à clignoter sur son poste de commande.

— Vous êtes prêt ? demanda Salila.
— Non, attendez ! Il ne s'allume pas, il clignote ! Il y a un problème !
— Calmez-vous, c'est normal. Nous allons devoir appuyer tous les deux en même temps sur le bouton, à trois, deux, un… maintenant ! cria Salila avant d'enfoncer la touche.

Le doigt encore figé sur le bouton, Max fixait Salila avec des yeux ronds incrédules. Rien ne semblait se passer lorsqu'un grand craquement ébranla le vaisseau d'une violente secousse. Un bruit métallique, à la fois puissant et étouffé, sembla résonner dans toute la structure avant que le calme ne s'installe de nouveau.

— Venez me rejoindre, dit Salila en direction de Max qui avait fermé les yeux comme s'il attendait la mort, le doigt toujours en pression sur son bouton.

Max se rapprocha d'elle, avec une certaine hésitation, comme s'il craignait de voir la suite, puis se pencha sur l'écran de contrôle situé devant la jeune femme. Les images provenaient de l'extérieur et montraient l'ensemble du Gemini II. L'arrière du vaisseau venait de se désolidariser de l'avant, la partie qu'ils habitaient. Les deux parties flottaient indépendamment dans l'espace, et commençaient à s'éloigner l'une de l'autre. Le sang de Max se glaça.

— Qu'avez-vous fait ?! s'exclama-t-il paniqué.
— Nous venons de nous sauver, affirma Salila calmement. Le réacteur allait exploser et c'était la seule solution. Il faut juste espérer qu'il ne le fasse pas trop vite, qu'il nous laisse le temps de nous éloigner suffisamment.
— Quoi ? C'était donc ça ! Et si je n'avais pas été là ?
— Il faut être deux pour activer ce genre de commande. Cette classe de vaisseau comporte des dizaines d'opérateurs, c'est juste une sécurité.
— Vous m'avez menti ! Vous aviez dit que « tout était sous contrôle » !

44

— Max, à quoi bon vous expliquer les détails ou vous dire que nous allions périr si je ne trouvais pas de solution ? Et puis, c'est réglé.

— Et si les concepteurs de ce vaisseau n'avaient pas prévu cette possibilité ?

— Boum ! fit Salila en mimant une explosion des mains.

— Remarque, avec le prix que j'ai payé pour être là, ils pouvaient seulement penser à ce genre de détail, persifla Max.

— Cela étant fait, notre problème n'est cependant pas résolu : nous allons trop vite, et surtout nous n'allons pas dans la bonne direction.

— Vous voulez que je sorte pour freiner avec les pieds ?

— Très drôle.

— Vous allez trouver quelque chose, n'est-ce pas ?

— C'est terminé, Max. Nous sommes à présent une épave flottante qui avance dans le vide stellaire à grande vitesse. C'était la seule issue, mais maintenant, nous ne pouvons plus changer de cap.

— Quoi ! Mais c'est encore pire que l'explosion ! s'exclama Max en levant les bras au ciel.

— Vous êtes sûr ? demanda Salila avec une pointe d'ironie.

— Ok, ce n'est peut-être pas « pire », mais qu'est-ce qui nous attend maintenant ?

— Je vais vous le dire, répondit Salila avant de pianoter sur son pupitre qui afficha une carte stellaire. Voilà notre cap, dit-elle en pointant une courbe représentée sur l'écran. Notre seule et unique chance est là, ajouta-t-elle en montrant un autre point sur l'écran.

— Qu'est-ce que c'est ?

— La planète la plus éloignée du système dans lequel nous sommes. Nous allons la frôler, au sens astronomique. Je sais qu'elle est exploitée, nous aurons alors quelques jours pour tenter de prendre contact et espérer qu'ils acceptent de venir nous sauver.

— Comment ça ? Ils ne sont pas obligés de le faire ?

— C'est une compagnie minière privée. S'ils ne répondent pas, personne n'aura connaissance de notre existence. À la vitesse où nous allons, envoyer une équipe de secours signifie affréter un vaisseau avec un équipage complet pour des jours, voire des semaines. Tout cela représente un coût non négligeable.

— Génial. Il ne nous reste plus qu'à trouver un SOS convaincant. Dans combien de temps arriverons-nous sur place ?

— Six mois.

— Six mois ! Dans quel état je serai à ce moment-là ! Je ne sais pas comment vous faites, mais moi je n'y arrive pas.

— À quoi donc ?

— Vivre dans un vaisseau ! Pas de jour, pas de nuit, pas un brin d'air pour revigorer les narines… C'est un enfer.

— Max, ce vaisseau est pourvu de douches à eau, il y a de la nourriture, de larges espaces, croyez-moi, il y a bien pire.

— Vous appelez ça de la nourriture ? On se tape cette espèce de ciment infâme matin midi et soir. Enfin, façon de parler puisque je n'ai jamais aucune idée du moment de la journée où nous en sommes.

— Vous voulez retourner dans la capsule cryogénique ? s'amusa à demander Salila.

— Non ! répondit Max avec fougue. À chaque fois que je sors de ce truc, tout part en vrille. C'est bon, je vais trouver la force de m'y faire.

****

Près d'un mois s'était écoulé depuis la séparation du Gemini II. Max et Salila avaient préparé un message d'appel au secours qui était diffusé en continu. Il ne leur restait plus qu'à attendre en espérant qu'il soit assez convaincant. Si les premiers temps de leur vie commune furent joyeux, très vite le moral du modeste équipage du Gemini II devint moribond. Salila ne supportait plus les exigences farfelues ou les revendications « naturelles » de Max qui se croyait toujours être une vedette à qui rien ne pouvait être refusé. De son côté, Max trouvait Salila fade et monotone. Chacune de ses tentatives d'animer un peu la situation était démolie par la jeune femme qui n'avait pas le cœur à la fête. Les deux s'évitaient. Si Max avait conservé sa cabine, Salila avait déménagé pour une autre située à l'opposé. Ils prenaient leur repas chacun dans leur coin et ne se saluaient qu'à l'occasion, lorsqu'ils se croisaient.

Salila passait le plus clair de son temps à étudier le fonctionnement du vaisseau. Elle prépara également toutes les données possibles sur les cent quatre-vingt-seize personnes enlevées par Matt et Valone, allant jusqu'à lire ou visionner tout document disponible à bord sur le précédent équipage. Quant à lui, Max fouillait toutes les pièces du Gemini II à la recherche d'une hypothétique trouvaille, laissant un capharnaüm derrière lui. Lorsqu'il mit la main sur une cachette renfermant du whisky de plus de deux cents ans d'âge, il se garda bien d'en parler à Salila et s'organisa une petite fête avec James Bip, un robot de nettoyage qu'il avait trouvé en zone cargo. Il émettait un petit bip à chaque validation d'ordre reçu, ce qui lui avait valu son nom. «James» vint naturellement s'ajouter pour lui donner un côté plus humain. La machine répondait aux ordres vocaux et Max en avait fait son confident, même si elle n'apportait aucune réponse à ses errances.

— Tu vois, James, cette petite bouteille est plus que bienvenue, dit Max en sortant une première bouteille de la caisse qu'il avait rapportée dans sa cabine.
— «Pourriez-vous être plus clair dans vos instructions?» répondit le robot d'une voix monocorde.

James Bip avait la forme d'un cylindre d'environ un mètre de haut et doté de deux bras articulés. Max l'avait habillé avec une veste et grossièrement dessiné un visage sur sa carlingue. Même si le robot ne comprenait que les instructions liées à sa fonction première, Max n'en avait cure et lui parlait ouvertement de tout et de rien.

— Comme tu dis, James, c'est amplement mérité! lança Max avant d'ouvrir la bouteille et de se servir un verre.
— «Je suis désolé, je n'ai pas compris votre souhait», répondit la machine.
— Pouah! C'est dégueulasse! Il a tourné. Fais-moi penser à siphonner mes réserves avant deux siècles la prochaine fois, dit Max avant de prendre une seconde bouteille. Tu sais, James, le whisky c'est comme les femmes. Un peu vert, ça se boit, mais il manque de la consistance. Mûr, c'est gouleyant, mais lorsque la date de péremption est passée, c'est mort.

Le visage de Max s'éclaira soudainement. La seconde bouteille s'avérait être un nectar, bien au-delà de ses espérances.

— Bon. Je retire ce que j'ai dit, ajouta-t-il en se reservant généreusement. Une petite goutte, James ?
— « Pourriez-vous être plus clair dans vos instructions ? », répondit le robot.
— T'as raison, c'est mieux que l'un de nous deux reste avec les idées claires.

Max ingurgita un verre, puis deux et quelques autres encore. Son enivrement était jubilatoire, du moins au début. Très vite, la désinhibition créée par l'alcool lui fit resurgir des pensées et des émotions qui se mêlaient dans sa tête. Il commença à tourner en rond dans sa cabine tout en continuant de boire. Avec tout ce qu'il avait accompli, il était évident qu'il n'était pas n'importe qui et qu'il méritait mieux que tout cela. Des milliards d'hommes et de femmes étaient suspendus à ses lèvres il n'y pas si longtemps en fin de compte. Comment cette petite effrontée de Salila pouvait-elle l'ignorer à ce point ? Pourquoi lui, Max le magnificent, devait-il se contenter de cela ? Il n'avait qu'à se servir après tout. Exactement comme il le faisait avant. Personne n'y trouvait rien à redire et pour cause : il n'était pas n'importe qui.

Max attrapa un pistolet qu'il avait trouvé auparavant dans un vestiaire. Il se retourna vers James Bip pour lui poser une question, mais faute de nouvelles instructions, le robot avait quitté les lieux. Peu importe, il était temps d'agir.

Max se dirigea prestement vers la cabine de Salila, arme au poing, bien décidé à prendre ce qui lui revenait de droit.

Lorsqu'il ouvrit la porte, Salila était installée sur sa couche, en train de lire le journal de bord du Gemini II qui était projeté sur un hologramme face à elle. Vêtue d'une fine chemise de nuit, juste assez transparente pour laisser apparaître ou deviner un magnifique corps de jeune femme, Salila tenta de réagir avant de se raviser lorsqu'elle vit le pistolet. Max entra doucement dans la cabine tout en pointant Salila de son arme. Ses vêtements débraillés et tachés, ses cheveux hirsutes et sa barbe de plusieurs semaines laissaient entrevoir un laisser-aller qui ne datait pas d'hier.

— Alors, on n'est pas heureuse de revoir son ami ? dit Max tout en se rapprochant de la couche où Salila restait figée de peur.

— Max, vous avez bu ? demanda Salila, sentant l'odeur du whisky qui embauma toute la cabine dès que Max y pénétra.

— Et alors ? J'ai le droit ! Je ne suis pas un peine à jouir comme vous, moi !

— Max, je vous en prie, ne...

— Ça suffit, ma belle, coupa-t-il. Ce soir c'est la fête et on va s'amuser, ajouta-t-il en s'asseyant à côté de la jeune femme, puis en posant sa main sur sa cuisse dénudée.

— Max, vous n'êtes pas dans votre état normal, ne faites pas cela, implora Salila.

— Au contraire, je suis enfin lucide ! rétorqua-t-il en plongeant sa main sous la chemise de nuit, tout en maintenant son arme pointée de l'autre.

Terrifiée, Salila rassembla tout le courage qu'elle put et profita de ce moment où la main de Max furetait le long de sa cuisse pour repousser violemment le bras armé de Max. Son pistolet fut projeté au fond de la cabine et Max, déséquilibré et saoul, tomba de la couche pour se retrouver à quatre pattes. Il maugréa en se relevant péniblement tout en promettant à la jeune femme de lui faire payer cet affront, mais lorsqu'il fut enfin debout, Salila avait disparu.

****

Malgré les supplications de Max, Salila demeurait silencieuse, que cela soit au travers de l'intercom, ou derrière la porte lorsqu'il l'entendait bouger, de l'autre côté. Après s'être échappée, Salila avait rejoint la salle des commandes pour verrouiller définitivement plusieurs ouvertures, enfermant son agresseur dans un espace réduit à quelques pièces. Un long calvaire commençait pour Max, privé de liberté, privé de sa cabine et de ses précieux objets, privé de James Bip qui avait probablement trouvé en Salila un donneur d'instruction plus conventionnel.

Des jours, puis des semaines passèrent dans une monotonie déstabilisante pour Max. La longue lettre d'excuses et de justifications qu'il avait rédigée n'y avait rien changé : la jeune femme restait muette. Elle se contentait de lui faire passer de la nourriture, juste ce qu'il fallait, à travers un conduit de ventilation. Salila observait l'évolution de son agresseur à travers les caméras de sécurité installées presque partout dans le vaisseau. L'homme dépérissait, et après être passé dans une phase presque normale, il se laissait de nouveau aller. Pour Salila, ce n'était qu'un juste retour pour ce qu'il avait fait. Encore un peu plus tard, elle eut la surprise de retrouver intact le plateau de nourriture qu'elle avait disposé dans le conduit. Installé dans l'ancienne cabine de Salila, Max ne bougeait plus de sa couche. Avachi dans son lit, au milieu de détritus et d'objets jetés au sol, le regard vide, Max n'eut d'abord aucune réaction lorsque l'intercom de sa cabine émit un petit bruit qui indiquait qu'une tierce personne venait de s'y connecter.

— Max ? demanda Salila dans l'intercom.
— Oui ? répondit finalement l'homme d'une voix blasée.
— Vous n'avez rien à me dire ?
— Dans combien de temps arrivons-nous ? demanda Max d'un air détaché, après un long silence.
— Je ne parlais pas de cela, Max, répondit Salila d'une voix contrariée. Pourquoi avez-vous fait cela ?
— Eh bien, je vous l'ai écrit, répondit Max tout en se relevant sur sa couche, comme s'il venait de réaliser qu'après ces longues semaines d'isolement total, un dénouement se profilait peut-être.
— J'aimerais l'entendre, ajouta Salila plus sèche encore.
— Salila, vous n'imaginez pas ce qu'est d'être une icône pour des milliards de gens. Vous n'imaginez pas ce que c'est de ne plus avoir de rêve. Rien ne m'était inaccessible. Si je voulais quelque chose, je l'avais. Et, croyez-moi ou non, mais cela fonctionne également avec les gens. Je pouvais avoir qui je voulais, quand je le voulais. C'était il y a deux siècles, mais c'était hier pour moi. Nous sommes

coincés ici depuis des lustres et vous êtes belle, alors évidemment, je vous ai rapidement intégrée à mes fantasmes. Ensuite, l'alcool a fait le reste…

— Pourquoi n'avez-vous pas dit tout cela dans votre lettre ?

— Ce n'est pas facile d'admettre que l'homme que j'ai été n'existe plus, mais qui continue pourtant de me diriger. Salila, je suis désolé, encore une fois. Vous pourriez probablement être ma fille, je n'ai pas de mots pour qualifier mon comportement.

— Racontez-moi votre ancienne vie, reprit Salila, plus douce.

— Tous les regards étaient posés sur moi. Il n'y avait rien que je faisais qui n'était visionné, commenté, analysé. Même les grands ont dû se plier face à Max le magnificent. Non pas qu'ils approuvaient mes shows débiles ou mes idées éculées, mais quand un homme qui a près la moitié du système dans sa poche dit que la Terre est rose, croyez-moi, elle devient rose pour beaucoup. Et vous, Salila, comment était votre vie avant qu'une ancienne star déchue ne vous agresse ?

— Je vivais sur Foxite -H avec mes parents. Une station spatiale qui a connu ses heures de gloire lors de la ruée sur l'iridium. Aujourd'hui encore, c'est une station de mineurs, au détail près qu'il n'y a plus d'argent. C'est certainement un des endroits les plus tristes de la galaxie. Je me suis réfugiée dans les études pour devenir ingénieure systèmes, en espérant un jour faire partie d'un équipage et partir.

— Et vous êtes tombée sur des pillards d'épave ?

— Malheureusement, oui. Je ne pouvais pas ne pas m'engager dans cette mission, mais j'étais loin de m'imaginer la suite des évènements.

— Ne dites pas cela, vous n'auriez pas pu me sauver si vous n'aviez pas embarqué à bord de ce vaisseau. Vous allez devenir une héroïne lorsque votre histoire se saura et les opportunités ne manqueront pas pour vous.

— Si quelqu'un vient à notre secours, peut-être... Max, vous ne m'avez jamais dit pourquoi vous aviez fui votre ancienne vie ?

— Disons que je n'avais pas d'autre choix.

— Et qu'espériez-vous en vous embarquant à bord du Gemini II ?

— Recommencer. Je sais, c'est puéril, mais le succès est une drogue dont il devient difficile de se passer. Je pensais me refaire. Devenir le centre d'intérêt de ce nouveau monde.

— Et maintenant ?

— Je ne sais pas. Je pensais me réveiller sur un système vierge de tout, et aujourd'hui la moitié de la galaxie est colonisée...

— Tout de même pas, non, coupa Salila.

— Oui, enfin, vous voyez ce que je veux dire. Je ne suis plus personne maintenant, alors je ne sais pas.

— Bien. Max, je suis prête à vous laisser une seconde chance, mais à certaines conditions.

— Tout ce que vous voudrez. Je deviens fou, seul ici.

— Pour commencer, vous allez me passer votre arme. Ensuite, nous partageons tout l'espace ensemble, mais pas pour la phase de repos. Pour finir, vous vous attelez sérieusement à vos tâches.

— Cela me va, vous n'aurez qu'à m'enfermer pour dormir.

Une fois en possession du pistolet, Salila ouvrit les portes qui isolaient Max. La vie à bord du Gemini II reprit un cours normal, au détail près que la jeune femme gardait constamment l'arme sur elle, ainsi qu'une certaine distance. Depuis la salle de commande du vaisseau, où elle passait le plus clair de son temps, elle s'était préparé un écran de contrôle qui diffusait l'ensemble des images des caméras de sécurité activées par la détection d'un mouvement. Elle surveillait les moindres faits et gestes de son ancien agresseur. Avec ce petit regain de liberté, Max retrouva un peu d'entrain. Il ne put s'empêcher de s'étonner, un peu nostalgique, de voir son ancienne cabine impeccablement rangée et son ancien compagnon, « James Bip », vaquer à ses occupations premières. Il n'osa cependant revendiquer ni l'un ni l'autre.

Le temps filait lentement et trois mois étaient encore nécessaires pour atteindre leur zone de rendez-vous. Pendant quelques jours, ils auraient alors une petite lueur d'espoir durant laquelle ils pouvaient être sauvés. Si personne ne venait, si cette lueur s'éteignait, la prochaine opportunité se situait quelques dizaines de siècles plus tard.

Chapitre 3 – Le signal

Andoval avait déjà parcouru plus de dix kilomètres à travers un paysage forestier lorsque Mana pénétra dans la petite salle de sport. Trempé de sueur, il ne stoppa pas pour autant son parcours virtuel et fit un signe de la tête à la jeune pilote pour souligner son adhésion.

— Tu te décides quand même à venir ? demanda-t-il d'une voix à peine essoufflée tout en continuant à courir sur son tapis.

— Ce n'est pas comme s'il y avait quelque chose d'autre à faire, siffla-t-elle en retour.

Mana monta sur le deuxième tapis de course et commença à courir, exécutant de petites foulées pour se chauffer.

— Le paysage te convient ? demanda Andoval sans tourner la tête.

— Oui, oui, répondit laconiquement Mana.

— Après ce voyage, et le retour, on se fait une petite pause ? reprit Andoval.

— Tu crois vraiment que nous avons les moyens d'arrêter de bosser pour nous prélasser en vacances ? demanda à son tour Mana.

— Allez, quoi. J'en peux plus de ces transports. On s'emmerde pendant des mois, on peut bien en profiter un peu.

— On en a déjà parlé, Ando, c'est mort. Pour le moment, on appartient à la compagnie. On rembourse notre dette, et après on prendra toutes les vacances que tu veux. Enfin, façon de parler, parce qu'avant d'aller se prélasser il va falloir engranger quelques crédits.

Andoval allait répondre lorsque le bracelet multifonctions qu'il avait au poignet émit un petit son qui se répéta presque immédiatement sur celui de Mana. Ils regardèrent machinalement l'appareil et Andoval stoppa son tapis de course.

— Ah ! Enfin quelque chose ! s'exclama-t-il.
— Allons voir, ajouta Mana d'un air intrigué.

Ils sortirent de la salle de sport pour rejoindre un couloir étriqué et encombré de matériel où les larges épaules d'Andoval passaient à peine. Quelques mètres plus loin, une échelle permettait de descendre ou monter vers les ponts inférieurs ou supérieurs. Mana passa en premier, grimpant aux barreaux avec l'agilité d'un chat, suivie d'Andoval qui dut se contorsionner pour passer sa large carrure dans l'ouverture. Ils débouchèrent dans un petit cockpit sombre dont les parois étaient tapissées de commandes. Face aux deux sièges des pilotes, un grand hublot donnait sur le vide sidéral. Avant qu'Andoval ne parvienne à rejoindre son siège, Mana sauta dans le sien, puis pianota sur son pupitre.

— C'est un SOS, dit-elle en lisant son écran.
— Ici ? s'étonna Andoval tout en pianotant son pupitre à son tour.

Les écrans affichaient un message évoquant un vaisseau en perdition avec deux personnes à bord. Ils n'avaient plus de propulsion et leur trajectoire les condamnait si personne ne venait à leur secours.

— On y va ! s'exclama Andoval.

— Du calme, répondit Mana qui utilisait les commandes de son pupitre pour essayer de repérer le vaisseau. Voilà, je les ai.

— Ce n'est pas très loin, ajouta Andoval d'une voix enjouée.

— Ils vont vite, ça va nous prendre des jours.

— Et alors ? On ne va pas les laisser quand même ?

— Je sais que tu es excité à l'idée d'un peu de changement, mais la procédure nous demande de d'abord avoir l'aval de la compagnie avant d'effectuer un écart de trajectoire. D'autant plus que dans le cas présent, on va cramer pas mal de combustible pour arriver à les rejoindre.

— Ils vont refuser si on fait ça !

— C'est bien possible.

— Fait chier ! s'exclama Andoval en frappa son pupitre du poing.

— J'envoie un message pour savoir s'ils sont toujours en vie, déjà.

— Attends ! s'exclama Andoval avec une lueur dans les yeux. La voilà notre porte de sortie ! Un vaisseau à la dérive, ça reste un vaisseau et tout ce qui va avec. Ça vaut un paquet de fric quoiqu'il arrive et tu dis qu'ils ne sont que deux à bord.

— Ando, je n'aime déjà pas le début…

— Mais si, écoute. On se rend sur place, on prend tout ce qu'il y a prendre : bouffe, appareils portatifs, médocs… Tout ce qui se porte et qui a de la valeur. Ça vaudra de toute façon plus que ce qu'on va cramer pour les rejoindre.

Ensuite, si les deux sont encore en vie, je pense qu'un minimum de reconnaissance serait de mise si tu vois ce que je veux dire. Et puis, on n'est pas à l'abri d'une bonne surprise. Si ça se trouve, il y a de quoi se faire assez pour tout rembourser.

— Ok, mais sans parler du fait qu'on plonge dans l'illégalité, comment tu vas expliquer ça à la compagnie ? «Désolé, on a fait un petit détour au risque de tuer tout l'équipage, mais on a maintenant de quoi vous rembourser, hein ».

— Comment ça « au risque de tuer tout l'équipage » ?

— Et si c'était un piège ?

— Arrête. Pas ici. Personne ne passe par ici, à part nous !

— D'accord, alors comment tu vas expliquer le niveau de combustible ? La discussion que nous avons en ce moment même et qui est enregistrée ?

— Pour le combustible, je connais un type sur la station qui m'en doit une. Ça ne sera pas gratuit, mais il fera le complément discrétos. Pour la boîte noire, tu sais très bien qu'elle n'est utilisée qu'en cas de problème. Mais pourquoi tu es réticente à ce point ? On vient peut-être de décrocher le jackpot et toi tu pinailles !

— Je sens que je vais regretter ça… soupira Mana.

****

— Prête ? demanda Andoval à Mana, le doigt sur la commande du sas.

Mana acquiesça, même si elle était terrifiée. Qu'allaient-ils trouver de l'autre côté ? Ils venaient de détourner le vaisseau de transport de leur compagnie pour aller piller une épave, mettant peut-être en péril la vie des trente-deux techniciens et ingénieurs cryogénisés à bord. Andoval dégaina son pistolet et pressa le bouton de commande.

Derrière le sas se tenaient deux individus, une jeune femme aux longs cheveux noirs et à la peau mate, vêtue d'une combinaison verte du genre de celle que portaient les techniciens. À ses côtés se tenait un homme entre deux âges, vêtu de vêtements de ville, plutôt de petite taille, et qui portait un bouc mal entretenu. Avant qu'ils n'aient l'occasion de parler, Andoval pointa son arme dans leur direction.

— On ne bouge pas ! s'exclama-t-il tout en découvrant le pistolet qu'avait la jeune femme à la ceinture. Reculez !
— Faudrait savoir, lâcha l'homme au bouc d'un ton ironique. On ne « bouge pas » ou « on recule » ?
— Reculez ! réitéra Andoval tout en pénétrant dans le Gemini II.

Le vaisseau était bien plus vaste que leur transporteur, avec des volumes généreux. Le sas donnait sur un large couloir qui débouchait lui-même sur une grande pièce bien éclairée. Ce vaisseau semblait disposer de tous les atouts pour se révéler être un bon coup, et pourtant quelque chose clochait.

— C'est gentil d'être passé nous voir, reprit l'homme au bouc tout en reculant sous la menace.

— Qui êtes-vous ? Et quel est ce vaisseau ? demanda Mana en pénétrant à son tour à l'intérieur du Gemini II tout en observant l'environnement avec circonspection.

— Nous sommes les seuls rescapés de l'équipage du Gemini II, vaisseau de colonisation parti du système solaire il y a deux cent douze ans, répondit Salila.

Andoval s'approcha de Salila et lui prit le pistolet qu'elle avait à la ceinture avant de le donner à Mana qui refusa dans un premier temps de le prendre. Menaçant toujours Salila et Max, Andoval et Mana se rendirent dans la salle des commandes du Gemini II.

— Putain de merde ! s'exclama Andoval en voyant les pupitres de commande obsolètes.

— Notre « porte de sortie » hein ? lâcha ironiquement Mana.

— Attends, c'est pas fini, répondit Andoval en fixant Salila. Si c'est un vaisseau de colonisation, où sont tous les autres ?

— Morts ou enlevés par des… commença Salila.

— Des ? demanda Andoval d'un ton sec.

— Des pillards d'épave, répondit Max tout sourire.

— Comment cela ? demanda Mana.

— Le vaisseau a entièrement été vidé de ses occupants par des pirates, ajouta Salila. Nous nous sommes cachés. Ensuite, j'ai dû enclencher une séparation avec le module de propulsion qui menaçait d'exploser et depuis lors nous errons sans pouvoir corriger notre trajectoire.

— Je me disais aussi… murmura Mana qui avait remarqué l'absence de propulseurs sur le Gemini II lorsqu'ils s'y étaient arrimés.

— Fait chier ! lâcha Andoval qui voyait ses espoirs de richesse s'envoler.

— Bon, qu'est-ce qu'on fait ? demanda Mana à Andoval.

— C'est très simple, répondit Andoval après réflexion. Si vous voulez monter à bord de notre transporteur, c'est cent mille crédits la place, ajouta-t-il en direction de Salila et de Max.

— Mais comment voulez-vous que… commença Salila.

— Je m'en fous ! s'exclama Andoval. Trouvez-moi quelque chose qui paie votre place sinon c'est terminé pour vous !

Mana agrippa le bras d'Andoval pour le tirer un peu à l'écart.

— Tu n'es pas sérieux, là, quand même ? lui murmura-t-elle.

— Et pourquoi pas ? répondit-il. À part des emmerdes, qu'est-ce qu'ils vont nous apporter ?

— Écoute, Ando, on s'est plantés, c'est comme ça, mais on ne va pas laisser deux êtres humains errer dans l'espace jusqu'à leur mort. Ce n'est pas nous, ça !

— Et comment on va faire pour payer le combustible ?

— Je ne sais pas, on trouvera bien un moyen…

— Excusez-moi, retentit la voix de Max qui écoutait la conversation d'une oreille. J'ai de quoi vous payer ma place, annonça-t-il fièrement lorsqu'il eut l'attention d'Andoval et Mana. Puis-je aller chercher quelque chose ?

Max s'engouffra dans le couloir en direction de sa cabine dès qu'Andoval lui fit un signe d'approbation de la tête. Salila commençait à avoir des sueurs froides, s'imaginant abandonnée par cette ancienne vedette égocentrique qu'elle avait pourtant sauvée d'un funeste destin. Max

62

revint très vite avec un objet en main, un grand sourire aux lèvres.

— Je vous présente « La Clef de l'Univers », commença-t-il. Une œuvre du célèbre...
— Qu'est-ce que c'est que cette merde ? vociféra Andoval tout en arrachant l'objet des mains de Max.

Mana s'approcha et utilisa le multiscanner qu'elle avait au poignet sur l'objet.

— Inconnu, lança-t-elle après les quelques secondes nécessaires à l'appareil pour l'analyse.

Andoval jeta l'objet au sol sous le regard presque amusé de Salila.

— Autre chose ? demanda Andoval en fixant Max.
— Je vous assure que cette œuvre d'art vaut une fortune ! s'égosilla Max.
— Écoutez, si vous n'avez rien de probant, vous restez là, ajouta Andoval.

Salila fixait le sol, pensive. Les mains levées pour souligner son incompréhension, Max demeurait bouche bée.

— Bien, on y va, conclut Andoval.

Mana tenta de protester à nouveau, mais Andoval lui fit discrètement signe de se taire. Ils allaient entrer dans le sas qui séparait le Gemini II de leur transporteur lorsque Max leur cria d'attendre.

— Tu vois, dit Andoval à Mana avec un sourire d'autosatisfaction aux lèvres.

Max s'approcha d'eux. Salila resta immobile, dans sa posture abattue, avant que Max ne l'invite à le rejoindre aux côtés d'Andoval et Mana.

— C'est votre toute dernière chance, dit Andoval avec exaspération.

— Je sais, répondit Max. Écoutez, il n'y a peut-être rien de valeur dans ce bâtiment, mais je suis un homme riche. En tout cas, je l'étais lorsque je suis parti il y a deux siècles et j'ai pris mes précautions pour l'être encore aujourd'hui.

— Bonne nouvelle. Des preuves ? lança Andoval.

— Je me nomme Odrian Univers, je pense que vous pouvez aisément vérifier mon identité et mes avoirs, dit solennellement Max devant les yeux éberlués de Salila qui n'arrivait pas à croire qu'il ait pu garder cela pour lui malgré leur confinement à l'issue plus qu'incertaine et leurs longues discussions.

— « J'étais riche il y a deux siècles » ne suffira pas à vous payer un ticket de retour. Il m'en faut un peu plus… ajouta Andoval.

— Eh bien, je suis notamment l'actionnaire majoritaire de la compagnie minière « M.E. » : Mondes Étendus, qui avait l'exclusivité de la troisième planète du système EVH-83.

Andoval se tourna vers Mana, l'air interrogatif.

— Hmm, c'est trop précis et trop vieux, répondit-elle après avoir interrogé l'appareil qu'elle avait au poignet. Il faut faire une requête pour interroger le réseau de la station. En revanche, cela va prendre un certain temps.

— Combien de temps ? demanda Andoval.

— Quelque chose comme deux jours aller, donc quatre jours pour avoir la réponse.

— On ne peut pas attendre quatre jours. Entendu, vous montez, mais le prix vient de doubler. Et si vous ne pouvez pas payer…

— Inutile de nous décrire la suite, coupa Max. Je vous assure que vous ne le regretterez pas.

****

Mana avait installé deux couches sommaires dans la petite salle de sport du transporteur, l'unique endroit du vaisseau disposant d'un espace pouvant être considéré comme superflu. Max et Salila découvrirent à quel point ils avaient été privilégiés auparavant, à bord du Gemini II. Il n'était plus question de larges couloirs ou de halls desservant des pièces parfois à moitié vides, mais d'étroites enfilades chargées de matériel et de petits espaces où chaque centimètre carré était optimisé.

Sur le chemin du retour vers la station, Max rejoignit Salila dans le minuscule réfectoire, avec l'idée de prendre un café. La jeune femme s'était installée là pour lire.

— Heureusement qu'il n'y a pas de plateaux repas, je ne vois pas comment on arriverait à se faufiler ! dit Max en entrant dans la pièce.

— Vous étiez à bord d'un vaisseau de colonisation, c'est très différent, dit Salila. Ils sont conçus pour que vous puissiez y vivre des mois, voire des années.

— Pourquoi donc, puisque nous sommes cryogénisés ?

— De multiples raisons : déjà, à votre époque on ne pouvait pas recryogéniser quelqu'un avant des mois. Ensuite, l'équipage d'un vaisseau de colonisation est réveillé plusieurs mois avant l'arrivée à destination. Cela permet d'étudier la planète visée avec le matériel embarqué et de préparer le déploiement. Pour finir, si le système visé s'avérait inhabitable, il fallait permettre à l'équipage de trouver une solution. Les vaisseaux « normaux » ressemblent presque tous à celui-ci et comme vous avez pu le remarquer, le confort ne fait pas partie du cahier des charges.

— Et ce sifflement permanent, c'est insupportable !

— Ça doit provenir du système de génération d'air qui doit fatiguer, répondit Salila en souriant face aux habitudes de confort de Max qui étaient mises à l'épreuve à bord de ce petit transporteur.

— Finalement, nous allons nous en sortir, ajouta Max en se contorsionnant pour prendre place face à Salila.

— Pourquoi ne m'avoir rien dit ? demanda Salila en fixant Max.

— Qu'est-ce que cela aurait changé ?

— Vous étiez prêt à m'abandonner sur le Gemini II alors que vous êtes potentiellement très riche. Je vous ai sauvé la vie, Max !

— Allons, Salila, ne soyez pas naïve. Ce genre de type, Andoval, joue un rôle. Je suis persuadé qu'il n'aurait pas été au bout de ses dires. J'ai simplement répondu à ses attentes au moment opportun pour qu'il baisse sa garde. Nous sommes en route vers la liberté et vous faites bien partie du voyage, non ?

— Après ce que j'ai fait pour vous, c'était la moindre des choses ! s'exclama Salila.

— Même le café est dégueulasse ! dit Max en posant sa tasse sur la minuscule table avec un signe de dégoût. Dites-moi, Salila, d'après ce que j'ai compris ces deux-là transportent du personnel à destination de la station la plus éloignée du système. Ils les posent, en reprennent d'autres, et retournent à leur point de départ.

— Oui, il n'y a que cela ici : des compagnies d'exploitation. La station dont je viens appartient à l'une d'entre elles.

— Justement. Cela signifie donc qu'à moins de repartir pour des siècles de voyages, je doive m'installer dans un système dépourvu d'une moindre petite planète habitable ?

— Non, lorsque vous aurez récupéré votre argent, vous pourrez vous rendre où bon vous semble.

— Mais, vous m'avez dit que vous ne parveniez toujours pas à dépasser la vitesse de la lumière ?

— Je vous ai aussi parlé des vortex. Il y a une petite station-vortex vers la première planète du système. De là, vous pouvez vous rendre à des années-lumière de distance en quelques heures.

— On peut faire ça ?! s'étonna Max. Mais pourquoi la galaxie n'est-elle pas entièrement colonisée dans ce cas ?

— Les trous de ver, les vortex, sont créés par des machines très complexes qui engouffrent une quantité d'énergie inouïe. Depuis l'une d'entre elles, vous pouvez potentiellement vous rendre à des distances inconcevables, mais une fois de l'autre côté vous vous retrouvez avec une simple propulsion. Les vaisseaux de colonisation d'aujourd'hui passent par ces trous de ver, puis construisent une station-vortex là où ils se trouvent pour rejoindre le maillage des autres stations. Cela prend des années pour y parvenir, parfois plus de dix ans, et durant tout ce temps, ils sont complètement isolés et voués à eux-mêmes.

— Je pourrais donc retourner sur Terre ?

— Théoriquement, oui, cela ne prendrait que quelques jours. Cependant, outre la somme d'argent colossale que cela doit représenter, il faut une autorisation spéciale pour aller sur Terre.

— Donc, si je suis votre raisonnement, les pirates qui ont dépouillé le Gemini II de son équipage se trouvent encore quelque part dans le système ?

— C'est certain. Nous sommes loin de la station-vortex. Soit, ils sont en chemin pour l'atteindre, soit ils rejoignent une station.

— Il faut que nous le sachions !

— À quoi bon ?

— Eh bien déjà parce que tôt ou tard on finira par savoir qui je suis et donc, d'où je viens… Lorsque cette histoire sortira au grand jour, j'imagine que cela fera un peu de bruit, non ?

— C'est bien possible. Et je vais être harcelée pour savoir ce qu'il s'est passé ! s'exclama Salila.

— Oui, et même si je corrobore vos dires, si nous avons exactement la même version de l'histoire, ils vont vouloir savoir où sont les deux cents autres. Vous m'avez sauvé, mais vous avez aussi aidé des pirates... Je ne suis pas certain que votre avenir proche soit très agréable.

Salila commençait à peine à entrevoir les possibles futures conséquences lorsqu'elle pensa à ses parents. Ils allaient subir un harcèlement permanent. Les journalistes allaient dresser leur portrait de la famille, fouillant partout pour expliquer comment une petite fille unique allait faire basculer sa famille dans l'horreur. Le visage encore rougi par l'émotion, Salila rejoignit Mana et Andoval dans le cockpit.

— Excusez-moi, dit-elle en arrivant derrière les deux sièges, le dos courbé pour parvenir à tenir debout dans l'exigu poste de pilotage.
— Tu n'as rien à faire ici, lança Andoval. Et fais attention, il y a plein de commandes autour de toi.

Salila ne savait effectivement pas où poser ses mains tant le moindre espace était équipé ici d'une série de boutons ou là d'un écran de contrôle.

— Je vais essayer d'être brève.
— Pas question, dégage ! s'exclama Andoval.
— Du calme, Ando, dit Mana. Vas-y, mais fais vite.

Salila expliqua son histoire. Le fait qu'elle ne faisait pas partie de l'équipage du Gemini II. Son recrutement par Matt et Valone et l'enlèvement de deux cents personnes. Elle implora Mana de tenter de localiser le Damascus.

— C'est très émouvant, mais ce n'est pas notre problème, conclut Andoval lorsque Salila eut fini.
— Je vous en conjure. Laissez-moi accéder aux commandes si vous ne voulez pas perdre de temps, je sais comment faire.
— Inutile, je l'ai trouvé, répondit Mana en scrutant son écran. Il a rejoint FX.
— La station du vortex ! s'exclama Salila. Ils vont s'enfuir !

— Ça, c'est certain, ajouta Mana.

— On ne peut pas leur demander où part ce vaisseau ?

— Il sera probablement déjà parti lorsque notre message arrivera, ensuite ce genre d'information est strictement confidentiel, Salila, répondit Mana avec un ton désolé.

— Merci, conclut Salila avant de quitter le cockpit, abattue.

****

Le transporteur se trouvait à moins d'une semaine de sa destination, une station orbitale qui surplombait une petite planète tellurique froide et hostile, mais gorgée de minerais rares. Mana eut enfin le message retour de sa requête sur l'identité de Max. Afin de ne prendre aucun risque, elle avait réalisé un prélèvement ADN et avait ensuite transmis le code génétique de Max pour analyse. La fiche complète de M. Univers Odrian revint et tous se retrouvèrent dans la petite salle de sport, l'unique endroit du vaisseau permettant de les réunir tous. Max semblait serein, mais Salila craignait le pire, voyant la mine dépitée d'Andoval qui ne prit même pas la peine de commencer la discussion.

— Comme je vous le disais, nous avons reçu votre fiche, Max, dit Mana. Enfin, je veux dire Odrian.

— Je préfère « Max ».

— Eh bien sachez, cher Max, que vous êtes aujourd'hui l'unique actionnaire de la compagnie Mondes Étendus.

— Et voilà ! s'exclama Max avec satisfaction. Je vous l'avais dit !

— Attendez, ce n'est pas fini, reprit Mana. Vous êtes l'unique actionnaire, car vous n'avez pas encore pu signer l'acte de dissolution. M.E. a fait faillite il y a dix ans. Vous êtes l'unique actionnaire d'une coquille vide. Je suis désolée, Max.

— Attendez, ce n'est pas possible ! Ils étaient les numéros un du rhodium.

— C'est juste, répondit Mana tout en jetant un œil à l'hologramme de son bracelet multifonctions. Mais la demande en rhodium a peu à peu décliné après à la découverte de nouveaux alliages, pour devenir anecdotique lorsque l'industrie spatiale ne l'a plus utilisé pour la construction des vaisseaux.

— Bon. Et le reste ? Je n'avais pas que cela !

— J'ai bien peur que si, répondit Mana avec un air encore plus désolé. Vous savez, depuis que vous êtes partis, il s'est vraiment passé beaucoup de choses. La découverte des vortex à tout changé, redistribuant les cartes. Certains domaines sont devenus obsolètes ou délaissés en quelques années. Et puis, nous avons connu la Révolte qui a encore modifié davantage notre société.

— Qui s'est révolté ? demanda Max.

— Les robots, les ordinateurs… tout ce qui était doté d'un processeur assez puissant pour se doter d'un libre arbitre, ajouta Salila.

— Mais alors je n'ai plus rien ? demanda Max, effondré.

— Que dalle ! dit Andoval en se levant. D'un bout à l'autre, vous avez été une plaie et il est grand temps de mettre un terme à cette parenthèse pourrie.

— Un instant, dit Salila timidement. Mes parents font partie de l'administration de Foxite-H et j'ai déjà entendu ce genre d'histoire. Si je ne me trompe pas, lorsqu'une compagnie fait faillite, elle est dépouillée de ses biens par les créanciers. Généralement, les actionnaires se désolidarisent en supprimant leurs avoirs pour renoncer au renflouement, ce qui lance par la même le processus de démantèlement de la compagnie.

— Je ne suis pas certain de vouloir prendre un cours d'économie maintenant, dit Andoval. Vous avez un sas qui vous attend…

— Justement, coupa Salila, le visage éclairé. Max, vous aviez beaucoup d'autres avoirs, n'est ce pas ?

— Sans me vanter, quatre fois oui, répondit Max.

— Dans ce cas, ne cherchez plus ou est passé le reste de votre fortune : étant absent, en tant qu'actionnaire majoritaire, vous avez automatiquement renfloué les dettes de Mondes Étendus. La compagnie a fait faillite, mais elle existe toujours et n'a probablement pas été dépouillée de ses biens.

Andoval se tourna vers Mana qui s'évertuait à corroborer les paroles de Salila en parcourant le message reçu.

— Je n'ai rien là-dessus, mais c'est possible, finit-elle par ajouter.

— Ça change quoi ? Vous ne pouvez pas payer, donc dehors, lança Andoval, cinglant.

— Au contraire, dit Salila. Vous dites que la compagnie à fait faillite il y a dix ans, ce n'est pas si vieux. Même si les employés ont dû quitter les lieux en emportant ce qu'ils pouvaient, les créanciers ont dû être remboursés et n'ont donc pas organisé de démantèlement. Il doit subsister encore beaucoup de matériel sur site. Peut-être même des véhicules, dont des vaisseaux.

Andoval fixa Mana qui acquiesça. La fortune de Max avait servi à éponger les dettes d'une compagnie minière qui devait forcément utiliser des vaisseaux, du combustible, des appareils de forage et ainsi de suite. La valeur résiduelle pouvait être énorme, mais nécessitait un investissement de taille pour se rendre sur place et récupérer tout ce qui avait de la valeur. La condamnation de Max et Salila fut reportée une seconde fois afin d'atteindre la station, de vérifier méticuleusement l'ensemble des suppositions de Salila, et le cas échéant, de trouver un moyen de transformer ce trésor potentiel en crédits.

Contrairement à ce qu'avait pensé Max, Andoval ne baissa pas la garde une fois arrivés. Conduits cachés dans une grande caisse de marchandises, l'un après l'autre, Salila et Max demeurèrent prisonniers dans un box inutilisé du dock où le transporteur s'était posé. Il serait néanmoins beaucoup plus difficile pour Andoval, de surcroît avec Mana à ses côtés, d'exécuter les rescapés du Gemini II. Condamner des gens en les projetant dans l'espace à travers un sas était une chose, mais presser une détente de sang froid en était une autre.

Dans le box à peine éclairé, Max savourait d'avoir rejoint la civilisation autant qu'il pestait d'avoir été dépouillé. Salila restait assise sur une grande caisse, immobile, le regard perdu.

— Salila, si vous voulez qu'on s'en sorte, il va falloir les aider un peu. Je doute qu'Andoval trouve un moyen... Il n'a pas inventé l'eau chaude celui-là ! Il en va de notre avenir à tous les deux.

— Cela fait deux fois, que je vous sauve la vie, répondit Salila, le regard fixe.

— Nous réglerons nos comptes un peu plus tard si vous voulez bien. Il faut absolument se rendre sur EVH-83 : un, pour se débarrasser de ces deux gêneurs, et deux, pour récupérer le peu qu'il me reste. Évidemment, je saurais me montrer reconnaissant avec mes alliés, ajouta-t-il en faisant un clin d'œil à la jeune femme.

— Vous ne reculez devant rien, vous. Trouvez donc vous-même cette idée salvatrice ! Depuis que j'ai pris la décision de vous sauver, je ne fais que cela : trouver des solutions pour vous et ruiner ma vie.

— Salila, ne me voyez pas comme… commença Max avant d'être interrompu par la bruyante ouverture de la porte métallique de leur box.

Andoval pénétra à l'intérieur avant de refermer la porte sectionnelle, puis se posta face à ses captifs.

— Une bonne et une mauvaise nouvelle, lança-t-il sans ressentiment. La bonne, Mana vient de me la confirmer : M.E. vous appartient intégralement, Odrian. Mieux, personne ne s'est rendu sur place depuis que la compagnie a été déclarée en faillite. Mana a retrouvé la trace de quelques employés qui sont partis avec des vaisseaux, mais aucun document ne parle d'une mission officielle là-bas. Il est donc fort probable, comme l'avait suggéré votre jeune amie, qu'il reste sur place pas mal de trucs.

— Ce n'est pas mon « ami », dit Salila d'un ton exaspéré.

— Elle ne pense pas ce qu'elle dit, ajouta Max en souriant. Et la mauvaise nouvelle ?

— En fait, il y en a deux. Pour commencer, il y a à peine trente ans, vous étiez à la tête d'une véritable fortune : M. E. engrangeait des bénéfices en milliard de crédits. Désolé de vous dire ça, mais vous seriez arrivé un peu avant, les choses auraient été bien différentes ! s'esclaffa Andoval.

— Ma veine habituelle, murmura Max en soupirant. Et la seconde ?

— Je pense pouvoir trouver un vaisseau pour nous rendre sur EVH-83, mais on va me demander une caution et il restera encore tous les frais à payer.

— C'est fantastique ! s'exclama Max. Ce n'est que de l'argent, nous allons bien trouver une solution. Combien faut-il ?

— Entre la caution, le combustible et le passage du vortex, on va atteindre les cinquante mille crédits.

— Rien que cela ! s'exclama Salila en riant. Max va vous régler…

Soudain, face aux regards pesants d'Andoval et Max, Salila comprit qu'elle était la seule à pouvoir fournir cette somme.

— Ce n'est pas imaginable, même en rêve ! s'écria-t-elle. Je dois avoir un dixième de ce montant en banque.

— Salila, vous avez une famille… commença Max. Vos parents savent que vous êtes partie à bord d'un vaisseau, j'imagine.

— Max, vous êtes un… commença à hurler Salila rouge de colère avant d'être interrompue par la main levée d'Andoval.

— Il faut que la gamine paie, c'est la seule solution, ajouta Andoval.

— Salila, voyez cela comme un investissement, reprit Max. Hormis le fait que nous avons besoin de fonds pour acheter notre liberté, pensez à ce que nous allons pouvoir tirer comme profit sur place. Vous rendrez cet argent à vos parents au triple au minimum.

— Vous n'en savez rien ! répondit sèchement Salila.

— Évidemment qu'il y a une fortune sur place, affirma Max. Et, de toute manière, nous n'avons pas le choix. Je n'ai plus rien, et si nous ne payons pas Mana et Andoval, c'est notre mort à tous les deux qui nous attend, n'est-ce pas, Andoval ?

— Exactement, répondit Andoval, bien qu'un peu surpris par la soudaine adhésion de Max à son plan. Envoyez un message à vos parents, dit Andoval en tendant un bracelet multifonctions à Salila. Pas de vidéo, ajouta-t-il.

Salila observa le regard d'Andoval, espérant sans y croire qu'il feignait de vouloir réellement aller au bout de ses intentions, mais comme à son habitude, l'individu semblait dénué de sentiment. Max, à l'inverse, affichait un grand sourire. Salila soupira, puis commença à rédiger un message tout en se disant qu'elle mettrait un point d'honneur à rembourser cette somme. Elle qui était partie quelques mois auparavant pour faire de l'argent facile, allait probablement commencer sa carrière avec une grosse dette, du moins si elle sortait indemne de cette histoire.

Andoval quitta ensuite le box, prenant soin de le verrouiller. Max tenta une fois encore de rassurer la jeune femme, mais rien n'y faisait ; Salila se sentait trahie par celui qu'elle avait arraché des mains de pirates au risque de sa vie. Plus tard, Andoval revint et fut rejoint par Mana peu après. Ils discutaient devant la porte du box, et si la conversation était difficilement audible au départ, le ton monta rapidement. Furieuse, Mana reprochait à Andoval d'avoir annoncé à leur employeur qu'ils avaient l'intention de quitter leurs fonctions. Officiellement, ils appartenaient à la compagnie qui les employait le temps qu'ils remboursent leur dette et une démission n'avait d'autre sens que celui de devenir des hors-la-loi. Il leur restait beaucoup d'argent à rembourser et la compagnie ne les laisserait pas partir ainsi impunément. Mana ne comprenait pas que son compagnon les ait embarqués dans cet énième «coup du siècle». Andoval se défendait comme il le pouvait, mais cette fois, Mana était à bout. Elle le fustigea encore, le traitant d'enfant ou d'égoïste, avant de le prévenir que ce mauvais coup serait le dernier. Bien que déçu par la réaction de sa compagne, Andoval accepta les termes de ce dernier contrat, promettant une fois encore une fin heureuse à cette histoire. Mana ouvrit ensuite la porte du box. Le visage encore crispé par l'énervement, elle s'adossa au mur face à Max et Salila.

— J'imagine que vous avez compris la situation ? demanda-t-elle, un peu sèche.
— Mana, je vous assure que nous allons réussir… commença Max.
— Vous, la ferme, coupa Mana. Même si Andoval n'a pas encore compris qu'il joue sa vie pour vous, je ne suis, quant à moi, pas dupe.
— Mais enfin… reprirent Max et Andoval en cœur.

— Andoval, essaye une minute de réfléchir, lança Mana. Qui prend les risques ici ? Salila, à qui on va demander de saigner ses parents ? Toi et moi, à qui on fait miroiter un trésor caché en contrepartie du montage d'une expédition aussi farfelue qu'insensée ? Et lui, dans tout ça ? dit-elle en pointant Max. Tout ce qu'il risque, c'est d'effectivement retrouver un peu d'argent, s'il a beaucoup de chance. Depuis le début, il te manipule Andoval !

— Je… commença à peine Max.

— Inutile, Max, coupa Mana. Au point où nous en sommes, il n'y a plus de retour en arrière possible, alors nous allons nous rendre sur votre caillou et j'espère pour vous, mais surtout pour nous et cette pauvre gamine, qu'il y subsiste au moins de quoi rembourser toute cette merde !

— J'ai une réponse, dit Andoval qui scrutait son bracelet multifonctions. C'est pas bon : les parents de Salila ne parlent pas de versement. Ils ne font que poser des questions.

— Puis-je voir ? demanda Salila.

Andoval lui tendit l'appareil et Salila découvrit le message très inquiet de ses parents qui ne comprenaient pas ce qu'il se passait. Mana prit alors les choses en main.

— Nous allons refaire passer un message à tes parents, Salila, mais cette fois l'histoire sera tout autre. Tu es notre captive et s'ils ne versent pas la somme dans la journée, nous menacerons de te tuer. Désolée, mais j'ai peur que cela soit la seule façon de les décider. Ils ont déjà dû lancer l'alerte, et tu seras bientôt recherchée dans tout le système.

Quelques heures plus tard, les cinquante mille crédits furent versés via un cheminement de comptes anonymes. Dans la station, toutes les caméras et les drones de surveillance avaient reçu la consigne pour la jeune femme disparue. Si Salila se montrait à visage découvert, l'alerte serait quasi immédiate. La puce qu'avait Salila dans le bras, comme presque tous les employés de compagnies, enfants compris, avait été repérée sur la station orbitale et déjà des patrouilles de police commençaient.

Chapitre 4 – Mondes Étendus

— Ce n'est pas un vaisseau ! s'exclama Mana en pénétrant dans la petite baie d'amarrage.

Au milieu du hangar se trouvait une navette en forme de parallélépipède qui faisait peine à voir. La coque, abîmée par des années de fonctionnement, laissait entrevoir des réparations de fortune effectuées ici et là. L'appareil était positionné face à la grande ouverture qui donnait sur le vide stellaire, prêt à décoller, même s'il semblait improbable qu'il vole encore.

— Tu plaisantes, Ando ? Jamais on ne franchira le vortex avec ça ! reprit Mana.
— Lothan m'a assuré qu'elle avait été préparée. Elle a l'air fatiguée, mais elle fonctionne. De toute manière, avec notre budget on ne pouvait pas vraiment avoir mieux.

Tout en s'approchant du vaisseau, Max jeta un regard inquiet à Salila. La mine de l'ingénieure systèmes en disait long sur l'état de la navette. Mana monta à bord afin de vérifier que l'appareil leur permettrait d'atteindre leur destination. Pour franchir les vortex, les vaisseaux devaient être équipés d'un ordinateur dédié qui contrôlait avec une précision parfaite la poussée du véhicule. Pour éviter une désintégration, les vaisseaux qui empruntaient les trous de ver devaient constamment compenser tout démarrage de dérèglement spatiotemporel en accélérant ou décélérant brutalement afin de rester dans de minces tolérances. La navette avait effectivement été équipée d'un ordinateur supplémentaire, grossièrement relié à la propulsion, elle-même modifiée sans vraiment respecter les règles de l'art. Max monta à bord à son tour. L'intérieur du vaisseau était dans un état similaire à l'image qu'il renvoyait de l'extérieur : tout était sale et abîmé. Cette navette avait dû être utilisée par le passé dans les exploitations minières et elle en gardait de lourds stigmates.

— Alors ? s'inquiéta Max lorsqu'il vit Mana revenir de l'étroit couloir qui menait au local technique situé à l'arrière.
— Alors c'est plus un cercueil qu'un vaisseau, mais si vous avez une autre solution, je suis preneuse, répondit Mana.
— A-t-on au moins une chance d'y arriver ? réitéra Max avec une pointe d'inquiétude.

Mana lui fit un grand sourire ironique pour toute réponse avant d'aller faire d'autres contrôles depuis le cockpit de l'appareil. Elle demanda ensuite à Salila de contrôler à son tour tous les équipements de navigation de la navette, mais l'ingénieure systèmes n'eut pas le temps de procéder à un check up complet. Malgré toutes les précautions prises, sa présence avait été détectée dans le dock et les forces de l'ordre étaient en route pour libérer Salila de ses agresseurs. Andoval accourut dans la navette avec un dernier chargement, puis se positionna aux côtés de Mana dans le cockpit.

— Tu as un code au moins pour décoller ? s'inquiéta Mana.
— Oui, Lothan m'a fourni un code de routine, celui utilisé pour les transports de matériel vers les mines. Allons-y, dit-il tout en entrant le code dans le système.

Le feu rouge, indiquant que l'invisible bouclier d'énergie qui séparait le dock du vide spatial ne laissait rien le traverser, passa au vert. Mana activa une commande avant de se saisir du manche et de faire décoller la navette.

Le voyage vers la station-vortex dura deux semaines. Deux longues et difficiles semaines durant lesquelles la promiscuité fut de mise tant l'espace à bord était réduit. La zone cargo, qui occupait le plus clair de l'espace disponible, était tout sauf confortable. Entièrement vidée pour l'occasion, elle servait de cabine, de salle de sport ou encore de réfectoire. Pour avoir un minimum de confort et accès aux commodités, les quatre membres d'équipage durent se contenter d'une micro cabine qu'ils se partageaient à tour de rôle. Salila profita de ce temps pour contrôler à nouveau l'ensemble des équipements et repéra quelques défauts qu'elle parvint à réparer. L'ambiance entre les deux binômes s'améliora grandement par la force des choses. Embarqués dans une mission improbable à bord d'un véhicule qui l'était tout autant, ils n'avaient guère d'autre solution que de se serrer les coudes. Max s'acharnait à essayer d'aider Salila, n'ayant rien d'autre à faire et préférant sa compagnie à celle de Mana et surtout d'Andoval.

— Max, je vous en conjure, lâchez ces câbles, dit Salila, exaspérée par l'attitude de Max qui essayait de reproduire ses gestes.
— Vous venez de dire qu'il fallait faire comme ça pour contrôler le flux optique. J'ai fait exactement pareil ! s'offusqua Max.

— Au détail près que ceux que vous avez en main pilotent la poussée. Max, s'il vous plaît…

— Ok, ça va, lâcha Max d'un air abattu.

— Tenez, j'ai trouvé ça pour vous dans la navette, dit Salila en sortant un objet de l'une de ses poches.

— Qu'est-ce que c'est ?

— Un bracelet multifonctions, on appelle cela un « pad ». Tout le monde en a un.

— J'avais remarqué. À quoi cela peut-il servir ? demanda Max en passant l'objet à son poignet.

— C'est un petit ordinateur doté de capteurs et d'émetteurs, ainsi que d'un mini hologramme. Vous pouvez lui parler, le questionner, ou vous en servir avec l'interface holographique. Ce n'est pas un modèle très récent, mais il a visiblement été oublié dans la navette. Je l'ai reconfiguré pour vous.

— Merci, dit Max qui porta soudainement toute son attention vers ce nouvel objet pour le plus grand soulagement de Salila.

Lorsque la navette se trouva dans la file d'attente pour emprunter le vortex, les opérateurs de la station émirent de sérieux doutes quant aux capacités du vaisseau à supporter le voyage. Les moqueries succédèrent aux mises en garde, mais personne ne les empêcha de franchir le trou de ver qui leur permettrait d'atteindre EVH-83. Les crédits nécessaires à payer le voyage avaient été versés et c'était l'unique condition pour activer la puissante machinerie à voyager dans les étoiles.

La navette paraissait minuscule face au gigantesque cercle de métal qui était relié à la station spatiale. Comme à chaque fois, le portail, car c'était ainsi qu'on les nommait dans le langage courant, avait été construit le plus proche possible de l'astre du système. D'énormes étendues de panneaux solaires s'étalaient sur le pourtour de l'installation afin d'alimenter en énergie la vorace machinerie qui permettait de créer ces trous de ver. Malgré les filtres des hublots, on pouvait deviner que la lumière inondait les lieux avec une immense intensité. Plus le vaisseau était grand et plus la destination lointaine, plus le vortex demandait d'énergie et plus il fallait attendre entre deux sauts.

À bord de la navette, l'équipage commençait à perdre patience et des tensions apparaissaient pour n'importe quel sujet, aussi futile soit-il. Vivre ainsi les uns sur les autres s'avérait être compliqué, spécialement avec des caractères aussi trempés et différents. Après deux jours d'attente, les opérateurs de la station donnèrent le feu vert à la navette, non sans ricanements. Ils l'avaient surnommé le « vaisseau suicide » et ils n'avaient pas tout à fait tort. Mana inspira profondément et posa ses mains sur les commandes. Face à eux, la partie vide du gigantesque anneau métallique commença à se charger en énergie. D'imperceptibles pulsations lumineuses montaient en puissance pour devenir distinctes avant de commencer en tourner en spirale de plus en plus rapidement. Soudain, un grand éclair précéda l'apparition d'un disque complètement noir situé au centre de l'anneau, juste assez grand pour que la navette s'y enfile. Mana poussa la propulsion au maximum et la navette disparut dans le néant, comme avalée.

À l'intérieur, les secousses ébranlaient tout dans un vacarme étourdissant. Mana et Salila tâchaient de rester concentrées sur leurs moniteurs de contrôle respectifs, pendant que Max et Andoval se cramponnaient.

— C'est normal, ça ? hurla Andoval pour se faire entendre.
— Quoi ? répondit Mana en criant à son tour.
— Ça vibre de partout !
— Non, ce n'est pas normal, mais on ne voyage pas dans un vaisseau normal, je te rappelle, répondit-elle.
— Mana, ça ne va pas tenir ! hurla Salila qui avait pris la place d'Andoval dans le cockpit pour l'occasion.
— Quoi donc ?
— La propulsion a du mal à suivre la navigation ! répondit Salila tout en fixant son écran qui indiquait de nombreux ratés qui frisaient les valeurs limites.
— C'est trop tard, on n'a pas le choix, hurla Mana.

Engoncés dans un petit renfoncement situé derrière la pilote et sa copilote, les deux hommes se regardaient avec inquiétude, secoués dans tous les sens. La navette était malmenée à la manière d'un frêle esquif pris dans une tempête. Les alarmes s'allumaient, puis s'éteignaient sans cesse, soulignant s'il était nécessaire de le faire que le vaisseau flirtait en permanence avec le point de rupture. Agrippé au dos du siège de Mana, Max était terrorisé. Il vit Salila lever subitement le bras en l'air et commencer à hurler quelque chose, mais d'une manière inexpliquée, le temps sembla se figer pour la jeune femme, avant de reprendre un cours normal.

— ... dois intervenir maintenant ! finit de hurler Salila en se levant.

Plusieurs fois encore, Max vit des ersatz d'anomalie spatiotemporelle se manifester, figeant une personne ou la faisant apparaître à deux endroits en même temps pendant une fraction de seconde. Salila s'évertuait à régler quelque chose sur le plafond du cockpit. Debout, elle avait ouvert une plaque métallique et s'efforçait de relier des câbles en se cramponnant comme elle le pouvait au milieu des secousses. Les anomalies cessèrent dès qu'elle eut fini, mais la cacophonie des différents avertisseurs embarqués dura quelques dizaines de minutes avant un calme soudain. Derrière le hublot frontal du cockpit, le noir absolu laissa place aux étoiles : ils étaient sortis du vortex. Une forte odeur de plastique brûlé avait envahi l'intérieur de la navette.

— Nous sommes sortis ! s'exclama Mana d'un ton triomphal.
— Mais c'était quoi ce bordel, s'exclama agressivement Andoval. Salila, tu devais contrôler que le vaisseau pouvait faire le voyage ! C'est pas ton job à la base ? On a failli y passer, putain !
— Je ne pouvais pas savoir… commença Salila du bout des lèvres.
— Laisse tomber, Ando, coupa Mana. Comment veux-tu qu'elle puisse garantir que cette saloperie fonctionne ? Elle est ingénieure, pas magicienne… répondit-elle en faisant un signe à Salila pour la rassurer. Et au passage, elle nous a probablement sauvé la vie lorsque le régulateur principal a lâché.
— Et c'est quoi tous ces trucs rouges qui sont allumés ? reprit Andoval, plus calme.

— Des emmerdes à venir, répondit Mana en observant son pupitre. Et encore, on a eu de la chance, le voyage n'a pas duré longtemps. On n'aurait pas tenu beaucoup plus.

— On ne le savait pas à l'avance ? demanda Max, qui sortait doucement de son état second.

— Non, les trous de ver sont aléatoires, répondit Mana tout en lisant la liste des avaries. C'est toujours un immense raccourci, mais c'est plus ou moins long. Dans le cas présent, c'était comme si on était juste à côté, une chance.

La navette était parvenue à traverser le vortex, mais n'en était pas ressortie indemne. De nombreuses avaries étaient apparues et il restait encore une semaine de voyage pour atteindre la planète qui hébergeait le site d'exploitation de Mondes Étendus. Salila se mit immédiatement à l'ouvrage, en évitant le regard d'Andoval. Mana reprogramma la navigation et la navette dessina une courbe pour revenir sur ses pas. À travers le hublot du cockpit, ils aperçurent la station-vortex qu'ils venaient de franchir. Bien plus petite que celle de leur point de départ, elle semblait abandonnée. Aucun vaisseau n'attendait son tour pour franchir le trou de ver, ni même aucun autre n'y était arrimé. Andoval prit place aux côtés de Mana et tenta de rentrer en contact, mais l'unique réponse qu'il obtint fut un message automatique indiquant que la station EVH-83 avait été basculée en mode automatique. La suite du message expliquait les modalités de paiement pour activer la création d'un vortex. Quelques rares systèmes, dont EVH-83 faisait partie, se retrouvaient ainsi presque intégralement inhabités dès lors que l'intérêt qu'on leur portait arrivait à son terme. Les générateurs de vortex de ces systèmes étaient alors laissés en fonctionnement, mais pilotés automatiquement par ordinateur. Une équipe de techniciens venait procéder à la maintenance de la station-vortex de temps à autre, mais le risque de perdre toute connexion avec le système demeurait possible à chaque instant. Si le générateur de vortex subissait une panne majeure et si personne ne pouvait le réparer de ce côté-là, le système tout entier se retrouvait isolé, déconnecté du maillage. La seule manière de le quitter était alors d'entreprendre un voyage interstellaire qui pouvait prendre des dizaines ou des centaines d'années.

— Si je comprends bien, nous sommes dans un système où il n'y a plus personne, à bord d'une navette pourrie qui se décompose, et en route vers quelque chose qu'on ne connaît pas. Si ça se trouve, rien, dit Mana avec calme tout en finissant de préparer la navette au voyage.

Andoval fit mine de ne pas entendre, pianotant sur l'ordinateur qui venait de récupérer les données du système EVH-83 transmises par la station.

— Franchement, Ando, tu nous as mis dans une belle merde. As-tu seulement compris qu'on ne repartirait pas ? ajouta Mana, plus sérieusement.
— Comment ça ? demanda Andoval laconiquement, mimant toujours d'être occupé.
— La navette ne supportera pas un nouveau passage. Si nous ne trouvons rien ici, nous sommes coincés.
— Eh bien comme ça, on n'a pas le choix, on va trouver.
— C'est tout ?
— Qu'est-ce que tu veux que je te dise ? répliqua Andoval avec une pointe d'énervement. Maintenant, on est là, alors on y va et puis voilà.

— En effet, c'est imparable, répondit Mana. Et il n'y a rien qui te choque dans cette histoire ?

— Écoute, Ok, j'ai mes torts…

— Non, coupa Mana. Je ne parle pas de ton inconscience de nous avoir embarqués là-dedans, mais de ta naïveté. Lothan t'a fourni cette navette, sachant parfaitement qu'elle ne ferait pas le voyage de retour, voire même l'aller. Même si elle ne vaut pas beaucoup plus que le prix que nous avons payé pour l'utiliser, il n'est pas du genre à investir dans des plans foireux… Qu'est-ce que tu lui as dit ? demanda Mana de la manière la plus sérieuse qui soit.

— Qu'on avait besoin d'un vaisseau, quoi d'autre ?

— Andoval, je ne crois pas que cela soit le moment de se faire des cachotteries.

— Mais qu'est-ce que tu crois ? D'abord il fallait récupérer le fric et ensuite le vaisseau. C'était le seul moyen.

— Donc ?

— Il sait tout.

— Putain, génial ! s'exclama Mana.

— Et puis quoi ? Qu'est-ce que tu veux que ça fasse ?

— Il va sagement laisser passer le chaos qu'on a semé sur la station et il va débarquer ici pour rafler la mise, voilà ce qui va se passer.

— Ouais, ben on verra, répondit Andoval tout en prenant conscience de la fragilité de son plan.

— Me voilà rassurée devant ce plan digne d'un maître-stratège, conclut Mana ironiquement.

Salila parvint à remonter la plupart des systèmes défectueux de la navette, un à un. En revanche, avec le peu de pièces de rechange embarquées, elle ne put réparer l'intégralité et le voyage de retour se confirma être impossible. Perdu pour perdu, Mana poussa la propulsion à fond afin de réduire le temps de voyage jusqu'à la planète, se laissant comme ultime possibilité un lent retour jusqu'à la station-vortex d'EVH-83. S'ils en arrivaient là, ils pourraient au moins tenir quelque temps à l'intérieur.

Trois jours plus tard, les contours de la troisième planète du système EVH-83 étaient bien visibles à travers le hublot du cockpit. Dépourvue d'une réelle atmosphère, cette grande boule marron orangé et aux pôles assombris rassemblait tous les espoirs du petit groupe. Mana se servit de la carte du système transmise par la station-vortex pour préparer leur descente. Au moins, la base d'exploitation de Mondes Étendus était-elle bien indiquée. La navette plongea ensuite vers la zone désignée et quelques minutes plus tard, la base apparut devant eux. Mana volait en cercle au-dessus de la zone pendant qu'Andoval tentait de rentrer en contact, mais toutes les tentatives se vouèrent à l'échec : personne ne répondait. À l'inverse de la station-vortex, aucun message automatique ne leur parvenait ce qui était également anormal. La structure n'était pas si imposante que ce que Mana avait imaginé, elle semblait enterrée et presque entièrement recouverte d'une poussière rougeâtre. Seule la zone d'exploitation, située sur le côté, laissait clairement apparaître une présence humaine. Les chemins d'accès étaient encore nettement visibles et surtout la fouille : un immense trou concentrique dont la couleur sombre tranchait avec le reste du paysage ocre. De multiples convoyeurs mécaniques avaient été disposés pour transporter ce qui était extrait du manteau vers des unités de traitement, des bâtiments de grande taille qui devaient probablement être équipés pour séparer les minerais rares du reste. Toute l'installation était à l'arrêt, et si quelques véhicules étaient visibles ça où là, ils étaient maculés de cette poussière caractéristique, indiquant une longue inactivité.

Mana posa la navette sur un grand disque grisâtre surélevé du niveau du sol, soulevant un énorme nuage de poussière. Depuis là, un chemin rectiligne s'enfonçait lentement vers le sous-sol.

— J'espère que les combinaisons sont assez renforcées, il y a quoi dans l'atmosphère ? demanda Andoval en se levant de son poste.

— Aucune idée, il y a une atmosphère, je l'ai sentie en volant, mais ténue, répondit Mana qui entamait la série de commandes pour mettre le réacteur de la navette au ralenti.

— Les instruments disent quoi ?

— C'est une navette, Ando, au cas où tu l'aurais oublié. Il n'y a pas ce genre de capteur à bord. Ne me dis pas que tu ne t'es pas renseigné avant de la louer ? demanda-t-elle d'un large sourire ironique.

— Principalement des dérivés d'hydrogène, de l'oxygène, et quelques autres gaz, mais en quantité infime, répondit Max en consultant son bracelet multifonctions. La gravité est en revanche assez forte.

— Et tu tiens ça d'où ? demanda Andoval.

— J'ai transféré les données de la station-vortex sur vos pads, répondit Salila qui passait derrière Max avant de se diriger vers la cabine pour enfiler sa combinaison.

— Je vois, siffla Andoval en fixant Mana avec un regard accusateur.

— Ben quoi, se défendit Mana. Tu m'as demandé ce que disaient les instruments, pas si je savais de quoi était faite l'atmosphère, ajouta-t-elle en ricanant.

Quelques dizaines de minutes plus tard, le nuage de poussière était retombé au sol. La porte arrière de la navette s'ouvrit et le groupe descendit lentement la rampe pour rejoindre la terre ferme. Salila fit remarquer à ses compagnons une zone noircie sur la partie haute de la coque de la navette.

— C'est un module de compensation de la propulsion qui a cramé, dit-elle dans l'intercom intégré de sa combinaison.
— Ça explique les secousses, ajouta Mana qui observait également l'extérieur du frêle vaisseau qui leur avait permis d'arriver jusque-là.
— Vous avez vu cette poussière ? s'étonna Max qui s'était accroupi, faisant glisser une poignée de cette fine terre rougeâtre entre ses doigts gantés.
— Bon, on y va ? s'impatienta Andoval, qui ouvra la voie avec un pistolet en main.
— Tu vas faire quoi avec ça ?! s'esclaffa Mana. Tu ne peux même pas appuyer sur la détente avec ces gants !
— C'est dissuasif, se justifia Andoval.

Ils empruntèrent le chemin qui s'enfonçait dans le sol. Au fur et à mesure de leur progression, la couche de poussière au sol s'épaississait pour atteindre une trentaine de centimètres lorsqu'ils firent face à une porte métallique. Elle ne disposait d'aucun mécanisme d'ouverture, seule une platine hébergeant un petit écran était située à hauteur d'homme. Salila activa l'appareil, mais après plusieurs tentatives pour trouver un moyen d'ouvrir la porte, elle abandonna. Le système était complètement fermé et rien ne permettait de s'y connecter pour tenter un forçage. La platine elle-même avait été intégrée au montant de la porte de manière à ce qu'elle ne soit démontable que depuis l'intérieur.

— Mana, tu as vu une autre entrée ? demanda Andoval.
— Non…
— Il va falloir passer autre part, ajouta Salila, qui avait abandonné. Il n'y a même pas de circuit d'urgence, c'est incroyable.
— Nous sommes en terres privées, Salila, fit remarquer Mana. Les normes et autres embarras veillant à assurer une certaine sécurité n'ont pas cours ici.
— On fait quoi alors ? demanda Andoval. On retourne dans la navette et on cherche un passage ?
— À moins qu'on abandonne devant une porte après tout ça, oui, on va faire ça, ricana Mana.

Soudain la porte s'ouvrit, dégageant au passage un petit nuage de poussière.

— Max ? Qu'as-tu fait ? demanda Salila voyant ce dernier la main tendue face à l'écran de la platine.
— Rien ! J'ai à peine approché le doigt. C'est écrit « Bienvenue M. Univers ».
— Mais oui ! s'exclama Mana. Tu es le proprio des lieux !

Derrière la porte se trouvait une petite salle sombre aux parois salies par la poussière et dont le sol était constitué de grilles métalliques. Face à eux se tenait une seconde porte, mais cette fois sans platine de commande. Dès que le dernier referma la porte derrière lui, la pièce s'illumina et de grands jets de gaz expulsèrent toute la poussière accumulée sur leurs combinaisons vers les grilles au sol. Peu après, une lumière verte située au-dessus de la seconde porte s'illumina, suivie d'un son métallique qui indiquait que le sas venait de se déverrouiller. Salila contrôla son multiscanner et annonça au groupe que l'atmosphère était à présent respirable. Andoval passa le premier, ouvrant la porte qui donnait vers l'intérieur du complexe. Elle débouchait dans une sorte de vestiaire, équipé d'armoires pour les combinaisons et effets personnels, ainsi que de douches et lavabos. Quelques lampes disposées sur les murs en béton brut éclairaient vivement les lieux, mettant en exergue un endroit abandonné depuis longtemps. Si elle n'était plus rougeâtre comme à l'extérieur, une couche de poussière s'était accumulée partout. Dans le fond de la pièce, une nouvelle porte de construction plus légère devait permettre de rejoindre le reste du complexe. Le groupe ôta ses combinaisons et Andoval commença immédiatement à fouiller les lieux, ouvrant toutes les armoires, soulevant chacun des objets qu'il trouvait.

— Vous avez vu ? demanda Mana le sourire aux lèvres. Il y a des douches. Cela fait des semaines que j'en rêve !
— Plus tard, annonça sèchement Andoval tout en continuant son inspection.
— Vous ne voulez pas poser ça ? demanda Max en désignant le pistolet qu'Andoval prenait soin de toujours avoir en main. Ça me rend nerveux, et puis il n'y a manifestement personne…
— Allez, on bouge, ordonna Andoval arme au poing.

Après la porte se trouvait un long couloir, légèrement en pente, qui s'illumina dès qu'Andoval y pénétra. Le cœur de la base d'exploitation devait se situer en contrebas. Le groupe s'engouffra dans le passage pour déboucher dans une petite pièce circulaire quelques dizaines de mètres plus loin. De là, hormis le couloir qu'ils venaient d'emprunter, quatre autres passages continuaient dans différentes directions. Des panneaux accrochés aux murs indiquaient les destinations possibles : bureaux, hangar, zone de vie et entrepôts.

— Je suggère « hangar », dit Mana à Andoval qui s'engageait déjà en direction des entrepôts. Avant de voir si nous pouvons devenir riches, essayons de nous rassurer en trouvant quelque chose qui vole mieux que le tas de ferraille de Lothan.

Andoval revint sur ses pas, mais quelques mètres plus loin, ils se trouvèrent face à une porte blindée verrouillée. Les gesticulations de Max face à la platine de commande n'y faisant rien, le groupe prit la direction des entrepôts.

— C'est étrange, tout de même, si cette base est abandonnée depuis dix ans, il ne devrait plus y avoir d'électricité, fit remarquer Salila alors que le nouveau couloir qu'ils empruntaient s'illuminait à leur approche.
— Le réacteur ne peut pas fonctionner en autonomie pendant ce laps de temps ? demanda Mana.
— À bord d'un vaisseau, oui, mais ils sont prévus pour.

La porte de l'entrepôt s'ouvrit lorsque Max se positionna face à elle. Elle débouchait une pièce aux proportions démesurées. Ils se trouvaient en haut d'une petite plateforme qui surplombait un gigantesque entrepôt. Depuis là un escalier métallique permettait de descendre dans l'immense pièce. Les lampes de la zone s'allumaient les unes après les autres, éclairant péniblement un entrepôt sali de poussière extérieure, chargé d'amoncellements de caisses et de nombreux engins de levage. Au centre, un monte-charge permettait d'évacuer les caisses remplies de minerais vers la surface. On pouvait distinguer la grande ouverture dans le plafond qui devait être utilisée lorsque le site était en fonctionnement. Ce conduit devait déboucher sur le grand disque sur lequel Mana avait posé la navette. Les vaisseaux cargo chargeaient probablement leur cargaison à cet endroit.

— À moins que tu ne veuilles repartir avec un chargement de rhodium, je ne vois rien ici qui va nous rendre riches, lança Mana qui se tenait au garde-corps de la plateforme en observant les lieux.
— On n'a pas encore tout fouillé. Ils n'ont pas pu tout emporter. C'est dans la zone de vie qu'on va trouver quelque chose, ou dans les bureaux, répondit Andoval.
— Il faut encore pouvoir repartir, ajouta Salila.
— Et la porte du hangar ? Si elle est verrouillée, c'est sûrement qu'il s'y trouve quelque chose, non ? demanda Max.
— Ou que le hangar est dépressurisé… dit Mana.
— Nous n'avons rien vu depuis l'extérieur, fit remarquer Max.
— Bon, on viendra fouiller ici plus tard, direction les bureaux, conclut Andoval.

Après être retournés sur leurs pas, ils rejoignirent une zone constituée d'une succession de bureaux et d'une grande salle de contrôle bardée d'écrans éteints. Certains bureaux étaient encore équipés de matériel, mais la plupart avaient été vidés de leur contenu, mobilier mis à part. Le peu de matériel qui demeurait était obsolète ou endommagé. La salle de contrôle devait permettre de visualiser l'ensemble de la base et des zones d'exploitées. Elle était équipée de plusieurs ordinateurs et de nombreux pupitres de commande équipés d'hologrammes interactifs.

— Qu'en penses-tu, Salila ? demanda Andoval en observant les lieux.

— Ce matériel n'est pas de première jeunesse, mais il est exploitable et encore largement utilisé dans ce genre de base, répondit l'ingénieure systèmes.

— Combien, tu penses ?

— Quelques milliers de crédits, peut-être dix mille.

— Fait chier, soupira Andoval. Allons voir ailleurs.

Ils revinrent encore sur leur pas pour emprunter le dernier couloir. Passé un sas léger en surpression, probablement situé là pour enlever les dernières traces de poussière, ils rejoignirent une grande salle très claire dont le plafond voûté projetait l'image d'un ciel bleu nuageux tel qu'on pouvait en apercevoir sur Terre. L'endroit était propre, ce qui tranchait avec tout ce qu'ils avaient vu jusque-là. Pas de poussière accumulée sur les lampes en applique, ni dans les anfractuosités de la construction. Au centre de la pièce, un grand panneau d'affichage éteint était surplombé par deux grandes lettres en relief façonnées en rhodium : ME. De nombreux couloirs partaient depuis cet endroit, tous dotés de panneaux qui indiquaient les différentes zones desservies : réfectoire, chambres, salles de distraction… Andoval se crispa sur son arme lorsqu'un bruit en provenance d'un couloir résonna. Il demanda aux autres de se mettre à couvert et se positionna de manière à tenir en joue celui ou celle qui apparaîtrait. Il abaissa finalement son pistolet lorsqu'il aperçut le robot de nettoyage qui s'évertuait à tenir l'endroit propre avec ses multiples bras articulés dotés de brosses aspirantes.

— Voilà à quoi ressemblent les résidents, dit Mana en revenant vers Andoval.
— Ça vaut combien, ça ? demanda Andoval, pensif.
— Deux mille ? annonça Mana, peu sûre d'elle.
— Fait chier.

Le groupe emprunta le couloir qui menait aux salles de distraction. Presque toute la zone était cloisonnée de parois transparentes, permettant d'apercevoir ici une salle de sport entièrement équipée ; ou là une salle dotée de billards, d'un bowling et de quelques autres jeux. Plus loin, un pub, comme il s'en faisait sur Terre, avait été reconstitué avec plus ou moins de réussite. Les parois vitrées laissèrent ensuite place au béton pour les six salles holographiques qui permettaient de s'immerger dans des jeux virtuels. Le couloir se terminait par une porte close au-dessus laquelle était inscrit « Piscine ».

— Eh bien, ils savaient soigner leurs employés ! s'exclama Andoval.
— Il y a quelques dizaines d'années, le cours du rhodium était très haut et ils ne devaient pas être regardants sur ce

genre d'à côté pour s'assurer suffisamment de ressources humaines, ajouta Salila.

— Tu m'étonnes, si tu avais vu les trous dans lesquels j'ai bossé… répondit Andoval.

— Vous ne sentez pas une odeur ? demanda Max.

— Si, répondit Mana. Ça sent le cramé.

— Pas tout à fait, ajouta Max. Je connais cette odeur…

— Je vous préviens, si la piscine est fonctionnelle, je prends un bain ! s'exclama Andoval en activant la commande d'ouverture de la porte de la piscine.

Dès que la porte s'ouvrit, ils furent soufflés par un air chaud et humide, mais la piscine convoitée par Andoval n'y était pour rien. À la place du bassin, ils découvrirent un capharnaüm végétal fait d'arbustes, de plantes potagères et d'herbes en tout genre. L'empreinte du bac de la piscine avait été remplie avec de la terre noire en provenance de l'extérieur et les installions techniques de la piscine avaient été modifiées pour maintenir toute cette végétation en vie. Le plafond vitré, qui avait dû autrefois permettre d'illuminer cet espace, était enseveli depuis l'extérieur d'une épaisse couche de poussière. Un dédale de fils et de lampes suspendues permettait d'obtenir un éclairage vif dans chaque recoin. Des fruits et des légumes abondaient sur une multitude de plantes, parfois entremêlées les unes dans les autres. Au fond de la vaste pièce se tenait un homme aux cheveux gris et à la barbe fournie. Il ne remarqua l'arrivée du groupe qu'un peu plus tard, lorsqu'ils se trouvaient presque au milieu de son jardin artificiel. Une cigarette à la bouche, il était en train de tailler un arbuste à baies lorsqu'il se figea, puis se retourna. Face à lui se tenait Andoval avec son arme dressée.

L'homme, visiblement surpris, eut d'abord un mouvement de recul avant de s'immobiliser complètement et d'observer ces visiteurs improbables.

— Je savais que je connaissais cette odeur, repris Max. C'est l'odeur du tabac !

— Qui êtes-vous ? demanda Andoval d'une voix autoritaire.

— J'aimerais assez vous retourner la question, répondit l'homme.

— Répondez ! s'écria Andoval, menaçant l'homme avec son pistolet.

— Ça va, on se calme. Je me nomme Quanti. Vous êtes satisfait ? répondit l'homme qui dévisageait les membres du groupe un à un.

— Que faites-vous ici ? reprit Andoval.

— Aussi étonnant que cela puisse vous paraître, je suis en train de tailler ce framboisier, répondit Quanti en reprenant sa besogne comme si de rien n'était.

— Vous faisiez partie de la base ? demanda Mana.

— Quanti Stallionni, responsable du dispensaire, médecin de grade quatre, fidèle au poste, répondit Quanti d'une voix presque chantante.

— Mais pourquoi êtes-vous toujours là ? demanda Salila. Tous les autres sont partis, non ?

— C'est exact.

— Depuis plus de dix ans, vous êtes seuls ici ? s'étonna Mana.

— C'est encore exact, répondit Quanti en posant son sécateur sur un ancien plongeoir qui servait de dépotoir à outils. Vous avez faim ? demanda-t-il le plus naturellement du monde.

Ils se regardèrent tous avec interrogation. La situation était étrange, mais force était de constater qu'un repas serait le bienvenu, spécialement après la nourriture déshydratée et infâme qu'ils avaient consommée durant leur voyage. La pléthore de fruits et légumes présents laissait présager un tout autre genre de repas. Quanti attrapa un panier fait de petites branches tressées et commença à déambuler dans son jardin, grappillant ici de grosses tomates rouges ou arrachant là de terre des tubercules orangés. Il invita ensuite le groupe à le suivre. Andoval rangea son arme sur la demande de Mana. L'homme n'était visiblement pas dangereux et autant profiter d'un bon repas pour essayer d'en savoir plus. Ils empruntèrent le couloir par lequel ils étaient arrivés, passèrent dans la pièce centrale où le robot de nettoyage fit son apparition, puis se dirigèrent vers la zone d'habitation. Si de nombreuses portes demeuraient closes, Quanti s'était néanmoins bien étalé. Il stockait du matériel, regroupé par genre, dans plusieurs chambres, dans des amoncellements désordonnés. S'étant retrouvé seul dans cette grande base d'exploitation, il s'était octroyé l'usage de la chambre la plus luxueuse : celle de l'ancien responsable du complexe.

Quanti regroupa rapidement les vêtements et autres petites affaires qui traînaient un peu partout dans la pièce afin de donner un semblant d'ordre, et surtout de permettre à ses invités de s'asseoir sur le grand canapé d'angle. Cet espace de vie comportait un salon ainsi qu'une chambre et une salle d'eau séparée, le tout équipé des dernières technologies de l'époque. Les meubles, les luminaires ou les appareils intégrés parachevaient l'impression générale de se trouver dans un endroit réservé à une élite. Quanti posa sa récolte sur une petite table en ayant au préalable fait tomber au sol tout ce qui s'y trouvait, et commença à découper quelques légumes.

— Ainsi, vous êtes donc envoyés par les autorités ? demanda-t-il sans se retourner.

— Nous n'avons rien dit de tel, répondit Mana.

— On n'atterrit pas ici par hasard… ajouta Quanti.

— Nous sommes venus faire des courses, lança Andoval.

— Voilà une drôle d'idée, dit Quanti d'un ton à peine concerné. Vous êtes donc des pirates, n'est-ce pas ?

— Pas vraiment, répondit Mana. Nous sommes accompagnés de M. Univers.

— M. Univers ? Il a gagné un concours ?

— Je suis l'actionnaire majoritaire de Mondes Étendus, annonça solennellement Max.

— Je vous demande pardon ? demanda Quanti en retournant, aussi étonné que surpris.

— C'est votre patron ! s'exclama Andoval en ricanant.

— Oui, enfin, je suis propriétaire de la licence d'exploitation et des actifs de la compagnie, mais… commença Max, un peu gêné.

— Vous êtes l'actionnaire qui a rejoint une mission de colonisation il y a deux cents ans ?

— C'est bien moi, répondit Max.

— Vous n'avez pas eu le nez creux ! La boutique est fermée.

— J'avais remarqué, répondit Max presque vexé. Pourquoi personne n'a rien fait, d'ailleurs ?

— Vous savez, la compagnie aurait aussi bien pu s'appeler « Casseroles Célestes » et vendre de la nourriture. Mondes Étendus a été créée de toute pièce dans l'unique but de faire de l'argent facile. Au début, la compagnie s'occupait de gérer une flotte de transporteurs. C'était pendant la ruée vers les étoiles et cela a tellement bien fonctionné qu'elle s'est payé la concession EVH-83 et y a injecté une fortune pour en extraire du minerai. Le retour sur investissement était tel que les investisseurs se sont crus à l'abri pour toujours. J'ai connu la fin de cette époque. Je pouvais signer des ordres d'achat de dix mille crédits sans que personne n'y jette un œil. Après, lorsque le rhodium est devenu obsolète, il était trop tard.

— C'est une belle histoire, mais si on parlait d'avenir? demanda Andoval.

— Et que comptez-vous faire? répliqua Quanti.

— On vous l'a dit, reprit Andoval. On est venus prendre ce qui nous appartient, ni plus ni moins.

— Mais quoi exactement? insista Quanti. C'est une base d'exploitation à l'abandon, pas une banque.

— Eh bien justement, tu vas nous montrer l'inventaire et commencer par nous dire où sont les vaisseaux?

— Vous plaisantez? pouffa Quanti. Il n'y a plus de vaisseau ici depuis bien longtemps, répondit-il à Andoval qui était fixé par Mana d'un regard noir.

Quanti servit à chacun de ses convives un récipient métallique contenant des morceaux de tomate.

— Il ne subsiste plus aucun véhicule ici? demanda Mana à son tour.

— Si, bien sûr. Quelques rovers, une dizaine de foreuses et quelques appareils de levage et manutention, mais rien qui vole, répondit Quanti tout en les en invitant à prendre les assiettes qu'il venait de préparer.

— C'est super bon ! s'exclama Max dès la première bouchée. Qu'est-ce que c'est ?

— Brandywine, huile d'olive, sel et poivre. Brandywine c'est la tomate.

— Cela fait une éternité que je n'avais pas mangé un légume frais, c'est délicieux, ajouta Mana.

— Nous avons vu une porte qui menait aux hangars, reprit Andoval qui était trop contrarié pour manger. Il y a quoi derrière ?

— Il y a une porte, mais vous avez dû remarquer qu'elle est condamnée, répondit Quanti. Lorsque le dernier vaisseau est parti, il a abîmé la structure. La zone ne peut plus être pressurisée, les portes ne fermaient plus correctement, ça doit être rempli de poussière à présent.

Andoval jeta un regard à Salila qui lui fit un signe de la tête montrant qu'elle était désolée. La présomption de Mana quant à cette porte verrouillée s'avérait juste.

— Bordel ! cria-t-il en jetant sa gamelle qui heurta le mur à grand fracas. Max, tu te démerdes comme tu veux, c'est plus mon problème, mais par contre ça va bientôt devenir le tien ! ajouta-t-il en tapotant son arme à la ceinture.

— Je suis désolé, dit Quanti en haussant les épaules. Il n'y a pas de vaisseau. C'était votre unique souhait ?

— Écoutez, Quanti, il se trouve que je dois une belle somme à Andoval et Mana et je me suis un peu avancé sur le fait qu'il y aurait ici de quoi faire.

— De combien avez-vous besoin ?

— Deux cent mille, répondit Andoval qui se tenait la tête des mains, dépité.

— Je pense qu'il ne sera pas bien difficile de trouver de quoi atteindre cette somme. Il subsiste tout de même quantité de matériel, dit Quanti.

— Ce n'est pas notre unique problème, ajouta Mana. Sans parler du fait qu'il ne peut pas transporter grand-chose, le vaisseau qui nous a permis d'arriver ici est mort. Sans nouveau moyen de déplacement, nous sommes coincés ici.

— La base dispose de plusieurs ateliers complets. Nous trouverons de quoi réparer votre vaisseau, dit Quanti. Mais, une fois cette somme récoltée, d'une manière ou d'une autre, quel était votre projet ? demanda-t-il en fixant Max.

— Mon projet ? Mon projet pour quoi ? répondit Max.

— Pour Mondes Étendus. Une fois que vous aurez payé vos compagnons, qu'allez-vous faire de la compagnie ?

— Je ne sais pas… On ne peut pas redémarrer une production ?

Max se ravisa lorsqu'il vit l'ensemble des visages lui porter un sourire gêné.

— Je vous propose ceci, reprit Quanti. Cet argent, je l'ai. Il ne m'est plus d'aucune utilité aujourd'hui. En revanche, je veux conserver tout ceci. Je vous rachète Mondes Étendus deux cent mille crédits, conclut-il.

— Un instant, vous venez de dire que cela valait bien plus que cela ! s'exclama Max.

— Et alors ? surenchérit Andoval. Le toubib nous fait un joli virement, on répare la navette et tu gardes la vie sauve. Moi, ça me suffit et cela devrait être pareil de ton côté !

— Et si je vous signe un document attestant que vous garderez l'usage actuel de la base ? reprit Max avec une pointe de désespoir dans la voix. Vous restez là, j'aurai juste le droit de venir récupérer le matériel dont vous ne vous servez pas.

— À propos, pourquoi êtes-vous resté, demanda Salila, plus détendue à la mesure qu'une solution se profilait.

— Vous savez, j'ai roulé ma bosse dans presque toute la galaxie explorée. J'ai fait mille et un jobs à bord de vaisseaux crasseux, ou de stations tout aussi miteuses. Si vous n'avez pas une famille influente ou que vous ne rejoignez pas un vaisseau de colonisation, il n'y a pas vraiment d'avenir pour un médecin. Les machines font presque tout et on est souvent considérés comme des inutiles qui ne servent qu'à de rares occasions. Lorsque j'ai rejoint Mondes Étendus, j'ai pu enfin poser mes valises. J'avais un grade respectable, des responsabilités et au final, une vie agréable. D'accord, la planète n'est pas un paradis, mais la base a été constamment améliorée à mesure que la compagnie croulait sous les crédits : rien ne manque. Alors, quand le rhodium s'est cassé la figure et que Mondes Étendus est devenue une compagnie fantôme, soit je repartais pour l'enfer, soit je finissais ici tranquillement. Je suis au crépuscule de ma vie, je pense que j'ai assez donné, alors, lorsqu'ils sont tous partis je suis resté.

— Parfait, Quanti ! s'exclama Max avec une lueur dans les yeux. Je vous garantis de conserver tout cela en échange de cet argent qui ne vous sert plus. Qu'en dites-vous ?

— Avec un petit supplément pour repartir, ajouta Andoval, de retour aux affaires. Tu as entendu le toubib, il n'y a plus de vaisseau ici. Si tu veux encore utiliser ma navette, il va falloir se montrer persuasif.

— Andoval ! s'exclama Mana aussi furieuse que gênée.

— Ça va, répondit Quanti avec calme. Je dispose d'environ trois cent mille crédits au total, est-ce que cela vous semble suffisant ?

— On fera avec, répondit Andoval sans pouvoir dissimuler sa satisfaction.

— Mais comment avez-vous rassemblé une telle somme ? demanda Salila qui démarrait dans la vie et pour qui chaque crédit économisé était un défi.

— Je vous l'ai dit... J'ai beaucoup travaillé, la plupart du temps dans des endroits peu propices à la dépense, et puis j'ai toujours aspiré à une retraite dorée. À présent que je vis ici, j'ai atteint mon objectif, cet argent m'est inutile.

— Entendu, l'affaire est faite, conclut Max tout sourire.

Chapitre 5 – Lothan

Une semaine s'était écoulée dans la base d'exploitation de Mondes Étendus. Même si la planète réalisait une révolution en quelques heures à peine, à l'instar de la plupart des zones habitées par l'homme, le rythme horaire terrien avait été conservé dans la base pour simuler les jours et les nuits. Habitué à une autre vie, Max trouvait pénible le fait de ne jamais voir la lueur du jour, ce qui n'était pas le cas de tous les autres, habitués depuis l'enfance à vivre sous les lumières artificielles. Ayant résolu le problème de l'argent, l'équipage de la navette s'était confortablement installé dans la zone de vie en attendant que Salila parvienne à remettre tous les équipements du vaisseau en fonctionnement. Pour passer le temps, lorsqu'elle n'aidait pas Salila, Mana accompagnait Max dans chaque recoin de la base. En tant que nouveau propriétaire des lieux, Max voulait commencer par procéder à un inventaire, explorant chaque bâtiment secondaire construit près des forages et allant jusqu'à passer des combinaisons pour aller vérifier le matériel resté à l'extérieur. Même Andoval s'était détendu, patientant tranquillement sans ses frasques habituelles. Il passait le plus clair de son temps dans la zone de distraction, entre la salle de sport et les hologrammes de réalité virtuelle. Le soir, ils se retrouvaient au réfectoire pour partager un repas préparé par Quanti qui profitait d'avoir des invités pour s'adonner à une cuisine plus recherchée.

Max était revenu de l'entrepôt où il avait passé toute sa journée à comptabiliser le matériel. En remontant le couloir qui distribuait les différentes chambres, son œil fut attiré par l'une des nombreuses pièces de stockage de Quanti. Comme dans les autres, un capharnaüm régnait, mais un objet en particulier avait retenu son attention ; une sorte de harnais dorsal équipé d'un appareil qui paraissait être de haute technologie. Andoval pénétra à son tour dans la pièce, attiré par le bruit.

— Qu'est-ce que tu fais ? demanda-t-il incrédule lorsqu'il vit Max renversant toutes sortes d'objets pour atteindre le harnais au fond de la pièce.

— J'ai vu ce truc-là, ça à l'air d'être intéressant, répondit-il en serrant les dents alors qu'il tirait de toutes ses forces une lourde caisse qui lui barrait le passage.

— Alors, ça fait quoi ? demanda Andoval en s'asseyant sur une grande cassette métallique située près de l'entrée.

— Quoi donc ? demanda Max en continuant de forcer.

— D'avoir dépensé toute ta fortune pour ça ? demanda Andoval avec une pointe d'amusement.

— J'ai failli mourir tellement de fois depuis mon arrivée dans votre époque que je relativise, tu sais. Je suis vivant, vous allez être payés pour le service rendu, et d'accord, ce n'est pas comparable à ce que j'avais avant, mais je suis propriétaire d'une base complète. Je pense que je dois malgré tout être bien mieux loti que la plupart des gens.

— Ça, c'est sûr.

— C'est quoi d'après toi ? C'est lourd, demanda Max avec le harnais en main, tout en examinant l'appareil accroché au harnais.

— Un générateur de membrane énergétique, répondit Andoval.

— Et ça vaut cher ?

— Quelques milliers de crédits, suivant l'état, mais il manque des pièces là.

— Ça sert à quoi au juste ?

— À créer une membrane énergétique autour de celui qui la porte, répondit Andoval d'un ton presque agacé par l'inculture de Max.

— D'accord, mais pourquoi utiliser ce genre d'appareil ?

— La membrane stoppe les radiations, les gaz ou toute autre saloperie qui pourrait t'atteindre. Ils utilisent ce genre d'outil pour protéger ceux qui doivent bosser à l'extérieur des véhicules, dehors. Bon, je vais manger, ajouta Andoval avant de se lever.

— Messieurs, c'est prêt ! s'exclama Quanti en entrant dans la pièce. Son visage se décomposa lorsqu'il vit Max au fond et tous les objets qu'ils avaient dû déplacer ou pousser pour y parvenir.

— Vous avez ce qui va avec ça ? demanda Max en soulevant l'appareil et son harnais.

— Mais ne touchez donc pas à tout ! s'exclama Quanti. Regardez le désordre que vous avez mis !

— Je vous signale que d'une certaine manière, c'est votre patron, siffla Andoval à Quanti avant de quitter la pièce hilare.

— Ça va, je regarde ! répondit Max en reposant l'objet.

— Ne touchez pas mes affaires, s'il vous plaît.

— Oui, oui, j'ai compris, répondit Max avec un ton faussement abattu.

— Allez, venez, j'ai préparé un repas dont vous allez me dire des nouvelles, dit Quanti tout en tendant la main à Max pour l'aider à enjamber une pile d'objets renversés.

— Dites-moi, Quanti, il faudra tout de même que j'essaye de tirer un peu d'argent de tout ça, vous en êtes conscient ? demanda Max une fois aux côtés du médecin.

— Mais que comptez-vous faire au juste ? Partir ?

— Je n'ai pas votre fibre pour la solitude, et même si vous m'avez l'air sympathique, vivre à vos côtés pour le reste de mes jours n'est pas ce dont j'avais rêvé. Évidemment que je vais partir. Mais je ne peux pas redémarrer avec rien. Toutes mes références ont deux siècles de retard, il va me falloir un sacré moment avant de refaire surface. Je vais avoir besoin de fonds pour me former et lancer autre chose.

— Je vous l'ai dit, la base dispose de pas mal de matériel qui peut encore être utilisé. Notamment pour la partie excavation. Nous vendrons tout ce qui peut l'être, cela devrait amplement suffire. Tant que vous me laissez l'usage des lieux, je vous aiderai.

— Mais comment ? Une fois reparti avec eux et sans argent, mes marges de manœuvre seront minces.

— Il faut frapper à la porte d'une compagnie assez grande pour se permettre l'achat de ce genre de matériel, mais pas trop non plus, car cela reste de la seconde main. Je vous dirai sur quel système vous rendre. Vous emporterez un dossier complet avec vous, listant tout le matériel. Ils viendront sur place le récupérer. Cela amputera un peu vos gains, mais il restera largement de quoi faire, ne vous en faites pas. À propos, je ne sais pas pourquoi vous vous évertuez à faire un inventaire qui existe déjà, je vous l'ai déjà dit.

— Déjà ça m'occupe, ensuite je vois les choses. J'ai besoin de voir, de m'imprégner, de comprendre.

— Comme vous voulez. Allez, venez manger, j'ai une annonce à faire, et je pense pouvoir du même coup résoudre votre problème, conclut Quanti en souriant.

Dans le réfectoire, Quanti attendit que le repas soit bien entamé et que chacun ait pu raconter sa journée pour se lever et prendre la parole.

— Je sais que Salila est proche du but avec la navette, aussi je voulais vous annoncer comment je vois la suite. Lorsque vous allez repartir, Max prendra avec lui l'acte que nous avons signé et qui me laisse l'usufruit de la base de Mondes Étendus comme convenu. Vous vous rendrez sur un système doté d'un office gouvernemental pour entériner la chose. Max profitera de cette occasion pour rendre visite à une compagnie minière située là-bas afin de vendre le matériel d'exploitation de la base, puis vous reviendrez. Une fois l'acte contresigné par les autorités en main, je vous signerai à mon tour l'ordre de virement des trois cent mille crédits dont je dispose. Qu'en dites-vous ? demanda Quanti.

Andoval semblait contrarié par la proposition de Quanti. Mana paraissait l'être également, mais à la différence d'Andoval, elle était prête à se résigner.

— On peut pas faire plus simple ? lança Andoval.

— Il n'y a aucun passage de vaisseau dans le vortex ici, donc pas de validation de notre acte et du virement sans voyage, répondit Quanti.

— Ok, mais on peut aussi partir avec l'acte signé et l'ordre de virement. Pourquoi revenir ?

— Déjà, cela permettra à Max de vendre son matériel, et puis je préfère procéder ainsi. D'abord le contrat validé, ensuite l'argent. C'est peut-être vieille école, mais je fonctionne ainsi.

— Admettons, mais est-ce que la navette va pouvoir faire ainsi des allers-retours ? On a failli y passer, juste en venant, répondit Andoval.

— J'ai grandement amélioré la navigation, répondit Salila. Je l'ai également pourvu de redondance et d'une sécurité renforcée, il ne devrait pas y avoir de problème cette fois.

— Moi, j'en vois un, dit Mana l'air déterminé. La seule qui ne tire pas son épingle du jeu dans cette histoire, c'est toi, Salila. Et pourtant, sans toi, nous n'en serions pas là, ajouta Mana en fixant Andoval avec des yeux qu'il ne connaissait que trop.

— D'accord, soupira Andoval. Salila aura sa part.

— Pas « sa » part, Ando. Une part. Un tiers, si tu préfères. Elle doit déjà rembourser ses parents et il est hors de question qu'elle ne tire rien de tout cela.

— Mais c'est cent mille crédits ! s'exclama Andoval. Avec les trois cents, on soldait notre dette et on avait assez de gras pour repartir !

— Avec deux cents, nous serons déjà libres et surtout je pourrai me regarder dans un miroir, dit Mana.

— Vous n'êtes pas obligés, bredouilla Salila. Rembourser mes parents serait déjà très bien.

— Ah ! s'exclama Andoval. Tu vois, même la gamine est de mon avis.

— Ce n'est pas ce qu'elle a dit, Ando, se fâcha Mana. C'est non négociable. Je te rappelle que nous avions prévu de travailler pendant quinze ans pour rembourser. Nous venons de prendre un sacré raccourci, estime-toi heureux.

— Un raccourci que tu ne voulais pas prendre, fit remarquer Ando du bout des lèvres tout en craignant la réaction de sa compagne.

— Excusez-moi, mais qu'avez-vous donc pu faire pour devoir une telle somme ? demanda Quanti.

— Cela ne vous regarde pas ! s'exclamèrent Andoval et Mana en cœur.

— Hey, mais cela ne serait pas nos inséparables chenapans que j'entends là ? s'exclama la voix d'un homme en franchissant la porte du réfectoire.

Toute la tablée se retourna. Un homme très maigre et de grande taille venait de pénétrer dans la pièce avec un sourire malsain aux lèvres. Ses cheveux noir corbeau coupés de manière asymétriques et son accoutrement fait d'un mélange malheureux de vêtements criards amplifiaient sa singularité. Il ne portait ni arme, ni aucun appareil, mais fut immédiatement suivi par deux hommes armés qui prirent place de part et d'autre de la pièce. Équipés de fusils d'assauts lourds de dernière génération et vêtus de treillis, ils tenaient en joue toute la tablée pendant que l'homme maigre commençait à déambuler derrière les convives. Sa démarche étrange n'était pas uniquement due à la plus forte gravité de la planète. L'homme semblait déplier ses jambes à la manière d'un insecte avec des mouvements saccadés et maladroits.

— Lothan ! s'exclama Andoval. Qu'est-ce que tu fous là ?

— Vous voulez savoir ce qu'ils ont fait ? demanda Lothan tout sourire. Connaissez-vous seulement ces deux oiseaux avec qui vous vous êtes associés ?

Lothan continuait de marcher lentement en rond autour de la table, mais personne n'osa répondre. Andoval allait prendre la parole lorsque Lothan leva la main pour lui signifier que cela était peine perdue.

— Je vous présente donc la « Brute des cinq systèmes », le « Boucher de Cometa », celui qui a réussi à se faire virer de l'armée pour cruauté : Andoval Ivanov. Un excellent soldat, mais la nature aimant l'équilibre, doté d'un cerveau limité et d'une appréciation toute personnelle de la moralité. Combien de veuves te maudissent sans connaître ton nom, Ando ?

— Lothan, c'est inutile de… commença Mana.

— Et ensuite, coupa Lothan d'une voix plus forte encore, la déesse du manche aux doigts de fée, capable de piloter tout ce qui bouge, promise au commandement des vaisseaux les plus prestigieux : Manadori Romani. La meilleure pilote que je connaisse, mais aussi la plus stupide. Elle a rejoint l'armée pendant la Révolte, après que toute sa famille ait été décimée par des androïdes, et s'est amourachée de l'écervelé pour le meilleur et surtout le pire.

— Lothan tu vas me payer ça… commença férocement Andoval avant d'être ramené à la raison par le canon du fusil qui se pointait vers lui.

— Merci pour ces portraits, mais que nous vaut l'honneur ? demanda Max.

— Un instant, mon cher, je n'ai pas fini, répondit Lothan avec un sourire carnassier qui laissait apparaître ses dents en mauvais état. Vous ne voulez donc pas entendre la suite ? Savoir pourquoi ils sont venus vous chercher ?

Mana jeta un regard noir vers Andoval qui baissa la tête. Il avait dû en dire bien plus que nécessaire pour obtenir la navette de cette petite frappe.

— Sachez, chers amis, que ces deux-là n'ont rien trouvé de mieux que d'essayer de cambrioler un dépôt de l'armée lorsque « Monsieur à la gâchette facile » s'est fait virer. Résultat : cinq morts et près d'un million de crédits de matériel détruit. En d'autres temps, cela se serait soldé par une exécution en bonne et due forme, mais que voulez-vous, on manque de personnel, et on manque plus encore de pilotes. Tu as quand même une sacrée veine Ando qu'elle ne t'ait pas laissé tomber sur ce coup-là. Sans elle, tu serais probablement mort, envoyé dans une dernière petite mission suicide comme tu les affectionnes.

— Parfait, reprit Andoval, plus calmement. Maintenant que tu nous as présentés, tu pourrais peut-être nous expliquer la raison de ta présence.

— Oh, je ne fais que passer. Je vais juste prendre le revenant avec moi et je disparais. Je vous laisse l'entier bénéfice de cette splendide base d'exploitation.

— Moi ?! s'étonna Max. Mais pourquoi moi ?

— Oui, Ando, ajouta Mana le regard plus noir encore. Pourquoi lui ?

— Il n'en a aucune idée, Mana, répondit Lothan. Pour une fois, ce n'est pas entièrement de sa faute. La vie est cocasse parfois. Après la visite d'Andoval et la description de son gros coup à venir, j'ai reçu un message d'un vieil ami. Et devinez quoi ? Les revenants sont devenus la marchandise la plus chère du marché noir : de un à cinq millions pièce, suivant l'état et l'âge.

— Mais que font-ils à ces gens ? demanda Salila qui avait péniblement trouvé le courage de prendre la parole.

— Aucune idée, ma chère. Tout ce que je sais, c'est que je serai bientôt plus riche et le reste m'importe peu, répondit Lothan.

— Si tu avais réussi à tenir ta langue… commença Mana en direction d'Andoval.

— Je vous laisse donc régler vos petites affaires en famille, coupa Lothan. Évidemment, je récupère ma navette en passant. D'ailleurs je vous remercie pour l'excellent travail réalisé dessus, je ne vous connaissais pas ces talents, conclut Lothan avant que ses hommes n'emmènent Max de force avec eux.

Dès que Lothan et ses hommes eurent quitté la pièce, Andoval se leva et dégaina son pistolet, prêt à en découdre.

— Non, Andoval, dit Mana en se levant à son tour.

— Quoi ? Tu veux le laisser partir ? On est foutus s'ils décollent et ils doivent encore passer leurs combinaisons, on n'aura pas d'autre occasion !

— Ça suffit, tu vas te faire tuer, et nous avec ! s'écria Mana rouge de colère. Tu as vu les armes des hommes qui l'accompagnaient ?

— Je refuse de crever à petit feu ici ! s'écria Andoval à son tour.

— Inutile de vous battre, ajouta Quanti avec son calme usuel. J'ai une solution à vous proposer.

— Encore ?! s'exclama Andoval. On t'écoute, « Monsieur Providence ».

— Oh, cela ne réglera pas tous vos problèmes, mais disons que cela permettra au moins d'essayer quelque chose.

— Vas-y, balance, lança Andoval avec impatience.

— Il y a un vaisseau ici.

— Quoi ?! s'exclama Andoval aussi surpris qu'en colère.

— Oui. Je n'allais pas vous le donner contre rien, mais maintenant que mon sauf-conduit pour demeurer ici est compromis, c'est différent.

— Où se trouve ce vaisseau ? demanda Mana avec un sourire en coin.

— Avant tout, que nous soyons bien d'accord : vous devez ramener Max vivant. Sans lui, et à moins qu'il n'ait des enfants...

— Il n'en a pas, coupa Salila. Il me l'a dit.

— Et bien s'il venait à mourir, reprit Quanti, la compagnie et tous ses avoirs reviendraient au gouvernement impérial. Cela prendra un peu de temps avant qu'ils ne découvrent cela, mais cela se fera et je serai alors obligé de partir. Ensuite, le vaisseau dont je vous parle est immatriculé et enregistré comme appartenant à Mondes Étendus, donc à Max. Si vous me faites faux bond, j'annoncerai la mort de l'unique actionnaire de la compagnie et vous ne pourrez plus jamais approcher une station au risque de vous faire arrêter.

— Sauf si tu n'es plus là pour appuyer sur le bouton, ajouta Andoval en pointant son arme sur Quanti.

— Andoval arrête tes conneries maintenant ! s'écria Mana avec rage. Tu ne crois pas que tu en as assez fait ?! Ne donne pas raison à Lothan et reprends-toi, s'il te plaît.

Parfois je me demande pourquoi je reste envers et contre tout avec toi !

Andoval rengaina son arme l'air penaud, à la manière d'un enfant qui venait de se faire houspiller par sa mère, pris la main dans le pot de confiture.

— Quanti, nous allons chercher Max, vous avez ma parole, reprit Mana. Nous avons obtenu bien plus que ce que nous pouvions espérer dans cette affaire et notre intérêt est commun.

— Même avec un vaisseau, comment allons-nous forcer Lothan à nous rendre Max ? demanda Salila.

— Oui, ce n'est pas faux, ajouta Mana, pensive.

— Le vaisseau est armé. Je pense que cela devrait suffire, répondit Quanti.

— Comment est-ce possible ?! s'étonna Mana.

— Il a été construit juste avant l'interdiction et comme il n'a jamais volé, il n'a jamais été désarmé, répondit Quanti. Cela fait une petite dizaine d'années qu'il est immobile dans le hangar.

— Il va falloir le redémarrer alors, dit Salila. Vous avez de quoi alimenter le réacteur à fusion pour l'initier ?

— Je pense que oui… répondit Quanti. Même si cela fait des années que la base tourne sur le réacteur de secours, il me semble qu'il est aussi puissant que le principal.

— Combien de temps cela peut-il prendre ? demanda Mana.

— De une à quelques heures, suivant la puissance du réacteur et de la quantité d'énergie que nous pouvons lui apporter pour l'initier, répondit Salila.

— Même s'ils ne poussent pas leur propulsion, avec quelques heures d'avance ce n'est pas du tout garanti que nous arrivions à les rattraper, dit Mana.

— Le vaisseau est rapide, enfin, je crois, dit Quanti.

— Vraiment ? J'ai hâte de voir la bête, dit Mana.

— Et s'il ne démarrait pas ? demanda Quanti. Comme je vous l'ai dit, cela fait longtemps qu'il est immobile…

Tous les regards, dont celui plus appuyé de Mana, se portèrent sur Salila.

— Il n'y a aucune raison, bredouilla d'abord l'ingénieure, intimidée. Il a dormi à l'abri. La seule incertitude réside dans la puissance nécessaire pour démarrer son réacteur. Si celui de la base est trop léger, cela pourrait prendre des jours.

— Quanti dit que la base dispose de deux réacteurs, si tu parvenais à redémarrer le principal, nous pourrions accélérer le processus, non ?

— S'il n'est pas complément à l'arrêt et que la panne est légère, oui…

Avant de se rendre dans la zone du hangar, il fallait laisser le temps à Lothan et à ses hommes de franchir le sas pour ne pas risquer une confrontation et un bain de sang. Mana et Andoval préparèrent leur stratégie pour sauver Max, élaborant des plans supposés faire face à toutes les options qui pourraient se présenter. Pendant ce temps, Salila préparait les conditions optimales pour démarrer le réacteur du vaisseau au plus vite. Même en poussant le réacteur de la base d'exploitation à son maximum, Salila comprit que l'apport énergétique dont avait besoin un vaisseau ne serait pas couvert avant longtemps.

Accompagnée de Quanti, elle passa en revue chacun des postes de dépense énergétique des bâtiments, coupant tous ceux jugés non essentiels afin de disposer d'un flux maximal. Malgré son désintérêt pour la technologie, Quanti connaissait par cœur la structure et ses ramifications. Avec son aide, Salila put désaccoupler de nombreuses alimentations énergétiques. Elle redémarra ensuite le réacteur principal de la base en quelques dizaines de minutes à peine. Il avait subi une avarie mineure et était resté dans un mode de fonctionnement dégradé depuis. Avec la puissance conjointe de ces deux générateurs d'énergie, l'opération de mise en route allait être bien plus rapide.

Le groupe se rendit ensuite au hangar, en ayant pris soin de vérifier que Lothan était parti. La porte du hangar s'ouvrit à l'approche de Quanti pour laisser apparaître une vaste pièce au plafond doté de parois métalliques coulissantes qui permettaient aux vaisseaux de s'élever à l'extérieur. L'endroit était étonnamment propre et lumineux, paré de multiples appareils et de grands contenants qui devaient servir à l'entretien des vaisseaux qui stationnaient là par le passé. Au centre se trouvait l'objet de la convoitise de Mana : un vaisseau aux formes courbes et gracieuses et à la coque métallique rutilante. En pénétrant dans la pièce, Mana se figea.

— Une Raie Hurlante ! s'exclama Mana. C'est incroyable.
— Vous connaissez ce modèle ? demanda Quanti d'un air surpris.
— Fabriqué par Iron Horse Corp., trois cents exemplaires produits uniquement avec des matériaux nobles, tous

dotés de technologies avancées et d'une propulsion encore inégalée à ce jour. J'ai fantasmé sur ce bijou toute mon adolescence ! s'exalta Mana.

— Celui-ci dispose de toutes les options, enfin je crois, ajouta Quanti, impassible.

— Je comprends pourquoi ce vaisseau peut se surnommer « raie », mais pourquoi « hurlante » ? demanda Salila qui semblait tout aussi fascinée par cet objet aux formes galbées qui dessinaient les deux ailes d'une raie.

— La propulsion, Salila ! s'exclama Mana. C'est un système unique et exclusif, le fer de lance du constructeur, basé sur une accélération pulsative des particules. En poussée, cette merveille produit un son qui ressemble à un hurlement. C'est une mélodie à la fois emplie de puissance et de maîtrise qu'il faut avoir entendue une fois dans sa vie !

— Je ne pensais pas vous faire plaisir à ce point, s'amusa Quanti.

— Et pourquoi il est encore là ? se risqua Andoval, feintant de s'intéresser pour se racheter aux yeux de sa compagne.

— Il a été commandé par le dernier administrateur du site, comme véhicule de fonction, j'imagine.

— L'enfoiré ! ne put s'empêcher de dire Mana.

— Oui, mais le problème c'est qu'il est arrivé après son départ. C'est moi qui ai signé la réception et depuis il est là. Je leur ai demandé de le mettre hors service et je n'y ai jamais retouché. Je n'ai aucune notion de pilotage, c'était plus une assurance vie pour moi.

Salila se rapprocha de Mana qui était partie vers le vaisseau. Les deux femmes contemplaient l'appareil, l'une avec un regard technique et logique, l'autre avec celui de la passion. De la taille d'un grand maraudeur, ce vaisseau pouvait embarquer une dizaine de membres d'équipage et se piloter seul d'après Mana qui en faisait le tour tout en caressant la coque brillante.

— S'il était si extraordinaire pour son époque, comment se fait-il qu'on ne fasse pas mieux? demanda Quanti à Andoval, resté à ses côtés.

— Pour commencer, les avancées technologiques ne sont pas légion dans ce domaine ou alors elles coûtent tellement de fric que personne n'en veut. Ensuite, c'est justement le problème de cet appareil : il coûtait une véritable fortune. Je m'en rappelle, à l'époque il valait l'équivalent de trois marauderurs conventionnels. Alors Ok, c'est le top du top, mais bon, personne ne peut se payer ça, sans même parler de la quantité de combustible que ça bouffe. D'ailleurs, le constructeur a fait faillite peu après avoir sorti ce modèle.

— Vous aimez aussi les vaisseaux, n'est-ce pas? demanda Quanti d'un air désolé.

— Ben, j'ai passé presque toute ma vie dedans, répondit Andoval.

Aidée de Mana, Salila entama la procédure pour redémarrer le réacteur du vaisseau. Andoval se chargeait se connecter de lourds câbles à différents emplacements de la coque pendant que Quanti commençait à transvaser tous les gaz ou liquides dont avait besoin l'équipage pour survivre à bord. L'intérieur du vaisseau était à l'image de ce qu'en avait décrit Mana. Sans franchir une mince frontière avec le luxe, chaque élément qui le constituait semblait avoir été conçu pour atteindre l'excellence. Des cabines au poste de pilotage, le moindre détail avait été traité avec intelligence et dans le respect d'un style résolument épuré.

Quelques heures plus tard, installée dans le fauteuil du pilote principal, Mana réveilla la Raie Hurlante. Dès que les deux grandes tuyères du vaisseau s'illuminèrent, une résonnance rauque envahit le hangar pour le grand plaisir de la pilote. Une fois que Salila et Andoval furent à bord, Quanti activa la membrane énergétique qui coiffait le plafond et empêcherait l'épaisse couche de poussière extérieure de tomber. Depuis une passerelle pressurisée qui surplombait la zone, il pressa ensuite la commande d'ouverture des panneaux métalliques et la Raie Hurlante s'éleva en douceur.

— Salila ? s'inquiéta Mana, toujours aux commandes, à la fois concentrée et admirative.
— Un instant, je n'ai pas l'habitude de ce système. Ça y est, je les ai ! s'exclama-t-elle enfin. Je transfère leur trajectoire dans la navigation.
— Parfait, à nous deux, Lothan !

Dans le spacieux cockpit du vaisseau, Andoval était resté en arrière, face à un pupitre secondaire, cantonné à des tâches subalternes. Il n'avait pas osé protester lorsque Mana avait enjoint Salila à la rejoindre au poste de copilote. Au moins pouvaient-ils tous demeurer confortablement assis face au large hublot panoramique de la passerelle. Le vaisseau s'élevait lentement dans la fine atmosphère pendant que Mana paramétrait leur nouvelle trajectoire dans le système. Elle se tourna ensuite vers ses compagnons avec un large sourire aux lèvres.

— Vous êtes prêts ? demanda-t-elle.

Dès qu'ils lui donnèrent leur approbation d'un signe de tête, Mana enclencha une véritable poussée. Une brutale sensation d'accélération se ressentit alors à bord, accompagnée du puissant rugissement, à la fois aigu et rauque, des deux tuyères qui crachaient à plein régime. Le dos collé au siège, l'équipage du vaisseau pouvait même ressentir les infimes vibrations générées par la poussée qui se transmettaient dans toute la structure. La Raie Hurlante extériorisa pleinement sa puissance jusqu'à ce qu'ils atteignent l'espace. Le silence envahit alors subitement la passerelle, même si la sensation d'accélération demeurait.

— Putain, quel pied ! s'écria Mana les bras levés au ciel.
— Il n'y a pas un problème, là ? demanda Andoval en direction de Salila qui était engoncée dans son fauteuil, presque immobilisée par la gravité de l'accélération.
— Il n'y a aucun problème ! s'exclama Mana en riant. Tu n'as volé que sur des poubelles à roulettes, bienvenue à bord d'un vrai vaisseau !
— Le générateur de relativité interne n'arrive jamais à tout compenser, commença Salila.
— Et alors ? lança Andoval d'un ton provocateur.
— Et bien sur un vaisseau avec une poussée conventionnelle, cela ne se ressent presque pas, mais sur celui-ci la poussée est telle que nous la ressentons. Une toute petite partie, celle que le générateur de relativité n'arrive pas à compenser. En fait, si, il la compense, mais il est toujours en retard de quelques microsecondes et du coup si l'accélération est croissante, cela…
— On s'en fout, c'est normal quoi, conclut Andoval.

Il fallut à peine une journée à la Raie Hurlante pour rejoindre le vaisseau de Lothan, un petit maraudeur bien moins véloce. Ils dépassèrent d'abord la navette, puis Mana ajusta sa course sur celle du vaisseau de Lothan. Lorsqu'il fut en vue quelques heures plus tard, elle se positionna de manière à rester à une distance qui lui permettait d'avoir sa cible en visuel. Au poste de communication, Andoval contacta le vaisseau et une image holographique apparut peu après au centre du pupitre de commande. Le regard intrigué, Lothan répondait à cet étrange appel inattendu.

— Vous ? s'exclama-t-il lorsqu'il aperçut Mana et Andoval dans la passerelle.
— Salut, Lothan, répondit Mana. Devine quoi ? Nous sommes venus récupérer Max.
— Je ne sais pas comment vous avez fait, mais je vous en prie, venez le chercher. Je m'incline. Je vous prépare un sas, répondit Lothan, un sourire en coin.
— Oublie ça, répondit Andoval. On sait très bien que tes hommes seront embusqués.
— Dans ce cas, j'ai peur que vous n'ayez fait tout ce chemin pour rien, répondit Lothan.

Mana activa une commande pour ouvrir les deux trappes qui obturaient les logements des deux canons à ion frontaux de son vaisseau. Elle ajusta l'inclinaison à l'aide de l'ordinateur embarqué et pressa ensuite le bouton de tir du manche de pilotage. Deux jets d'énergie furent expulsés sans un bruit, faisant éclater en mille morceaux une excroissance du vaisseau de Lothan qui abritait le module de navigation. Sur la vidéo de communication, Lothan fut immédiatement baigné d'une lumière rouge accompagnée d'alarmes stridentes. Il se mit à pianoter sur son pupitre, cherchant probablement l'origine du problème.

— Voilà qui devrait te convaincre, dit Mana. La prochaine fois, je vise ta propulsion.

— C'est vous qui… commença Lothan avant de se raviser. Il venait de visualiser la vidéo de surveillance arrière de son vaisseau. Il coupa les alarmes.

— Écoute, Lothan, reprit Mana. Tu peux encore rentrer, ton vaisseau est équipé d'un module de navigation de secours. La propulsion, c'est une autre histoire. Alors, soit tu nous livres Max sain et sauf et tu repars, soit je détruis ta propulsion et tu erreras dans ce trou pour toujours.

— Si tu fais ça, ton ami fera partie du voyage, très chère, répondit Lothan avec aplomb.

— Ne sois pas stupide, Lothan. Je connais ton vaisseau par cœur et je peux détruire n'importe quel module, y compris celui de survie. Mais si tu préfères, on peut faire comme ça et ensuite on attend. Lorsque vous serez tous trop faibles pour bouger, en train de crever la gueule ouverte à l'intérieur, nous viendrons chercher Max, et lui s'en sortira.

— Le problème, Mana, c'est que je l'ai déjà vendu et son propriétaire l'attend. Si je ne lui livre pas ce qu'il a commandé, il y aura des représailles et crois-moi sur parole, ce n'est pas le genre de personne que tu voudrais avoir comme ennemi.

— Rien à foutre de tes histoires, Lothan. Livre-nous Max sur le champ !

— Tu n'as pas idée de ce à quoi tu t'attaques, Mana. Tu vas foutre ta vie en l'air et celle d'Ando par la même.

— Ok, cette fois ça suffit, je détruis ta propulsion, lâcha Mana tout en activant une commande.

— Ne t'énerve pas, répondit calmement Lothan. Une dernière précision tout de même : il vaut un million. Tu entends cela ? Un million. Je te propose de faire cinquante-cinquante. Tu oublies cet inconnu et c'est cinq cent mille crédits qui tombent du ciel. De quoi vous offrir de sacrées vacances à toi et Ando. Une occasion pareille ne se représentera pas…

La somme annoncée par Lothan avait fait réagir Andoval qui allait prendre la parole avant que Mana ne le coupe.

— Lothan, c'est la dernière fois que je te le demande : livre-nous Max, répondit-elle sèchement.

— Laisse-moi cinq minutes, le temps de circonscrire l'incendie que tu viens de déclencher à bord, répondit Lothan. Désolé, Ando, je crains que la belle vie ne soit pas pour tout de suite, ajouta-t-il avant de couper la communication.

Mana se retourna vers Andoval avec un regard noir et interrogateur.

— Dis-moi que tu ne voulais pas accepter ? demanda-t-elle.

— Non, bien sûr, répondit maladroitement Andoval. Mais c'est tout de même un demi-million, Mana ! Avec les trois cent mille de Quanti, tu imagines…

— J'en étais certaine ! s'exclama Mana avec colère. C'est hors de question !

— Ça va, ne t'énerve pas, répondit Andoval d'un ton blasé. Je suivrai ta décision, quelle qu'elle soit, reprit-il avec sincérité. Même si on doit se taper des voyages en transporteur pourri pendant encore vingt ans, si c'est à tes côtés, cela me va.

Mana était rouge de colère, mais les derniers propos de son compagnon venaient de dissiper toute la haine qu'elle s'était forgée envers lui. Andoval n'avait pas un mauvais fond, ce n'était qu'un enfant et même si elle le savait, le gérer au quotidien s'avérait difficile.

— Merci, Ando, lui répondit-elle simplement avec un sourire empli d'amour.
— Excuse-moi, Mana, mais contrairement à ce que tu as dit, on ne peut pas programmer les canons du vaisseau pour détruire le module de survie, dit Salila l'air emprunté. Tu aurais de grandes chances de tout faire exploser…
— C'est du bluff, Salila. Un vaisseau armé, c'est déjà assez extraordinaire pour qu'il se méfie, alors pourquoi pas ça en plus. Il sait que je connais parfaitement les vaisseaux, cela doit suffire à le faire douter.
— Ça m'étonne qu'il lâche l'affaire comme ça, ajouta Andoval.
— Il va discuter avec ses hommes, essayer de trouver une échappatoire et se rendre compte qu'il n'a pas le choix, car il n'y en a pas. Il doit aussi compter sur toi, Ando. Ses derniers propos étaient pleins de sens, voyant qu'il n'aurait pas gain de cause avec moi, il t'a fait miroiter du rêve pour que tu me persuades. Il va laisser passer un peu de temps pour laisser ton charme agir, conclut-elle en riant.
— Et mon charme cumulé aux cinq cent mille crédits ne suffisent donc pas ? demanda Andoval.
— Non ! s'exclama Mana tout sourire.

Une dizaine de minutes plus tard, Lothan rétablit la communication.

— Mana, Ando, c'est votre dernière chance de devenir riche.

— C'est tout vu, répondit Andoval avant que Mana n'ait le temps de répondre. On récupère le revenant et tu vas aussi ajouter l'un des PMX-30 de tes hommes et toute la quincaillerie qui va avec, ordonna Andoval.

— Vous êtes stupides, vociféra Lothan.

— Sois heureux que je te laisse encore repartir, ajouta Mana. On te laisse également le fric que tu nous as extorqué pour ta navette pourrie. Si Max n'est pas là dans une minute, il n'y aura plus de discussion, dit-elle avant de couper la communication.

— Un « PMX-30 » ? Mais qu'est-ce que tu lui as demandé ? dit Mana en se tournant vers Andoval.

— C'est l'un des jouets qu'avaient ses hommes tout à l'heure : le dernier modèle d'E.M.G., un rail gun à double accélération. Ça te défonce n'importe quoi.

— Mais encore ? ajouta Mana les yeux ronds.

— C'est un fusil à accélération magnétique, répondit Salila.

Mana leva les yeux au ciel avant de reprendre les commandes pour approcher leur vaisseau suffisamment près de celui de Lothan de manière à connecter un sas télescopique entre les deux. Sous le contrôle des caméras de surveillance, Max traversa le sas dès qu'il fut en place, chargé d'une imposante arme et d'une petite caisse de munitions. Les deux vaisseaux se séparèrent ensuite.

— Tiens, dit Max en donnant le lourd fusil à Andoval dès qu'il pénétra dans la Raie Hurlante. Je n'ai pas bien compris pourquoi, mais ils voulaient que je prenne ça. Merci d'être venus me chercher. Je ne sais pas comment vous avez fait, mais je t'avoue que je commençais à sérieusement revoir mes projets d'avenir.

— C'est rien, répondit laconiquement Andoval, absorbé par son nouveau jouet qu'il était déjà en train de manier.

Dans le cockpit, Mana programmait la navigation pour le chemin du retour lorsque Max arriva. Son visage avait retrouvé son petit sourire charmeur quasi permanent.

— Je vois qu'on est monté en grade ! s'exclama Max tout sourire en pénétrant dans la passerelle.

— Salut Max, répondirent Mana et Salila en cœur. Il y a une cabine pour chacun, ajouta Salila avec un large sourire.

— Comment avez-vous fait ?

— Si tu veux tout savoir, ce vaisseau est à toi, répondit Mana en souriant à son tour. Et c'est un bijou, en passant.

— Mais c'est génial ça, et vous êtes tout de même revenus me chercher ? demanda-t-il un peu incrédule. Je sais qu'on s'attache vite à moi, mais à ce point...

— On n'est pas des monstres, tout de même, répondit Mana en riant.

Chapitre 6 – 10 %

La Raie Hurlante venait de se poser à l'intérieur du hangar qui se pressurisa après que les lourds panneaux du plafond soient clos. Quanti observait la scène d'un regard inquiet depuis le petit local qui surplombait l'endroit, attendant que l'air ambiant soit purifié et respirable. Dès que le voyant passa au vert, l'ouverture ventrale du vaisseau s'abaissa et le visage de Quanti s'illumina : ils ramenaient Max. Après un récit euphorique du déroulement de l'opération de sauvetage, ils se retrouvèrent au réfectoire autour d'un repas préparé par Quanti. Max s'était installé en bout de table. Il attendait patiemment que chacun soit servi avant de prendre la parole.

— Quanti, tu nous as encore gâtés, dit Salila en humant son assiette fumante aux parfums épicés et veloutés.
— J'espère que cette fois tu vas finir, tu ne manges rien ! s'exclama Quanti avec un ton paternel.
— Chers amis, j'ai une annonce à vous faire, commença Max qui s'était levé.

Le timbre de sa voix était inhabituel. Il manquait l'espèce de petite mélodie qui accompagnait ses dires. Tous les regards se posèrent sur lui.

— Tout d'abord, je voulais vous remercier d'être venus me chercher. J'avoue que je préfère de loin votre compagnie que celle de Lothan, dit-il en ricanant.
— Tu en aurais sûrement fait de même pour nous, n'est-ce pas ? demanda Mana d'un air taquin.

— Évidemment ! s'exclama Max en faisant de grands gestes pour appuyer ces dires. Plus sérieusement, chers amis, je trouve que l'on forme une bonne équipe. J'ai longuement réfléchi pendant le voyage du retour et je pense qu'il est temps de donner de nouveaux statuts à Mondes Étendus.

— Max, je vous ai déjà dit que… commença Quanti d'un ton agacé.

— Attendez, Quanti, répondit Max en souriant. Je ne parle pas de recommencer l'extraction de minerais, mais de s'appuyer sur une structure existante pour commencer quelque chose de nouveau.

— Il va falloir développer un peu parce que là, tu m'intéresses presque, Max, lança Mana en fronçant les sourcils.

— Justement, alors voilà : j'ai entendu Lothan dire qu'il m'avait vendu plus d'un million de crédit et qu'il était dommage que je ne sois pas plus jeune, car ce prix aurait probablement triplé. Sachant qu'il y avait près de deux cents personnes à bord du Gemini II, jeunes pour la plupart, je vous laisse faire un rapide calcul…

— Près de six cents millions, dit Mana éberluée.

— Voilà. Et on parle là du premier prix d'achat. Vous vous doutez bien qu'il doit y avoir au minimum un ou deux intermédiaires.

— Qu'est-ce que tu racontes ? demanda Andoval, méfiant.

— Ando, on parle d'acheter des gens, et ceux qui peuvent se permettre d'y mettre un tel prix ont dû prendre toutes les précautions pour ne pas être exposés. La filière doit être organisée pour rabattre la « marchandise » à l'aide de petites frappes comme Lothan, ou les pirates qui ont investi le Gemini II. Il y a peut-être un, deux ou plus d'intermédiaires avant que les revenants n'arrivent à leur destination finale.

— C'est probable, dit Mana. Et donc, en quoi cela concerne Mondes Étendus ?

— Cela coule de source, Mana. Il y a un sacré paquet d'argent qui tourne autour de ces revenants…

— Attends, coupa Mana, tu ne veux tout de même pas aller sauver tous les autres ?

— Pourquoi pas, répondit Max. Ce qu'ils font est illégal et, surtout, nouveau. Personne n'a aucune idée de ce qui se passe avec les revenants. On parle de six cents millions pour le Gemini II, mais combien de revenants y a-t-il en tout ? La somme doit être astronomique !

— Et dix pour cent des avoirs liés à ce réseau reviendrait à qui le ferait tomber… souffla Andoval.

— Exactement ! s'exclama Max. Vous imaginez la somme que cela pourrait être ? On parle en millions de crédit !

— Pourquoi dix pour cent ? Qui paie cela ? demanda Salila.

— C'est la loi impériale sur laquelle s'appuient tous les chasseurs de têtes ou les détectives, répondit Andoval. Si tu fous en l'air un truc illégal, il y a dix pour cent pour toi. Certains on fait fortune avec ça.

— Et c'est d'ailleurs l'unique raison pour laquelle il y a tant de privés qui sillonnent la galaxie, ajouta Mana.

— J'ignorais cela, dit Quanti, appuyé par une mimique de Salila.

— Peu de gens le savent. C'est une vieille loi qui date et qui permet à l'Empire d'étendre encore un peu plus son autorité en mettant son nez partout. Au final, tout le monde y trouve son compte, l'Empire qui récupère quatre-vingt-dix pour cent des fonds sans lever le petit doigt et le privé, qui n'aurait pas pu faire tomber les hors-la-loi seul.

— Mais c'est de l'argent sale, s'étonna Salila.

— Et alors ? lança Andoval en ricanant. Tu pensais que notre civilisation était intègre ? L'Empire est une putain, au même titre que les compagnies privées. C'est juste la première de toutes.

— Il n'a pas tort, ajouta Mana. Il paraît que certaines compagnies se sont fait démanteler sous couvert de cette loi. Dès lors qu'elles étaient devenues trop embarrassantes et pas assez pourvues d'appuis politiques, cela a été un jeu d'enfant de les inculper pour d'obscures raisons.

— Alors, chers amis, qu'en dites-vous ? demanda Max avec espérance. Êtes-vous d'accord pour rejoindre Mondes Étendus ? Nous tâcherons de rester loin des affaires de l'Empire, vous avez ma parole, plaisanta-t-il.

— Un instant, Max, dit Mana. Avant de démanteler le réseau des revenants, il faudrait avoir une piste. Ok, il y a Lothan, mais après ce qu'on lui a fait, il va certainement se terrer dans un trou pendant un moment et les pirates qui ont abordé le Gemini II sont loin…

— Lothan pensait que sa cause était acquise, il n'a pas pris la peine de m'isoler et j'ai tout entendu, répondit Max avec un grand sourire. Je sais qui ils allaient voir et où. Notre contact s'appelle « H ».

Un blanc s'installa autour de la table. Les regards se croisaient et se jaugeaient. Andoval brisa le silence le premier.

— Avec l'argent de Quanti, on a de quoi rembourser notre dette, mais guère plus. Il va falloir trouver un boulot, alors si tes conditions sont correctes et que Mana est d'accord, je suis partant.

— Ando, tu te doutes qu'on va se confronter aux pires enflures dans cette affaire ? demanda Mana. On peut gagner un paquet de fric, mais on peut aussi tout perdre, y compris la vie.

— Tu as envie de retourner dans un transporteur ? Pas moi. Alors si tu valides, je suis partant, répondit Andoval.

— Je suis partante, dit Salila de sa voix timide.

— Salila ? s'étonna Mana. Tu es douée, tu as un avenir prometteur devant toi, pourquoi ?

— Tu le sais très bien, répondit Salila. L'avenir d'une fille comme moi est loin d'être acquis. Et puis, je suis d'accord avec Max : on s'entend bien, on forme une bonne équipe.

— Qu'est-ce qu'elle a de particulier ? s'étonna Andoval face aux propos de la jeune ingénieure.

— Je suis une mutante, Andoval, répondit Salila. Jamais on ne me confiera de poste à responsabilité.

— J'avais pas remarqué, répondit Andoval d'un ton détaché.

— Mana ? insista Max.

— Je vais sûrement regretter cela, mais puisque tout le monde semble partant, c'est d'accord, dit-elle.

— Parfait ! s'exclama Max en serrant le poing de joie. Quanti, selon notre accord, je ne vous demande rien si ce n'est l'entretien de cet endroit.

— C'est ce que je fais depuis vingt ans, répondit le médecin en souriant.

— Excellent, dit Max en se frottant les mains. Il est grand temps de reformer un conseil d'administration. Mana, je te nomme Directrice de la logistique. Salila, Directrice technique. Et toi Ando, Directeur de la sécurité !

— Ok, patron, mais combien vous payez ? demanda Andoval impassible.

— Quanti, vous voulez bien ? demanda Max.

— Certainement, répondit Quanti en se levant. Max voulait un inventaire précis des avoirs de Mondes Étendus, et c'est donc ce que nous avons fait.

— Vous aviez oublié de me parler de la Raie Hurlante, en passant, s'amusa Max.

— Oui. Bon, reprit Quanti un peu gêné. Donc, nous avons listé tous les avoirs de la compagnie. Croyez-moi sur parole, il y en avait bien plus que ce que vous avez vu. Lorsque la faillite a été prononcée, un grand pillage a eu lieu. Les employés sont partis en emportant tout ce qu'ils pouvaient, dont les vaisseaux.

— « Les » vaisseaux ? demanda Mana.

— Quatorze au total, répondit Quanti. Beaucoup de transporteurs cargo, mais aussi quelques unités moins spécialisées.

— Ils peuvent être n'importe où, fit remarquer Andoval. Et puis, ils n'appartenaient à personne.

— Justement, vous avez utilisé le bon temps : « ils n'appartenaient ». C'est différent depuis le retour de Max. Après un jeu de passe-passe administratif, il a renfloué malgré lui Mondes Étendus, épongeant les dettes de la compagnie et devenant par la même l'unique propriétaire de l'ensemble de ses avoirs, flotte comprise.

— Ok, mais c'est ce que je disais : ils peuvent être n'importe où, réitéra Andoval. Même si vous lancez une procédure pour les retrouver et les immobiliser, cela prendra des années en imaginant qu'ils n'aient pas tous fini en pièces détachées.

— C'est exact, mais il se trouve que j'ai retrouvé la trace d'un d'entre eux. Pas le vaisseau, mais celui qui est parti avec.

137

— Primaube ? demanda Mana.

— Encore exact, répondit Quanti en souriant.

— J'aurai commencé par là, répondit Mana.

— Voilà, nous avons donc une première piste pour aller récupérer votre premier salaire, mesdames et monsieur, dit Max. Et il se trouve que le contact de Lothan se trouve également là-bas.

— Donc on va d'abord bosser pour aller récupérer notre salaire ? demanda Andoval avec ironie.

— Si tu connais un patron qui te paie avant travail… répondit Max en riant. Déjà, on va charger le vaisseau au maximum avec du matériel et le revendre sur place.

— Et Lothan, il va nous dénoncer pour avoir tiré sur son vaisseau… fit remarquer Salila. On se fera arrêter dès qu'on aura posé le pied sur Primaube.

— Ça m'étonnerait, répondit Andoval. J'en ai peut-être trop dit à cet enfoiré, mais j'en sais également beaucoup sur son compte et sur ses petites affaires. Il a trop à perdre.

— Alors c'est entendu, chers membres du conseil d'administration de Mondes Étendus, nous partons pour Primaube !

Primaube se situait dans le premier système colonisé à l'aide des vortex. Doté de deux astres, ce système fut choisi pour héberger le premier grand générateur de vortex hors du système solaire afin de repousser le point de départ des imposants vaisseaux de colonisation. Avec le temps, le système de Primaube était devenu un nœud incontournable dans le maillage des vortex, si bien qu'il en disposait à présent de quatre : deux pour les arrivées, et deux pour les départs. La station-vortex ne cessa de s'agrandir pour devenir une véritable microplanète artificielle dotée d'un gouvernement propre aux règles plus souples que partout ailleurs. Toute activité ou presque était permise sur la station Primaube tant qu'on en avait les moyens et que personne n'avait démontré son illégalité. Il en résultait un melting-pot hétéroclite fait de riches quartiers hébergeant les notables officiels et cadres de grandes compagnies jusqu'aux bas-fonds, grouillants de malfrats et de misère. D'innombrables échoppes et grossistes en tout genre s'étaient établis dans ce monde artificiel semi-indépendant qui leur permettait de faire des affaires en toute discrétion. La légende voulait que si l'on cherchait quelque chose et que l'on ne la trouvait pas sur Primaube, c'était qu'elle n'existait pas.

Le voyage pour Primaube allait s'avérer onéreux. Il fallait d'abord faire passer la Raie hurlante, un vaisseau dix fois plus grand au moins que leur ancienne navette, dans un vortex bien plus large. Il y avait ensuite le combustible, allègrement siphonné par la puissante propulsion, et qu'il faudrait réapprovisionner sur place. Les maigres réserves de la station de Mondes Étendus, amputées de la partie utilisée pour remplir le réservoir de la navette, ne permettaient même pas d'atteindre le quart de ce que pouvait emporter la Raie Hurlante.

Outre les divers autres frais liés à la nourriture et au fonctionnement normal d'un vaisseau, il leur faudrait ensuite louer une baie d'arrimage. Après d'âpres négociations, Andoval accepta d'utiliser une partie de la somme que Quanti leur avait cédée à lui et Mana, non sans la contrepartie d'un intérêt usurier.

****

Dans le hangar, tous s'activaient dans les préparatifs du départ, lorsque Max arriva. Il échangea quelques mots avec Quanti, puis et se dirigea vers les autres.

— Réunion, réunion ! cria-t-il afin que tous l'entendent et le rejoignent face au vaisseau.
— Que se passe-t-il ? demanda Mana en arrivant.
— Je veux juste procéder à une mise à jour du trombinoscope de la boîte, répondit Max en souriant.
— Quoi ?! s'énerva Andoval en arrivant. Tu nous as dérangés pour nous prendre en photo ?
— Mais tu as encore ce fusil en main ! s'exclama Max en riant. Mana, méfie-toi, je crains qu'il n'aime plus ce bout de métal que toi.
— Pour l'instant, il ne dort pas avec ! s'esclaffa Mana.
— Que se passe-t-il ? demanda Salila à son tour en arrivant.
— Alors, on se tient ici, droits et souriants, comme une équipe dynamique de cadres dirigeants se doit de l'être, Ok ? Quanti, c'est quand tu veux ! lança Max en direction du médecin qui avait activé un hologramme pour cadrer le groupe à l'aide de son bracelet multifonctions.
— Tu es vraiment… commença Mana en riant dès que Quanti eu pris la photo.
— Magnificent, oui je sais ! répondit Max avec entrain. C'est mon rôle, du reste. Je crée une cohésion de groupe, je motive mon équipe !
— Tu peux déjà commencer par nommer notre vaisseau, dit Mana. Tous les vaisseaux dignes de ce nom, et une Raie Hurlante en fait clairement partie, ont un nom.

— Bubulle ? lança Max.

— « Bubulle » ? C'est une blague ? s'offusqua Mana devant les rires de Salila et Andoval.

— Désolé, c'est ce qui m'est venu. Une raie... ça me fait penser à un animal aquatique et j'avais un poisson rouge qui s'appelait Bubulle quand j'étais gamin.

— Je refuse catégoriquement d'humilier ce vaisseau de la sorte ! lança Mana avec un grand geste de désapprobation.

— Ok, Ok, donne-lui le nom que tu veux, répondit Max en souriant.

Dès le lendemain, la Raie Hurlante décolla, laissant Quanti à nouveau solitaire sur la base EVH-83. Une semaine plus tard, ils étaient en vue de la station-vortex automatisée. Mana transmit l'ordre de paiement pour déclencher la préparation du saut. Si le transfert des trois cent mille crédits de Quanti n'était pas encore actif, le système bancaire autorisait des avances sur ce genre d'opérations. Dès que le vortex s'ouvrirait, l'information allait se répandre jusqu'au vortex d'arrivée avec le vaisseau, se propageant ainsi peu à peu dans toute la galaxie colonisée. Il en était de même pour le réseau, les décisions de justice ou toute autre information qui nécessitait des mises à jour. Les stations-vortex avaient également ce rôle de transmetteur, profitant de chaque passage pour émettre quantité d'informations dans leur système, destinées à être elles-mêmes relayées. Dans certains endroits, comme EVH-83, plus isolés et ne recevant que peu de visites, les mises à jour pouvaient prendre des semaines ou des mois, mais globalement ce procédé fonctionnait bien. Si bien entendu certains utilisaient cette inertie de l'information à leur profit, le système finissait toujours par se mettre à jour et le redressement pouvait s'avérer douloureux. De nombreux petits malfrats s'étaient ainsi vus condamnés à des travaux forcés pour le reste de leur existence après avoir dépensé plus que ce qu'ils n'avaient.

— Eh bien, voilà, dans quelques heures nous serons sur Primaube, dit Max en arrivant dans le mess de la Raie Hurlante où se trouvait Salila.

— J'ai toujours rêvé d'aller là-bas, répondit Salila en souriant, reposant sa boisson sur la table métallique.

— Il est chouette ce vaisseau, non ? demanda Max en faisant mine d'observer les lieux.

— Ça, tu peux le dire ! Rien qu'ici, quand on voit les équipements pour préparer les repas, leur parfaite intégration dans le design général, l'éclairage... Même cette tasse est belle ! s'amusa Salila en pointant la tasse qu'elle venait de poser face à elle.

— Salila, je tenais encore à te remercier pour ce que tu as fait pour moi, reprit Max plus sérieux. Lorsque tu as pris la décision de me sauver, tu as risqué ta vie pour moi et je ne l'oublierai jamais.

— Nous en avons déjà parlé, Max, répondit Salila, un peu gênée. Je l'ai fait parce que cela me semblait juste. J'aurais peut-être hésité un peu plus, si j'avais su que mes parents seraient impliqués, reprit-elle en souriant.

— Je te promets que je vais les rembourser, Salila. Tu leur as écrit à propos ?

— Non.

— Pourquoi ? Rien ne t'empêche de le faire à présent.

— Pour leur dire quoi ? Que je vais bien, mais que je pars dans une nouvelle mission afin de percer à jour un complot galactique ? Je ne suis pas certaine que cela les rassure beaucoup et je refuse de leur mentir à nouveau. Pour l'instant, je suis disparue à leurs yeux. Ils doivent souffrir, mais je préfère d'abord finir avant de les rassurer.

— Je comprends. Une question en passant sur ta disparition. Tu as été repérée par le système de sécurité, lorsque nous étions les prisonniers d'Andoval. Cela nous a obligés à partir précipitamment. Comment se fait-il qu'ils n'aient pas fait le lien avec le décollage de la navette ?

— C'est la navette de Lothan, répondit Salila. Il a certainement assez d'appuis pour faire décoller ou amarrer des vaisseaux en faisant détourner le regard des autorités.

— Même pour un enlèvement ? s'étonna Max.

— Qui cela dérange-t-il ? Mes parents, beaucoup, la compagnie à laquelle je suis destinée, un peu. D'après Mana, Lothan a le bras long sur cette station. C'est d'ailleurs le seul domaine où les mutants peuvent exceller.

— Tu penses que Lothan est un mutant ?

— C'est une évidence. Tu les reconnaîtras toi aussi avec le temps.

— À propos, tu as vu, Andoval, Mana et même Quanti, personne n'a vraiment réagi au fait que tu sois une mutante. Et je ne ressens à bord aucune animosité envers toi.

— Ils sont tous très gentils, mais ce n'est pas le reflet de la société. Sur Primaube, certains quartiers sont interdits aux mutants, il y a même des scanners spécifiques qui filtrent les entrées de ces zones. Et Primaube est certainement l'un des endroits les plus permissifs de la galaxie. Partout ailleurs, nous sommes rejetés et cela ne fait que s'amplifier avec le déclin de la fertilité.

— Mais tous les hommes et les femmes de tous les systèmes se sont fait trafiquer leur ADN ? demanda Max avec étonnement.

— Si on t'annonçait que tu allais mourir d'une maladie dans vingt ans, resterais-tu sans rien faire ou accepterais-tu un traitement génétique pour balayer d'un revers de la main cette fatalité ? Tous ont choisi la deuxième option. D'abord pour éradiquer les maladies, pour vivre plus longtemps et en meilleure santé, ensuite pour s'améliorer, changer quelque chose qui n'est pas à leur goût...

— Et avec les vortex, tout ceci s'est répandu en un instant, ajouta Max.

— Il subsiste peut-être quelques systèmes qui ont échappé à cela. Des colons qui ont atteint leur destination, mais qui n'ont jamais construit de station-vortex. La plupart ont sans doute connu un funeste destin, mais peut-être que d'autres ont tout simplement choisi de couper les liens avec nous, et franchement, il est difficile de leur en vouloir.

— C'est peut-être pour cela qu'ils recherchent les revenants ? Pour créer une nouvelle civilisation tenue à l'écart, dit Max, pensif.

— Pourquoi pas, oui, répondit Salila. Peut-être savent-ils déjà quand notre civilisation va s'éteindre et qu'ils essayent de sauver l'humanité. Si c'est le cas, je t'ai condamné lorsque je t'ai fait fuir sur le Gemini II.

Chapitre 7 – Primaube

La Raie Hurlante avançait lentement dans le passage laissé libre à travers les modules d'habitation, donnant l'impression qu'elle progressait dans un tunnel. Le contact dont avait entendu parler Max de la bouche de Lothan était ce qu'on appelait sur Primaube « un marchand de rien ». La règle était simple avec ce genre d'individu : peu importe la marchandise ou le client, la transaction ne souffrait d'aucune question. Ce type de receleur se trouvait dans les vieux quartiers de la station, vers son centre. Primaube devait son nom au fait de sa position vis-à-vis des deux astres du système qui la maintenait dans une lueur particulière en permanence, proche de celle de l'aube sur Terre. Cette station à la forme d'une sphère, devenue bien plus que ce pour quoi elle avait été créée, s'était bâtie ainsi avec le temps : les zones situées à l'extérieur, celles qui offraient une vue sur le cosmos et sur les vaisseaux évoluant autour étaient les plus chères. Les secteurs borgnes furent, dans un premier temps, dévolus aux activités de stockage ou manufacturières. Avec le temps, de nouveaux modules d'extension s'ajoutaient sur la surface extérieure et Primaube s'étendait ainsi peu à peu vers l'extérieur, sur toute sa surface. Les premières zones d'habitation luxueuses, destinées à ceux qui avaient rencontré le succès dans leurs affaires, se trouvaient aujourd'hui au plus profond de cette gigantesque boule de métal qui semblait vivante, grossissant sans cesse. À plusieurs endroits, des corridors interdits à la construction permettaient l'accès au centre du complexe et un ballet de petits vaisseaux qui plongeaient ou ressortaient de Primaube se déroulait en permanence.

Dans la passerelle de la Raie Hurlante, face au large hublot central, Max contemplait cet amoncellement de constructions hétéroclites. Elles semblaient n'avoir aucun lien les unes avec les autres, si ce n'était les nombreux et larges hublots qui étaient positionnés le long du corridor pour voir les vaisseaux passer.

— Mana, attention ! s'exclama Max, voyant que le vaisseau déviait légèrement sa course.
— Je n'y suis pour rien, répondit Mana, installée dans son fauteuil de pilote avec les mains levées. C'est eux qui ont le contrôle, je n'ai pas le droit de piloter ici.

Le vaisseau corrigea sa course et finit par déboucher dans une zone plus vaste, dotée d'une dizaine de sas d'amarrage. Plusieurs vaisseaux, des maraudeurs et de petits transporteurs y étaient stationnés. Depuis là, plusieurs conduits poursuivaient leur route à travers les constructions métalliques, laissant imaginer un véritable dédale intérieur.

— Nous sommes arrivés, dit Mana pendant que la Raie Hurlante entamait lentement une manœuvre d'approche vers l'un des sas libres.
— Chacun se rappelle des consignes ? demanda Andoval.

Salila et Max opinèrent de la tête.

— Et rappelez-vous que nous sommes dans les quartiers profonds, ajouta Mana. Même si un semblant d'ordre y règne, c'est un repère de malfrats. On se fait petit et pas de vague.

Une secousse ébranla la passerelle et l'instant d'après l'écran principal du pupitre de commande indiquait que le vaisseau s'était amarré avec succès à un sas pressurisé. Le groupe sortit sur le champ et fut accueilli par deux hommes armés vêtus d'uniformes sales et usés. Avec un langage presque familier, ils mirent en garde les nouveaux arrivants, déclamant la liste des choses interdites sur Primaube, telles que la détention d'arme ou encore la vente d'êtres vivants. Il était clair que tout ceci n'était devenu au fil du temps qu'un folklore pour les quartiers profonds et tout en écoutant attentivement les deux hommes, Salila aperçut un pilote passer avec un pistolet à la ceinture.

Le sas auquel la Raie Hurlante s'était raccordée partageait un hall d'accueil avec deux autres vaisseaux amarrés. Hormis les deux représentants de l'ordre qui essayaient de justifier leur utilité et certainement leur salaire, un ballet de petits véhicules autonomes s'opérait. Ils transportaient des marchandises et allaient et venaient sur une piste qui leur était réservée et qui devait faire le tour des halls d'accueil. Certains apportaient nourriture, eau et marchandises pour les vaisseaux en partance, d'autres déchargeaient au contraire des cargaisons destinées à être revendues sur Primaube. Entre ces transporteurs et les quelques robots destinés à l'entretien, il n'y avait au final que peu d'humains dans cet endroit. Un totem central affichait un hologramme fatigué qui passait en boucle un message de bienvenue présentant la station telle qu'elle avait dû être des années auparavant.

— Je voyais ça plus prestigieux, murmura Salila qui observait les deux hommes en uniforme s'éloigner tout en discutant.

— Ce sont les quartiers profonds, dit Mana. Vers l'extérieur, cela n'a rien à voir.

— On peut y aller, j'ai commandé le plein, ajouta Andoval qui finissait de pianoter sur son bracelet multifonctions. J'ai aussi trouvé un acheteur pour le matériel qu'on a emporté.

— Combien ? demanda Max.

— Vingt mille pour le tout.

— Quoi ?! Mais Quanti avait dit que cela valait au moins le triple ! s'offusqua Max.

— Sur le catalogue de l'époque, peut-être. Tu veux que j'annule et te charger de la vente ?

— Non, c'est bon, soupira Max.

— Et on vient de recevoir ça, ajouta Andoval en souriant en direction de Mana.

La pilote se pencha sur l'avant-bras d'Andoval pour lire le message qui confirmait qu'ils venaient de s'acquitter de leur dette et qu'ils étaient dorénavant libres d'engagements et que leur dossier personnel avait été remis à jour dans ce sens.

— Nous allons récupérer votre salaire ? demanda Max avec entrain.

Ils suivirent Andoval qui avait programmé son bracelet pour atteindre la zone d'habitation où résidait un certain Silvan Humfrey, l'ancien directeur d'exploitation de Mondes Étendus qui était parti avec un vaisseau de la compagnie lors de l'annonce de la faillite. Ils empruntèrent un couloir jonché de portes qui donnaient sur de petits modules d'habitation, probablement destinés aux travailleurs subalternes, avant de rejoindre une large allée. Le haut plafond voûté de cette zone était constitué de parois qui avaient dû être transparentes dans le passé. Les grandes poutres métalliques et autres éléments structurels donnaient l'impression de se trouver dans une cathédrale, ces lieux de culte terriens tombés dans l'oubli. De part et d'autre d'un chemin central, des échoppes ou des vendeurs à l'étalage proposaient toutes sortes d'objets, de nourriture ou de services dans un brouhaha étourdissant. L'endroit, appelé « l'anneau intérieur » par les habitants de Primaube, faisait le tour de la station. Bondé de monde en permanence, il était possible d'y trouver à peu près n'importe quoi. Un autre anneau fut construit plus tard, situé à la périphérie de la station, mais il avait été lui aussi englouti par de nouvelles constructions et on parlait maintenant d'en réaliser un troisième.

Les yeux écarquillés, Salila observait les articles d'une échoppe exclusivement constitués de pièces de rechange pour des vaisseaux d'ancienne génération. Elle imaginait que le tenancier qui se tenait adossé au mur, un vieil homme au visage ciselé et avec une arme à peine dissimulée sous sa veste, avait dû voler à bord de ces navires aujourd'hui obsolètes.

Andoval stoppa net face à une boutique de déstockage militaire. Il en ressortit une dizaine de minutes plus tard l'air satisfait pendant que les autres furetaient dans les environs.

— Qu'est-ce que tu as acheté ? demanda Mana en revenant vers son compagnon.

— Rien.

— Ando, je connais cette tête, et c'est celle de quelqu'un qui vient de se faire plaisir.

— Ils avaient des munitions compatibles avec mon nouveau jouet, c'est tout, répondit Andoval sans parvenir à dissimuler qu'il ne disait pas tout.

— Ando, la dernière fois que je t'ai vu comme ça, c'est lorsque tu as eu ce fusil. Vas-y, je ne dirai rien. Qu'est-ce que tu as acheté ?

— Une grenade ou deux et des munitions explosives à uranium appauvri, répondit-il tout sourire. J'en profite pendant qu'on a un peu de fric.

— Ce n'est pas interdit, ça ? s'étonna Mana.

— On est sur Primaube, répondit Andoval.

— D'accord, mais tout de même… Essaye de ne pas tout faire capoter à cause de ça…

Le groupe se faufila ensuite dans la foule et les bousculades pour rejoindre l'un des nombreux nœuds de la station. À partir de là, des ascenseurs desservaient les autres nœuds et il était possible de se rendre à la surface extérieure en quelques instants. Leur destination ne se trouvait pourtant pas si haut et ils s'arrêtèrent à mi-chemin pour continuer leur route à pied. Ils se trouvaient dans les quartiers intermédiaires et déjà, l'endroit était différent, plus propre et de conception plus récente. Les gens qu'ils croisaient étaient mieux habillés et plus courtois, les forces de l'ordre plus présentes et avec des uniformes impeccables. Ils empruntèrent plusieurs couloirs et bifurcations avant de se retrouver dans une sorte de grand hall circulaire où quelques personnes déambulaient ou se réunissaient là. Sur la périphérie se trouvaient plusieurs devantures équipées de larges baies vitrées qui laissaient apercevoir les intérieurs lumineux et agencés des établissements commerçants du hall. Andoval désigna l'un d'entre eux.

— C'est là, dit-il.
— Entendu. Alors je prends la main à partir de maintenant, répondit Max en passant devant.

Au-dessus de la devanture de l'établissement, un hologramme affichait « PrimCasa » en lettres rouges. Max y pénétra le premier, accompagné de Salila puis de Mana et Andoval. Une jeune femme vint immédiatement à leur rencontre en arborant un large sourire forcé. Elle se présenta poliment, puis demanda à ses visiteurs quel type de logement ils recherchaient. Surjouant au possible afin de se faire passer pour un client aisé, Max expliqua vouloir rester dans les quartiers intermédiaires afin de ne pas trop s'éloigner de ses affaires. Il ne voulait cependant faire aucun compromis sur son confort et exigeait ce qu'il y avait de mieux. Il insista lourdement pour ne traiter qu'avec le responsable de l'établissement, Monsieur Humfrey, qu'il connaissait par ailleurs personnellement. La jeune femme prétexta être seule. Monsieur Humfrey n'était presque jamais là et il ne traitait jamais les ventes lui-même, aussi prestigieux soient les clients. Max insista encore pour qu'elle essaye de le joindre : « vous n'avez qu'à lui dire que nous nous sommes connus sur la base de EVH-83 et il viendra ».

Quelques minutes plus tard, le groupe fut convié dans un bureau de l'arrière-boutique. Vaste et lumineux, l'endroit avait ceci de particulier qu'il donnait sur l'un des couloirs d'accès des vaisseaux qui plongeaient vers le centre de Primaube. Silvan Humfrey les accueillit, non sans un certain étonnement. L'homme, de taille moyenne, accusait un certain âge, mais demeurait élégant et impeccable sur lui-même. Ses yeux gris acier et sa chevelure presque blanche lui donnaient un aspect irréel. D'une démarche assurée, il vint à la rencontre de ses visiteurs, souriant.

— Bienvenue, chers amis. Ainsi vous recherchez du beau et de l'exceptionnel ? Vous êtes au bon endroit, ajouta-t-il.

— Salut, Humfrey, siffla Max avant de se vautrer dans l'un des confortables fauteuils blancs situés face au bureau du gérant de l'établissement, obligeant ce dernier à retourner à sa place pour lui faire face.

Salila prit place aux côtés de Max après qu'il l'ait invité à le faire, mais Mana et Andoval restèrent debout, en arrière.

— Un instant, reprit Silvan. Je vais vous faire chercher de quoi vous asseoir, dit-il en posant son doigt sur son intercom pour prévenir son assistante.

— C'est inutile, lança Max. Mon garde du corps ne s'assied pas et ma pilote vient de passer deux semaines le cul dans son fauteuil. Ils vont rester là.

Andoval et Mana se jetèrent un regard mutuel d'étonnement teinté de colère avant de se reprendre et de jouer le jeu en restant impassibles et muets.

— Très bien. Alors, ainsi nous nous sommes déjà rencontrés, cher… ?

— Monsieur Univers, répondit Max d'un air blasé.

— J'avoue ne pas me souvenir d'un Monsieur Univers sur EVH-83. Quel poste occupiez-vous ?

— Avant tout, je cherche un petit nid douillet pour ma nouvelle femme. Quelque chose qui soit à la hauteur de sa beauté, si vous voyez ce que je veux dire, répondit-il en posant sa main sur la cuisse de Salila dont le visage se teinta immédiatement.

— Je vois, répondit l'homme sans étonnement. J'ai ce qu'il vous faut, je pense, ajouta-t-il en activant un hologramme qui se mit à afficher l'intérieur d'une habitation en trois dimensions. Cent vingt mètres carrés situés non loin d'ici, à l'embouchure d'une zone d'amarrage. Un pan entier du salon vitré, donnant sur une vue panoramique à couper le souffle. Des équipements de dernière génération, trois chambres et le tout entièrement équipé, robots d'entretien compris. Cerise sur le gâteau, il y a la possibilité d'avoir un sas privé qui pourrait être relié à l'habitation pour amarrer votre vaisseau et rejoindre votre chez vous en toute sécurité. Alors, qu'en dites-vous ? demanda Silvan avec un sourire en coin.

— Vous n'avez pas plus grand ? répondit Max sans regarder Silvan, distrait par le vaisseau qu'il voyait passer à travers le hublot.

— Plus grand ? s'étonna Silvan. Cela ne va pas être facile, mais laissez-moi regarder, dit-il en pianotant sur son ordinateur.

— Vous avez des références ? demanda Max. Je n'ai pas envie de donner une montagne de crédit à un escroc qui s'enfuirait dès que j'aurai effectué le versement.

— Évidemment, Monsieur Univers, répondit Silvan avec une pointe d'énervement. PrimCasa a dix ans d'existence et nous en sommes aujourd'hui à près de vingt mille mètres carrés vendus. Bien entendu, nous disposons de l'agrément officiel ainsi que d'une garantie bancaire. Mon assistante vous donnera les détails.

— Parfait. C'est exactement ce que je voulais entendre, répondit Max en fixant cette fois Silvan dans les yeux. Je suis heureux d'entendre que les affaires se portent bien, Humfrey, cela sera plus facile pour la suite.

— Mais qui êtes-vous à la fin ?! demanda Silvan d'un ton courroucé et autoritaire.

— Ton boss, répondit Max, impassible.

— Je vous demande pardon ? Cette plaisanterie a assez duré… commença Silvan.

— Inutile d'appeler qui que ce soit, ajouta Mana. Vérifiez son identité, je vous prie : Odrian Univers.

L'homme pianota sur son clavier, puis son visage devint blême à mesure qu'il lisait les informations concernant le nouveau patron de la compagnie Mondes Étendus.

— Voilà, je pense que tu as compris, Humfrey. Je suis venu récupérer ton petit emprunt. En tenant compte de la vétusté, des frais de location et du préjudice moral, il va de soi, ajouta Max.

— Écoutez, Monsieur Univers, personne ne pouvait savoir. Vous auriez pu ne jamais réapparaître. Que vouliez-vous que nous fassions ? Et puis, il s'est écoulé plus de dix ans depuis… Je n'ai plus votre vaisseau depuis longtemps et je n'ai sûrement pas de quoi vous le rembourser aujourd'hui ! Les temps ont changé ; l'indécente abondance que nous avons connue avec Mondes Étendus n'existe plus dans la galaxie.

— Tu viens pourtant de nous expliquer que tu étais le meilleur placement de Primaube et j'ai l'impression que les affaires tournent bien.

— C'est un discours commercial, vous n'êtes pas dupe !

— Désolé, Humfrey, mais je ne partirai pas d'ici sans mes crédits, répondit Max.

— Très bien, vous n'avez qu'à engager une procédure en justice, répondit sèchement Silvan. Même si je perds, cela prendra des années, et d'ici là…

— On va procéder différemment, annonça Max en relevant le torse. Tu me transfères immédiatement cinq cent mille crédits et je considère ta dette comme payée. C'est plus que généreux de ma part pour un vaisseau.

— Trois cent mille, répondit Silvan après un instant de réflexion. Je n'irai pas plus loin, de toute manière, je ne peux pas.

— Va pour quatre cent mille, en dessous cela serait du vol, répondit Max en souriant.

Le visage abattu et le regard noir, l'homme acquiesça de la tête et quelques minutes plus tard, le groupe ressorti de l'agence PrimCasa bien plus riches qu'ils n'y étaient entrés. Ils revinrent ensuite sur leur pas pour rejoindre leur vaisseau.

— Tu n'étais pas obligé de m'infliger cela, fit remarquer Salila à Max en chemin.

— J'ai trouvé cela amusant, moi, répondit Max. Et puis, je ne sais pas si tu as remarqué, mais ce qu'il a proposé pour rejoindre le niveau de ta beauté était assez élogieux…

— Très drôle !

— À propos, maintenant que nous avons les fonds, que penses-tu de transférer l'argent à tes parents ? Comme ça, tu pourras leur envoyer un message et les rassurer. Tu n'auras qu'à inventer une petite histoire et leur faire croire que tu es toujours sur la même mission. Je pensais leur verser cent mille crédits, tu es Ok ?

— Merci, Max, répondit Salila avec reconnaissance. Tu as sûrement raison. Cependant, je ne peux pas leur faire cela. Rembourse-les, mais pas plus.

— Comment cela ? Tu ne veux pas leur faire profiter un peu de ton succès ?

— Max, ils ont mis une vie à rassembler cette somme et moi je vais leur verser le double en quelques semaines ? Ils ne seront pas plus heureux avec cinquante mille crédits de plus. Cela ne changera pas leur vie. Je préfère qu'ils soient simplement rassurés.

— Entendu. Je m'en charge. De ton côté, écris-leur une belle histoire !

— Je n'y manquerai pas, répondit Salila en souriant.

De retour dans la Raie Hurlante, le groupe élabora la suite de son plan. L'argent n'étant plus un problème pour le moment, Andoval se montrait beaucoup plus docile avec son nouveau patron, prenant même sa nouvelle fonction à cœur.

— Je ne sais pas si c'est vraiment une bonne idée, c'est risqué, dit-il.

— Ce type, « H », n'est pas arrivé là où il est sans précautions, répondit Mana. Il n'y a pas d'autres alternatives. De toute manière, il refuse de recevoir plus de deux personnes à la fois.

156

— Comment tu sais ça ? demanda Andoval.

— Je l'ai contacté pour lui proposer une belle affaire et il a accepté.

— Comment as-tu eu ses coordonnées ? demanda Andoval. Ce type n'existe pas, officiellement !

— Il y a un formulaire de contact sur le réseau, tout simplement, répondit Mana en souriant.

— Il a un site ? s'étonna Salila.

— Nous sommes sur Primaube, même les malfrats ont pignon sur rue, répondit Mana.

— Et il t'a répondu ? demanda Andoval, incrédule.

— Je pense que le mot « revenant » l'a incité à le faire, oui.

— Dans ce cas, on fait comme ça, ajouta Max. Qui vient avec moi pour me servir de tortionnaire ?

— Moi, répondit Andoval.

— Non, Ando, rétorqua Mana. Il se méfiera moins si c'est une faible femme comme moi qui lui apporte Max.

— Ça va mal tourner, je le sens pas, reprit Andoval.

— Il n'y a aucune raison, Ando, reprit Mana. Je fais partie d'un groupe de mercenaires, nous avons abordé le vaisseau de Lothan qui nous devait un paquet de fric et il nous a donné Max en échange. Lothan doit avoir des dettes dans toute la galaxie, cela passera sans problème et tu l'as dit toi-même, il n'a sûrement pas prévenu qui que ce soit de sa petite mésaventure. Ensuite, ils prennent beaucoup de précautions pour ne pas blesser les revenants, ils ne lui feront donc pas de mal.

— Et toi ? Qui nous dit qu'il ne va pas te tuer une fois qu'il aura Max ? Et quand bien même cela fonctionnerait, comment allons-nous suivre sa trace ?

— Il ne me fera pas de mal. Même si c'est le pire escroc qui soit, il a une réputation et rappelle-toi : je fais partie d'un équipage de mercenaires. L'échange se fera sans problème. En revanche, pour Max, c'est plus risqué. Il va très certainement être envoyé quelque part, je pense que « H » n'est qu'un intermédiaire destiné à couvrir une autre personne, voire une compagnie. C'est là que Salila intervient. Elle a programmé un traqueur que Max ingérera.

— Euh, ça fait quelle taille votre truc ? s'inquiéta Max.

— Rassure-toi, c'est une pilule, répondit Mana en riant. Bref, ils vont probablement le scanner, découvrir l'appareil et le désactiver, mais cela laissera le temps à Salila de pénétrer le réseau de « H ». Le traqueur lui servira de passerelle. Son fonctionnement est quasi indétectable. De mon côté, je n'aurai qu'à discuter avec ce monsieur pour lui laisser le temps d'y parvenir.

— Au moins dix minutes, supplia Salila.

— Ne t'en fais pas, ma belle, j'ai de la conversation, répondit Mana en souriant. Une fois que nous aurons accès au réseau de « H », nous serons informés du départ de Max et avec un peu de chance, de pas mal d'autres éléments sur le réseau.

— Et s'il est envoyé à bord d'un liner ou pire, à bord d'un maraudeur rempli de mercenaires ?

— Ando, ce transport ne se fera pas dans le réseau public, il y a trop de fric en jeu. Il sera exfiltré de Primaube discrètement, et lorsque ce sera le cas, nous aurons juste à le rattraper, puis à le menacer, exactement comme nous l'avons fait avec Lothan. Cela sera facile avec la Raie Hurlante, et nous aurons alors le fin mot de l'affaire.

— Il y a beaucoup trop de zones d'ombres dans ce plan, dit Andoval, pensif.

— Ça va, Ando, je prends le risque, ajouta Max. Je ne vois pas vraiment d'autres possibilités et il nous faut ces informations.

— On peut aussi attendre qu'il bouge. Il doit bien sortir de temps à autre, fit remarquer Andoval.

— Personne ne sait même à quoi il ressemble. Et ceux qui doivent le connaître sont certainement pires que lui. Pourquoi crois-tu qu'il se fasse appeler « H » ?

— Il est propriétaire d'un entrepôt, j'imagine ? Il a donc une identité déposée ? demanda Salila.

— Non, Salila, officiellement, il n'existe pas. Ce qui laisse à penser qu'en plus de tout cela cet homme à des appuis haut placés.

— Un homme d'affaires comme je les aime ! s'esclaffa Max.

****

Face à la porte blindée, Mana se tenait à côté de Max. Menotté et avec le visage abattu d'un prisonnier, Max sentait l'angoisse l'envahir peu à peu. Ils étaient descendus au plus profond de Primaube et se trouvaient presque au niveau du noyau originel. Après avoir quitté l'anneau intérieur, ils avaient traversé une zone d'habitation jonchée de détritus, hébergeant des junkies ou des paumés de toutes sortes avant d'arriver dans un secteur qui paraissait désaffecté. Ils avaient ensuite emprunté plusieurs couloirs et escaliers. Les nombreux éclairages défectueux rendaient l'endroit sombre et inquiétant. Il ne subsistait là aucun morceau de métal qui n'était rouillé, même les éléments structurels de la station accusaient un manque d'entretien depuis trop longtemps.

La porte s'ouvrit pour laisser apparaître un petit sas aux parois rutilantes qui tranchaient avec le couloir y menant. Max et Mana pénétrèrent à l'intérieur et la porte se referma derrière eux. Une voix leur demanda de déposer leurs armes au sol, puis d'avancer. Mana s'exécuta et posa le pistolet qu'elle avait pris soin d'emporter pour crédibiliser son statut de mercenaire. La seconde porte s'ouvrit peu après. Elle donnait sur une vaste pièce borgne au plafond bas et dépouillée de tout mobilier. À l'instar du sas, l'endroit était propre, entretenu, et surtout, lumineux. Deux hommes armés, portant des casques militaires qui dissimulaient leurs visages, s'approchèrent de Max et Mana. Sans un mot, ils les fouillèrent manuellement avant de les scanner avec un détecteur portatif. Max jeta un regard désespéré vers Mana lorsque l'homme s'approcha de lui pour le scanner, mais l'absence de réaction de l'appareil leur fit l'effet d'un grand soulagement. Les deux hommes armés leur demandèrent ensuite de les suivre et les conduisirent dans une arrière-salle plus petite, dotée d'une simple table translucide et de trois chaises métalliques. Mana et Max prirent place, avec derrière eux, les deux soldats de « H » au garde-à-vous.

— Et maintenant ? demanda Mana, face à la chaise vide qui se trouvait derrière la table.
— Silence ! répondit sèchement l'un des hommes.

Après quelques minutes d'un silence pesant, une porte dissimulée s'ouvrit au fond de la pièce et un homme vint prendre place sur la chaise restée vacante, face à Mana et Max. Son visage était dissimulé derrière un hologramme qui représentait un jeune homme.

— Les ennemis de mes amis sont mes amis, tant qu'ils me servent, commença l'homme d'une voix certainement artificielle et dont l'hologramme affichait un sourire. Ainsi donc, vous avez récupéré mon petit colis auprès de Lothan ?

— Nous avons récupéré ce qu'il nous devait. Enfin, j'espère, il prétend que vous seriez prêt à payer très cher pour ce spécimen, répondit Mana en pointant Max d'un signe de tête.

— Il semble propre, c'est bien possible qu'il m'intéresse. Qu'aviez-vous en affaire avec Lothan pour justifier un tel échange ?

— Une promesse non tenue, vous le connaissez sûrement mieux que moi, répondit Mana. En revanche, j'ai un peu de mal à comprendre la soudaine valeur des revenants. Il ne sait rien faire et ne comprend rien au monde qui l'entoure. Cet individu est inutile à bien des égards.

— Son ADN et ses gènes sont précieux, répondit l'homme. Celui-ci n'est pas de première jeunesse, mais il fera l'affaire.

— Notez que je suis là, hein, fit remarquer Max avant de se prendre un coup de la part du garde situé derrière lui.

— Nous voulons un million en échange, annonça Mana solennellement. Vous virez les fonds, je retourne sur mon vaisseau et aucune autre question.

— Vous m'en voyez désolé, ma chère, mais cela ne va pas se passer exactement comme cela…

****

— Tu les as toujours ? demanda Andoval, inquiet, tournant en rond dans la passerelle comme un fauve en cage.

— Oui. S'il te plaît, Ando, j'essaye de me concentrer, répondit Salila tout en pianotant avec vélocité sur son clavier.

L'attente était insupportable pour Andoval qui soufflait et marmonnait au fond de la passerelle de la Raie Hurlante pendant que Salila s'activait à pénétrer dans le réseau de « H ».

— Je suis connectée ! s'exclama soudain Salila.

— Alors ? demanda Andoval en se rapprochant à toute vitesse.

— Je sais où ils sont : ils n'ont pas bougé.

— Il leur a donné directement l'adresse de sa planque ? s'étonna Andoval qui fixait l'écran principal du pupitre.

— En tout cas, ils sont arrivés : Mana n'a plus son arme et Max a le cœur à deux cents. Je vais essayer de me connecter aux caméras.

Andoval reprit son chemin de ronde, expirant plus fort encore. Salila s'évertuait à passer les protections du système, une à une, et avec d'infinies précautions pour ne pas être repérée. Alors qu'elle avait annoncé à Andoval être presque au bout du chemin, Salila cessa subitement de pianoter sur son clavier, se tenant la tête des mains.

— Quoi ?! s'exclama Andoval.

— J'ai été déconnectée. Ils ont dû trouver le traqueur.

— Tu as les caméras ?

— Non, désolée, je n'ai pas eu le temps de…

— Putain ! hurla Andoval. Je le disais depuis le début, ce plan est foireux ! ajouta-t-il avant de sortir de la passerelle, furieux.

Salila rejoignit Andoval quelques minutes plus tard. Il pestait dans sa cabine. Elle pénétra timidement dans la pièce.

— Qu'est-ce que tu fais ? demanda-t-elle du bout des lèvres.

— Je vais les chercher, quoi d'autre ? répondit Andoval tout en vidant une grosse valise de son contenu.

— Mais comment ?

— Cette fois ça sera à ma méthode, répondit Andoval en se saisissant de son fusil magnétique pour le glisser dans la valise.

— Tu ne feras pas cinquante mètres avec ça en main.

— Pourtant, il me le faut et je ne vais pas rester là à rien faire.

— Alors, laisse-moi t'aider. On va tapisser ta valise avec des feuilles de rhodium et de platine. Tant que tu ne t'approches pas d'un détecteur, cela devrait suffire.

— Traduction ?

— Tiens-toi éloigné des drones et pas d'ascenseur.

— Ça me va.

Andoval continua de préparer ses affaires en quatrième vitesse pendant que Salila tapissait consciencieusement la valise destinée à recevoir l'arme. Le moment du départ venu, Andoval vint voir Salila une dernière fois. Vêtu d'un treillis et d'un bandeau tactique autour du front, il pointa la jeune femme du doigt.

— Tu t'enfermes et tu ne bouges pas d'ici, lui ordonna-t-il. Je vais les chercher et je n'ai aucune envie de devoir repartir pour te sortir de je ne sais quel merdier parce que tu auras pris une initiative à la con, c'est bien compris ?
— Oui, Andoval, répondit la jeune femme, à la fois apeurée par le ton autoritaire de cette brute en colère et touchée par le fait qu'il pouvait s'imaginer devoir repartir la sauver.

Andoval enfila un petit sac à dos et prit sa valise avant de quitter le vaisseau. Il filait d'un pas vif et décidé à travers les allées, couloirs et halls de Primaube. Suivant les instructions de son bracelet multifonctions, il s'enfonçait peu à peu dans les entrailles du géant de métal tout en évitant les rencontres. Salila n'osa d'abord pas le déranger, mais elle n'y tenait plus, elle activa son intercom.

— Tu y es presque, annonça-t-elle.
— Y a quelqu'un après ce passage ? demanda Andoval.
— Attends… Oui, une patrouille ! s'exclama Salila. Demi-tour, il faut passer par un autre chemin.
— C'est juste après ça, rien à foutre, répondit Andoval.

Après le passage qui se resserrait, Andoval déboucha dans une grande allée qui avait dû servir de hall de commerce par le passé et qui avait été transformée en entrepôt. Plus loin, un escalier de service s'enfonçait vers les tréfonds, lui permettant d'atteindre la zone où se trouvaient Mana et Max. Andoval tenta de traverser rapidement l'allée pour continuer derrière les volumineuses caisses de marchandises, à l'abri du regard des deux policiers en patrouille, mais ces derniers le hélèrent au loin. L'un d'eux sortit un pistolet neutralisant tandis que l'autre lui ordonna de ne plus bouger.

— Tu t'es trompé de coin, mon gars, l'astroport c'est pas ici, ricana celui qui tenait Andoval en joue.

— Désolé, je me suis perdu, répondit Andoval d'un ton peu convaincant.

— Et on peut savoir ce que tu trimballes là-dedans ? demanda l'autre policier qui s'était rapproché en pointant la valise.

— Ma guitare, connard ! répondit Andoval en le frappant violemment sous le menton avec sa valise d'un geste vif.

L'homme fut projeté en arrière, empêchant son confrère de faire feu immédiatement, au risque de lui tirer dessus. Le temps qu'il touche le sol, Andoval avait fait un pas de côté pour se mettre à couvert derrière une grande caisse. Il ouvrit sa valise en quatrième vitesse et prit son arme en main.

— Sort de là doucement et les mains sur la tête ! hurla le policier tout en essayant de contourner doucement la caisse.

Il avait presque fait le tour lorsqu'il vit le canon du fusil d'Andoval se pointer vers lui et faire feu. L'homme s'effondra au sol en hurlant de douleur. Il avait lâché son arme pour tenir sa jambe ensanglantée. Son fusil en main, Andoval s'approcha. Son bandeau tactique encore allumé lui couvrait un œil d'un petit hologramme qui, relié à son arme, lui permettait de faire mouche à chaque tir sans même voir sa cible.

— Je t'en supplie, ne me tue pas, implora l'homme.

— Donne ton intercom, répondit Andoval qui s'était penché sur l'autre policier étendu au sol, visiblement assommé, pour lui prendre le sien.

L'homme s'exécuta et lui jeta son bracelet. Andoval écrasa les deux appareils du pied avant de partir. Il descendit l'escalier, emprunta un couloir de service, puis se retrouva enfin face à la porte par laquelle Mana et Max avaient pénétré dans l'antre de « H ».

— Je vais indiquer l'endroit qu'il faut frapper sur ton scanner tactique, dit Salila à travers l'intercom. Le mécanisme de ces portes dispose d'une sécurité que l'on doit pouvoir activer de la sorte, en revanche, c'est blindé.

— Ce n'est pas un problème, répondit Andoval en activant une commande sur son arme.

Un point rouge apparut alors sur l'hologramme tactique de son bandeau. Andoval ajusta son tir, puis pressa la détente. Une détonation précédée d'une résonance rauque retentit alors dans le couloir, immédiatement suivi par une explosion au niveau de la première porte. Avec une accélération magnétique réglée au maximum, la balle en uranium appauvri avait transpercé les deux murs, faisant voler en éclat les appareillages électroniques des systèmes d'ouverture. Le nuage de fumée créé par l'explosion se dissipa et Andoval avança, l'arme en joue, traversant le sas. Le message automatique lui enjoignant à déposer ses armes lui fit décrocher un bref sourire. Andoval pressa un bouton situé près de la détente. Un petit bip confirma que l'arme avait changé de mode. Deux silhouettes se dessinèrent sur l'hologramme. Elles se tenaient à couvert, derrière de grands contenants présents dans l'entrepôt. Tout en avançant prudemment, Andoval pressa la détente en pointant son arme vers l'une des caisses. Son fusil d'assaut cracha alors une longue salve de projectiles dans un vacarme étourdissant, transperçant l'objet de toute part et faisant voler en éclat des morceaux de métal arrachés à la paroi de la caisse de transport. Sur l'hologramme, l'image représentait la forme humanoïde située derrière couchée au sol ; Andoval se tourna vers sa seconde cible qui n'avait pas bougé. Sachant que c'était probablement sa dernière chance, l'homme se dressa subitement de sa cachette pour faire feu à son tour avec un pistolet de gros calibre. Plusieurs détonations résonnèrent avant qu'une nouvelle salve ne vienne pilonner la zone. Les balles qui n'atteignaient pas leur cible provoquaient des gerbes d'étincelles depuis les parois métalliques de la pièce. Les autres perforèrent le malheureux avec tant de force qu'il fut projeté en arrière en même temps que son corps se disloquait sous la pluie de métal. Un nouveau signal sonore retentit sur l'arme d'Andoval alors que l'endroit avait retrouvé le silence. Il jeta un œil : son chargeur était vide, et il aperçut au passage le filet de sang qui coulait de sa jambe.

Les effets de l'adrénaline provoquée par la situation s'estompaient et Andoval se rendit compte qu'il était blessé et commençait à en ressentir la douleur. Il perçut également un sifflement strident qu'il n'avait pas entendu en arrivant, une balle avait dû perforer la paroi extérieure de la pièce qui donnait sur une zone dépressurisée. Andoval enfonça un nouveau chargeur dans son arme, tout en se tournant sur lui-même pour observer les lieux. Il hurla plusieurs fois le prénom de Mana, mais seul le sifflement de l'air qui s'échappait de la pièce perdurait. Il pénétra alors dans le bureau où Max et Mana rencontrèrent H. Leurs deux bracelets multifonctions étaient posés sur le bureau.

— Andoval, ça va ? demanda Salila dans l'intercom.
— J'ai pris une balle dans la jambe, mais ça va, répondit Andoval d'une voix déterminée. Je ne les trouve pas, tu peux m'aider ? Inutile de chercher la signature de leurs intercoms : ils sont là, devant moi.
— Un instant, répondit Salila.

Andoval se tournait et se retournait sans apercevoir la moindre trace de Mana et Max. La douleur lancinante qui remontait de sa jambe devenait de plus en plus forte. Il attrapa le pistolet d'injection hypodermique qu'il avait emmené dans son sac à dos et l'utilisa près de la blessure. La douleur s'estompa rapidement.

— Il y a une porte derrière une petite pièce, reprit Salila dans l'intercom. Celle où tu te trouves.
— Je ne vois rien, répondit Andoval.
— Elle est pourtant bien là, je la transfère dans ton scanner tactique.

Les contours virtuels d'une ouverture dans le mur apparurent sur l'hologramme qui chapeautait l'œil gauche d'Andoval. En s'approchant de l'endroit, il put discerner le faible interstice qui délimitait la porte, mais aucune commande apparente n'était visible. Il jeta un œil sur

168

l'afficheur de son arme, il lui restait encore quelques munitions à uranium.

— On refait comme tout à l'heure, dit-il à Salila. Dis-moi où frapper.

— Ils ont dû modifier cette porte, elle n'a rien de particulier sur le plan. Je ne peux pas t'aider, répondit Salila.

Andoval se positionna au fond de la petite pièce, à l'opposé de la porte, puis ajusta son tir. Il tira une première fois, faisant voler en éclat le métal de la paroi qu'il venait de transpercer. La lumière visible derrière le trou béant formé par le projectile corroborait les dires de Salila : il y avait bien une autre pièce derrière. Andoval tira encore à de multiples reprises sur le pourtour de l'ouverture désignée par son hologramme. Sa dernière munition en uranium appauvri finalisa la ligne de trous qu'il avait faits autour de la porte. Andoval tenta ensuite d'enfoncer la porte, mais cette dernière devait être blindée et ne cédait pas. Il allait contacter Salila, lorsqu'il entendit la voix étouffée de Mana qui appelait à l'aide de l'autre côté. Son sang ne fit qu'un tour. Il pressa plusieurs commandes sur son arme pour pousser la double accélération magnétique à son maximum. Même avec des balles standard, il avait peut-être une chance de détériorer la structure de cette porte pour parvenir à passer. Il se repositionna, et tira en rafale. Le fusil crachait ses projectiles à une telle vitesse que chaque balle créait une grande gerbe d'étincelles qui, additionnées les unes aux autres, emplissaient le petit bureau d'une vive lueur.

L'arme stoppa avant qu'Andoval ne cesse sa pression sur la détente. Le canon fumait et une odeur d'ozone émanait du corps du fusil. Un point lumineux rouge positionné sur le côté indiquait que la batterie de l'appareil était à plat. Sans accélération magnétique, les projectiles devenaient inoffensifs pour la structure métallique. Andoval se jeta sur la porte aux contours encore rougis par la violence du choc des projectiles. Après quelques essais, le métal commençait à se tordre : la porte cédait enfin et il finit par créer une ouverture assez large pour passer.

Andoval se contorsionna pour se glisser dans l'entrebâillement de la porte. Il se trouvait dans une autre pièce qui ressemblait au premier entrepôt, mais plus fourni en contenants et doté de plusieurs machines, vraisemblablement destinées à la fabrication de quelque chose. Sur le côté, une grande baie vitrée prolongée d'un sas laissait entrevoir sur un couloir d'accès pour les vaisseaux. Sombre et inanimé, ce passage qui courait jusqu'au plus profond de Primaube devait être utilisé par H pour ses affaires. Dans le fond, il aperçut Mana qui était retenue de force par un jeune homme. Positionné derrière elle, avec le canon de son pistolet posé sur la tempe de Mana, il cria en direction d'Andoval.

— La fête est terminée ! Lâche ton arme, espèce d'idiot.
— Lâche là ou je te défonce ! hurla Andoval en retour.
— Mes hommes sont en chemin et dans un instant ça va grouiller de monde ici, alors lâche ton arme et tire-toi, ordonna l'homme.

Mana fixait Andoval avec des yeux terrifiés, mais elle ne semblait pas blessée. Andoval mit l'homme en joue.

— Lâche là tout de suite ! hurla-t-il en s'approchant.

L'homme allait répondre lorsqu'Andoval pressa la détente de son arme. La balle traversa l'ample tenue de Mana à l'entrejambe pour aller frapper son assaillant dans l'aine. L'homme laissa son arme tomber au sol pour se recroqueviller sur lui-même tout en hurlant de douleur.

— Mana, ça va ? s'exclama Andoval en accourant vers elle.

La jeune femme se jeta dans les bras de son compagnon, l'embrassant de manière compulsive avant de se reprendre.

— Ça va, répondit-elle en souriant, des larmes plein les yeux. Il aurait pu me tuer, t'es gonflé d'avoir tiré !
— Personne n'appuie sur la détente dans ces moments-là, répondit Andoval en souriant à son tour. Où est Max ?
— Ils l'ont drogué et mis dans un banc cryo. Il dit vrai, il vient d'appeler ses hommes. Il faut filer, mais tu es blessé ? s'inquiéta Mana en voyant le tissu ensanglanté du treillis d'Andoval.

Andoval allait répondre lorsqu'il aperçut l'homme au sol en train d'allonger son bras pour atteindre son pistolet tombé un peu plus loin. Il repoussa l'arme du pied, avant de s'accroupir à ses côtés. Malgré sa tentative, le malheureux souffrait toujours et il se recroquevilla de nouveau lorsqu'il comprit que c'était peine perdue. Mana se rapprocha à son tour.

— Il a un hologramme facial, dit-elle.

— Qu'est-ce qu'on fait de lui ? demanda Andoval.

— On l'emmène à bord de la Raie.

— On n'arrivera jamais à traverser la station : il ne peut pas marcher et je ne suis pas en super état non plus, ajouta Andoval avant de s'écrouler au sol subitement.

Mana se précipita sur son compagnon, mais ses cris ou ses claques ne parvinrent pas à le sortir de son état d'inconscience. Elle ramassa le pistolet de l'homme, attrapa l'intercom d'Andoval. Salila s'évertuait à demander si quelqu'un l'entendait.

— Salila, calme-toi, c'est moi : Mana.

— Que se passe-t-il ? demanda la jeune femme d'un ton paniqué.

— Ando est mal en point. Il vient de s'évanouir, je pense qu'il a perdu beaucoup de sang.

— Et Max ?

— Il est « out » aussi, drogué. Hors de question de te rejoindre, il va falloir que tu viennes avec la Raie. Tu t'en sens capable ?

— Je vais me débrouiller, annonça Salila.

Tout en gardant un œil sur H, Mana positionna une petite caisse près d'Andoval pour lui mettre la jambe en hauteur. Elle fouilla rapidement dans son sac à dos, mais il n'avait emporté que des antidouleurs et des munitions. Elle fit un bandage serré sur la jambe d'Andoval avant de retourner près de H, toujours crispé au sol.

— Salila ?

— Je suis en train de préparer le départ, mais je n'arrive pas à verrouiller votre sas. Il faut me donner l'accès. Il doit y avoir un moyen depuis là où vous êtes !

— Je m'en occupe.

Mana injecta une dose d'antidouleur à H tout en le menaçant avec son arme. Elle approcha la main de son bracelet multifonctions pour désactiver l'hologramme qui lui masquait le visage.

— Je ne ferais pas ça si j'étais vous, annonça H d'une voix presque normale, indiquant que l'antidouleur faisait effet.

— On veut conserver son petit jardin secret, pas vrai ? Dis-moi comment donner l'accès au sas, ordonna Mana.

— C'est inutile, mes hommes seront là dans un instant. Laissez tomber.

Mana fit mine d'activer une commande sur le bracelet de H.

— C'est bon ! s'exclama H. Laissez-moi faire, dit-il en se redressant pour pianoter sur son bracelet sous la menace directe du pistolet de Mana.

— Pas de conneries, je vois ce que vous faites.

— C'est bon, je suis verrouillée ! s'exclama Salila dans l'intercom. Arrivée prévue dans sept minutes.

— Sept ?! s'étonna Mana

— J'ai peur que cela soit un peu trop long, reprit H en souriant. Soyez raisonnable, Mana. Laissez-moi partir et je vous laisserai le temps de filer avec vos amis.

— Et Max ?

— Désolé, mais celui-là m'appartient déjà.

Mana observa attentivement les lieux, hormis la porte à moitié défoncée par Andoval, seule une autre grande double porte permettait l'accès à l'entrepôt. Elle arracha des fils électriques d'une machine pour ligoter H. Son entrejambe baignait dans le sang et s'il ne ressentait plus de douleur, l'homme souffrait d'une importante hémorragie.

— J'ai peur que votre libido ne baisse un peu les jours prochains, lança-t-elle ironiquement tout en lui ligotant les mains dans le dos.
— Mana, vous ne pourrez pas vous en sortir ! s'exclama H avec autorité.

Mana attacha ensuite les chevilles de H ensemble, puis se dirigea vers la double porte.

— Salila, tout va bien ?
— Je suis en route. C'est plus simple que je l'avais imaginé, le vaisseau est autopiloté.
— Parfait. Je suis devant l'accès principal de l'entrepôt. Dis-moi comment le condamner.

Salila guida Mana pour saboter le système d'ouverture de la porte et ainsi gagner les précieuses minutes nécessaires. Elle positionna ensuite une chaise à quelques mètres de la porte défoncée par Andoval, de manière à ce qu'elle soit visible dans l'entrebâillement depuis le petit bureau. Elle tira péniblement le corps de H jusque sur la chaise et le ligota de nouveau afin qu'il n'en tombe pas.

— Vous vous donnez beaucoup de mal, mais au risque de vous paraître insistant, c'est inutile, répéta H d'une voix pleine de confiance.

— Avant de vous laisser, j'ai une dernière chose à faire, répondit Mana en désactivant l'hologramme facial.

Mana vint ensuite se positionner face à H et ne put masquer sa surprise lorsqu'elle vit le vrai visage du malfrat.

— Silvan Humfrey ! s'exclama-t-elle. Un petit vendeur d'espace de vie à la tête du réseau…

— Vous n'auriez pas dû, répondit Silvan avec contrariété.

— J'imagine que personne d'autre ne sait. Alors, écoutez-moi bien, « H ». Où alliez-vous emmener Max et à qui ?

— Vous plaisantez ?! ricana Silvan. Tout ceci vous dépasse complètement ! Vous n'avez pas idée de qui est derrière.

— Je dois vraiment répéter ? demanda Mana en positionnant le canon de son arme sur la cuisse de Silvan.

Silvan allait parler lorsque des bruits en provenance du premier entrepôt indiquaient l'arrivée de ses hommes de main.

— Salila, j'ai besoin d'une bonne nouvelle ! s'exclama Mana dans l'intercom.

— Je suis presque là ! répondit Salila.

Mana pressa la détente. La balle traversa la cuisse de Silvan, projetant un peu de sang au sol. Le visage du malfrat se tordit immédiatement de douleur.

— Qui et où ? Dépêchez-vous Humfrey, vos hommes sont là et je peux encore réactiver votre hologramme.

— Hicks sur le Venus Luxuria, répondit Silvan les dents serrées.

L'un des hommes de main de Silvan venait de pénétrer dans le petit bureau. Mana réactiva l'hologramme facial de H et recula doucement en pointant son arme sur lui.

— Écoutez moi bien, tous ! hurla-t-elle. Vous essayez de rentrer, je tire sur H. Vous tentez quoi que ce soit, je tire sur H !

Un bruit métallique sourd résonna dans l'entrepôt, la Raie Hurlante venait de s'amarrer. Mana fit feu lorsqu'un des hommes passa son fusil à travers l'entrebâillement. Probablement guidé par un scanner tactique, essayant d'abattre l'agresseur de leur chef.

— La prochaine fois, je lui tire dessus ! hurla-t-elle de plus belle.

Silvan avait perdu beaucoup de sang, il était en train de sombrer sur sa chaise, mais la mise en garde de Mana semblait avoir porté ses fruits. Salila arriva en courant.

— Tu vas devoir tirer Ando et Max seule, dit Mana tout en restant concentrée sur l'entrebâillement de la porte avec son arme.

Sans un mot et voyant la gravité de la situation, Salila se mit immédiatement à la tâche. Elle commença par Max, qui était dans une capsule cryogénique montée sur roulettes, prête à embarquer. Lorsqu'elle revint chercher Andoval, Mana venait de tirer encore et hurlait des injonctions. Dans un état second, Salila trouva la force de tirer la lourde carcasse d'Andoval sans s'arrêter, jusque dans le vaisseau. Mana la rejoignit peu après tout en tirant à intervalle régulier en direction des hommes de H. La porte d'accès de la Raie Hurlante se referma enfin.

— Il faut dégager ! cria Mana. S'ils s'attaquent à la coque, on est tous foutus !

Salila activa une commande sur son bracelet et sous le regard étonné et heureux de Mana, la Raie Hurlante se décrocha de son amarre pour commencer à s'éloigner lentement.

— J'avais déjà lancé la procédure pour le départ, dit Salila en souriant.
— Alors on y va ! s'exclama Mana. Il faut emmener Ando jusqu'au banc médical.

Quelques instants plus tard, les deux femmes reprenaient leur souffle après avoir hissé le corps d'Andoval jusque dans la machine. Le diagnostic fut presque immédiat et l'appareil était déjà en train de procéder à la stabilisation de son patient avant d'extraire la balle qui avait presque sectionné son artère fémorale. Des échanges de sourires accompagnèrent l'annonce que le pronostic vital d'Andoval n'était pas engagé.

— Salila, tu as été impériale, dit Mana en fixant la jeune femme.

— Et toi donc! s'exclama Salila. J'aurais été incapable de faire ce que tu as fait!

— Je viens de l'armée… Mais comment as-tu fait pour tirer Ando jusque dans le vaisseau? Je ne me rappelais pas qu'il était aussi lourd!

— L'adrénaline, je suppose. Je n'ai même pas remarqué, répondit Salila en riant. Je l'ai tiré, c'est tout.

— Tes yeux sont d'un noir! Je ne crois pas les avoir jamais vus ainsi, s'amusa Mana.

— Je ne pense pas avoir été un jour autant stressée non plus, répondit Salila en souriant. Tu as pu obtenir l'information?

— C'est léger, mais oui, j'ai quelque chose.

Chapitre 8 – Venus Luxuria

Devant l'immense Jupiter aux bandes nuageuses brunes et ocre, la Raie Hurlante progressait en direction de Mars. L'équipage s'était réuni dans la passerelle pour admirer la mythique géante gazeuse.

— Je ne pensais pas voir cela un jour, dit Salila qui observait un grand vaisseau cargo, qui paraissait pourtant minuscule face à Jupiter, plonger vers la planète.

— Cela ne m'étonne pas. Vu le prix demandé pour venir ici, cela ne doit pas être la destination de vacances à la mode, dit Max.

— C'est un moyen de réglementer l'accès au système solaire. Il faut vraiment y avoir quelque chose à faire ou alors ne pas compter ses crédits, ajouta Mana.

— Ça ne te fait rien, Max ? demanda Andoval avec un ton amusé qui montrait qu'il préparait quelque chose.

— De lâcher cinquante mille crédits juste pour emprunter un vortex ? Si, ça fait mal, répondit Max.

— Non. De revenir à ton point de départ en moins de deux jours, alors que tu as mis deux cents ans à essayer de t'en éloigner, lança Andoval en riant.

— C'est vrai que vu comme ça… répondit Max en souriant alors que Mana et Salila riaient également.

— Bien, le Venus Luxuria se trouve à proximité de Mars et il va continuer en direction de la Terre, reprit Mana, plus sérieusement. Il nous faudra moins de deux jours pour le rejoindre, et désolée, Max, mais le ticket d'entrée est également salé.

— Combien ?

— Cinq mille pour amarrer le vaisseau, et ensuite la formule de base est à vingt mille par personne pour une semaine.

— Putain ! s'exclama Max qui n'avait pourtant pas pour habitude de jurer. On tape sérieusement dans notre pactole là ! Qu'est-ce qui peut justifier un tel prix ?

— Tu n'as pas regardé la fiche ? Le Venus Luxuria est l'un des rares liners de loisir, au détail près que c'est le plus luxueux et le mieux équipé de tous. Un lieu de vacances idéal pour les riches. Il fait une boucle dans le système solaire. En un mois, tu peux voir chaque planète et leurs principaux satellites.

— Sur la fiche, ils disent que même en prenant l'option « 9 planètes », donc un mois, on ne peut pas avoir le temps de tester tous les équipements sur place, ajouta Andoval qui scrutait l'hologramme de son bracelet avec envie.

— Et à vingt mille, on a quoi ? demanda Max, éberlué.

— La loose : deux planètes seulement, répondit Andoval avec dédain. Bon, toutes les activités à bord sont gratuites, consommations comprises.

— De toute manière, on n'y va pas pour s'amuser, fit remarquer Max d'un ton aussi sérieux que possible.

— Allez, patron, ils font une promo pour la grande boucle : soixante-quinze mille par personne au lieu de cent mille, gloussa Andoval toujours en train de visualiser les images illustrant les activités à bord du Venus Luxuria.

— Je suis curieux de voir cela tout de même, reprit Max. Moi qui trouve toujours les voyages spatiaux pénibles…

— Ils disent : « Vos désirs deviennent réalité. Nous pouvons répondre à presque toutes vos demandes sans passer par la virtualisation », ajouta Andoval.

— Parfait. Je veux faire du surf, du ski, du golf et finir ma journée dans un immense jacuzzi rempli de jeunes et jolies demoiselles attentionnées, dit Max.

— Voyons voir, dit Andoval tout en pianotant sur son clavier holographique. Alors, il y une plage dédiée aux sports de glisse, trois pistes de ski et un golf complet.

— Et pour les filles ?

— Tu peux louer autant de bots que tu veux, répondit Andoval.

— Comment ça ? s'étonna Max. Je veux des filles moi…

— La prostitution est formellement interdite, Max, coupa Mana. Seuls les androïdes de plaisir sont autorisés.

— Je croyais que les androïdes étaient interdits depuis la grande révolte ? s'étonna Max.

— Tout processeur assez puissant pour se doter d'un libre arbitre est interdit, répondit Salila. Les androïdes existent toujours, mais ils restent des machines plus que jamais, se contentant d'imiter les réactions que nous escomptons.

— Et grâce à cela, la prostitution a disparu ? J'ai du mal à le croire. Cela doit bien exister quelque part dans les mondes reculés ?

— Partout, nous manquons d'individus, Max, répondit Mana. Les compagnies vont jusqu'à s'approprier des familles et leurs descendants pour s'assurer une prospérité. Alors, oui, cela doit probablement exister ici ou là, mais globalement nous avons tous bien mieux à faire que de vendre nos corps.

— C'est mon cas, ajouta Salila.

— Tu vends ton corps ? demanda Andoval en pouffant.

— Non ! s'exclama Salila avec protestation. Ma famille appartient à la compagnie minière Foxite et moi aussi.

— Mais comment est-ce possible ? s'étonna Max. Les gens ne peuvent accepter cela !

— Ils n'ont pas eu le choix, répondit Mana. Les meilleurs contrats, ceux qui procurent l'assurance d'une vie sans problème, ne se font qu'à cette condition.

— Et vous ? Toi et Ando avez bien démissionné de vos fonctions à bord du transporteur.

— On n'a pas vraiment démissionné, on a déserté. Nous avions une grosse dette à rembourser qui nous liait à une compagnie. Pour ceux qui veulent demeurer libres, c'est possible, mais en cas de problème ils sont seuls. La plupart des gens, ceux qui veulent vivre normalement, optent pour l'autre option.

— Et toi, Salila, que fais-tu là si tu appartiens à la compagnie de tes parents ? demanda Max.

— Je n'ai pas encore vingt ans. L'année prochaine il faudra que je retourne sur Foxite-H ou que je parvienne à racheter mon contrat. C'est ce que je comptais faire, enfin du moins commencer, et c'est pourquoi j'avais accepté la mission à bord du Damascus.

— Je vois. Et j'imagine que si tu n'y retournes pas, ou que vous deux si vous ne remboursiez pas, toutes les portes se refermeront peu à peu autour de vous, le temps que l'information se propage.

— Ouais, répondit Andoval. En quelques années tu deviens marqué au fer rouge partout, et là, tu n'as vraiment plus le choix : c'est un contrat à vie, descendants compris, et pour pas cher.

— Les tréfonds de l'humanité sont décidément toujours en deçà du pire. Et les androïdes de plaisir, elles sont comment ?

— Les premières étaient immondes, mais d'après ce que je sais, ils ont fait des progrès, répondit Andoval avec un sourire complice.

— Elles ne sont toujours pas très futées, mais leur vraisemblance est parfaite, conclut Mana en riant.

****

La Raie hurlante approchait de la planète Mars. Encore quelques heures de voyage et le Venus Luxuria, qui se déplaçait beaucoup plus lentement, serait en vue. Salila avait rejoint la passerelle pour admirer un énorme croiseur impérial qui orbitait autour de la planète rouge. De nombreux vaisseaux de toutes sortes évoluaient dans l'espace solaire, mais plus que partout ailleurs dans la zone colonisée de la galaxie, c'était là que les plus beaux spécimens pouvaient être rencontrés. Installée seule, dans le fauteuil de pilotage, Salila guettait l'apparition en visuel du Goliath, considéré comme le vaisseau militaire le plus puissant de son époque. Max arriva peu après. Il s'installa au poste de copilote.

— Tu t'exerces ?

— Non, répondit Salila en souriant. Nous sommes en pilotage automatique. Nous allons bientôt pouvoir apercevoir le Goliath et je voulais voir ça. Nous le citions souvent en exemple, lors de mes cours d'ingénierie. Ce vaisseau concentre une quantité d'innovations incroyables.

— C'est quoi ? Un vaisseau de colonisation ?

— Malheureusement, non. C'est un vaisseau militaire. C'est souvent ceux à qui l'on réserve le meilleur…

— Mais pourquoi utiliser encore ce genre de vaisseau ? Je veux dire : la galaxie s'est unifiée sous un gouvernement commun et c'est plutôt une bonne chose. Contre qui peuvent-ils utiliser ce genre d'arme ? Avons-nous des ennemis ? Avons-nous rencontré une autre espèce intelligente ?

— Pour l'instant, il n'y a personne à part nous. Je pense que le Goliath sert surtout à empêcher toute envie de rébellion. Il y a eu une vague d'auto proclamations d'indépendance il y a quelques dizaines d'années. Des systèmes, généralement lointains, qui voulaient gérer leur monde de manière souveraine et ne pas servir de base d'exploitation à l'Empire.

— Et comment ça s'est fini ?

— Dans le sang et les larmes, comme toujours. Un à un, l'Empire les a repris sous son giron en envoyant ce genre de bâtiment.

— On ne peut pas dire que le monde actuel se soit arrangé. Même si celui d'où je viens n'était pas beaucoup plus reluisant. En tout cas, ces dernières semaines ont été les plus palpitantes de toute ma vie. Jamais je ne te remercierais assez de m'avoir permis de connaître tout cela, Salila.

— Si nous arrivons à mettre à jour le pourquoi des enlèvements des revenants, je pourrais acheter ma liberté et nous serons plus que quittes, répondit Salila en souriant.

— Combien dois-tu payer pour acheter ta liberté ?

— Je suis jeune : un demi-million.

— Et combien gagnent tes parents en une année ?

— Vingt mille chacun.

— Je vois. Personne n'y arrive, j'imagine ?

— Avec des années de privation et un peu de chance, certains arrivent à libérer un enfant, mais c'est effectivement rare. La plupart se constituent un pécule pour acheter leur retraite.

— Attends, viens-tu de dire qu'il faut maintenant acheter sa retraite ?

— Même si c'est moins cher en fin de parcours, il faut acheter sa liberté pour pouvoir prendre une retraite, oui. C'est logique. Et en additionnant cet argent avec celui nécessaire pour vivre sans revenu, cela représente beaucoup de privations tout au long d'une carrière. J'espère y parvenir avant mes parents.

— On va tout faire pour y parvenir alors, répondit Max en souriant.

— Comment fais-tu pour demeurer aussi détaché de toute cette histoire ?

— Comment cela ?

— Tu sembles à peine concerné par le destin qui t'attendait avec les autres membres d'équipage du Gemini II. Ne le prends pas mal, mais j'ai l'impression d'être plus touchée que toi du sort des revenants.

— C'est la façon que j'ai choisi de mener ma vie : toujours vers l'avenir, répondit Max avec aplomb. À quoi bon se lamenter sur le passé ? J'étais peut-être destiné à mourir, mais regarde aujourd'hui. Et demain sera encore mieux !

— Je comprends, mais cela me dépasse…

— D'ailleurs, je suis ton patron maintenant et les androïdes ne me disent trop rien. Tu viens me retrouver dans ma chambre ? demanda-t-il en se levant.

Salila se tourna et fixa Max, éberluée. Elle allait exploser, lorsque Max posa sa main sur son épaule en éclatant de rire.

— Je plaisantais, Salila ! Je n'arrive pas à croire qu'après tout ce que nous ayons vécu, tu continues de me voir comme ça.

— Tu as essayé de me violer sur le Gemini II ! s'exclama Salila avec vigueur.

— J'étais saoul, Salila… Tu le sais bien, répondit Max en dédramatisant. Et puis, je m'en rends compte à présent, j'étais encore cette ancienne star déchue du réseau qui ne supportait pas la moindre objection. Tu sais, j'ai vérifié, il n'y a plus aucune trace de moi sur le réseau ici, dans le système solaire. Max le magnificent est tombé aux oubliettes.

— C'était il y a deux siècles, Max, c'est normal !

— Je sais, mais on parle encore d'autres artistes moins superficiels.

— Comme Samuel Wintoski et sa « Clef de l'univers » ?

— Ça va, arrête de te moquer. N'empêche que son idée était géniale. Non, je veux dire que la page est tournée dans mon esprit aussi. J'ai compris que j'étais porté par quelque chose d'externe à ma personne, mais que je n'apportais rien de concret à ce monde.

— Tu en doutais ? Enfin, je veux dire… reprit Salila, pensant avoir blessé Max.

— Inutile de prendre des gants, répondit Max en souriant. Crois-le ou non, mais lorsque tu es en haut, tout en haut, tu es persuadé d'être extraordinaire et indispensable. C'est puéril, mais j'étais persuadé que les gens ne m'oublieraient pas.

— Alors c'est bien que tu aies pris conscience de tout cela.

— Tu resteras avec moi après cette mission ?

— Pourquoi pas, si tu as encore besoin d'une ingénieure et que je peux demeurer libre.

— Je pense que je vais avoir du mal à m'en passer, oui, répondit Max en souriant.

****

Le Venus Luxuria orbitait lentement autour de Mars. À chaque planète du système, le liner de luxe faisait une halte de deux ou trois jours afin de permettre à ceux qui le souhaitaient d'aller se rendre sur place pour visiter quelques lieux d'intérêt. Le gigantesque vaisseau n'ayant pas vocation à emprunter de vortex, ces concepteurs lui avaient donné une structure étendue qui reproduisait la forme d'un oiseau aux ailes déployées.

Parmi les nombreux autres vaisseaux de luxe amarrés à la coque du géant, la Raie Hurlante ne dépareillait pas. Après s'être acquittés de l'onéreux droit d'entrée, les membres du groupe de direction de Mondes Étendus avaient été conduits dans leurs cabines respectives pour une semaine de vacances bien méritées offertes par la compagnie. L'alibi était parfait, ils disposaient de sept jours pour retrouver le docteur Hicks.

Allongée sur son lit king size, Mana contemplait Mars depuis le dôme transparent qui surplombait entièrement la cabine, pendant qu'Andoval parcourait une fois encore la liste des activités proposées sur l'hologramme de son bracelet multifonctions. Vastes et circulaires, toutes les cabines étaient situées sur la partie haute du vaisseau et disposaient ainsi d'une vue imparable sur l'extérieur. Le luxe, presque ostentatoire, pouvait se voir où que l'on posât les yeux. Les restrictions habituelles, comme l'eau ou la nourriture, n'avaient pas cours à bord du Venus Luxuria et c'était au contraire une abondance permanente, à la limite de l'indécence.

— Non, mais tu as vu ça ? demanda Mana en pointant de la main le dôme transparent. On a l'impression d'être dans l'espace, c'est incroyable. Quand je pense que ce sont les cabines «normales», je me demande ce que peuvent avoir les « premium »…

— Bah, c'est pour dormir de toute façon, répondit Andoval.

— Ah bon ? J'avais pensé à autre chose, moi, dit Mana avec une voix innocente.

Après une courte hésitation, Andoval plongea sur le lit pour enlacer Mana. Les deux amants se touchaient et s'embrassaient avec ferveur lorsqu'Andoval se retrouva sur le dos, face à la planète rouge.

— Eh bien qu'est qu'il t'arrive ? s'inquiéta Mana, voyant que son compagnon la délaissait subitement.

— Ça me gêne de savoir qu'il y a tous ces gens, juste là, dit-il en pointant le dôme transparent.

— Non, mais tu déconnes ? s'esclaffa Mana.

— Oui, je sais, c'est con, mais ça me coupe tout, répondit-il tout penaud.

— Je n'en crois pas mes oreilles ! répondit Mana en riant de plus belle.

Mana activa une commande sur le côté du lit et le dôme s'assombrit peu à peu, jusqu'à ne laisser apercevoir que les contours de Mars.

— Voilà, mon grand soldat pudique, reprit-elle. C'est mieux ?

Andoval allait répondre lorsque la sonnette de la cabine retentit. L'écran de contrôle qui venait de s'allumer montrait Max qui se tenait derrière la porte.

— Bon, ce n'est que partie remise, soupira Mana. J'imagine qu'il veut qu'on avance tout de suite.
— Il abuse, on vient à peine d'arriver, maugréa Andoval tout en se levant.
— Je te préviens Andoval, il va y avoir pas mal de tentations à bord. Je te conseille de me réserver l'usage de ton arme secrète si tu ne veux pas que je te tue !
— Et toi donc ? Tu auras les mêmes tentations ! s'offusqua Andoval.
— Oui, mais moi je sais me tenir. Toi tu n'es qu'un enfant, un homme de surcroît, alors tiens-toi à carreau !

Mana vint ouvrir la porte après avoir arrangé ses vêtements et ses cheveux.

— Vous êtes prêts ? demanda Max d'un ton jovial dès qu'il vit Mana.

— Plus que jamais, répondit Mana en soupirant. Mais tu sais que tu peux aussi nous envoyer un message ou nous contacter via l'intercom ?

— Salila l'a fait, elle m'a dit qu'elle arrivait. Moi, je préfère venir en personne ! répondit Max en pénétrant dans la cabine d'un pas décidé.

— Et vous vous êtes donné rendez-vous dans notre cabine ? demanda Andoval tout en rebasculant le dôme vers une transparence totale.

— Désolé, j'ai l'impression d'avoir… commença Max en voyant le lit défait avant de se taire face au regard noir d'Andoval.

Salila arriva à son tour. Son visage rayonnait et ses yeux avaient pris leur teinte vert très clair. Après quelques échanges sur les choses extraordinaires que chacun avait pu observer ici ou là à bord du Venus Luxuria, le groupe élabora son plan d'action.

— Alors je récapitule, annonça Max. On sait de la bouche de H que les revenants sont destinés à un certain Hicks et qu'il se trouve à bord. Sur le Gemini II, Salila a entendu les pirates évoquer un certain « docteur » qui était prêt à payer une fortune pour les revenants du Gemini II. Il est peu vraisemblable que ce trafic soit multiple, et donc, il y a fort à parier que le « docteur » et « Hicks » ne font qu'un.

— Ça se tient, lâcha Andoval avec détachement.

— Donc je vous propose la chose suivante : pour commencer, nous allons tous changer de vêtements. Vous avez remarqué, je pense, nous faisons un peu tache parmi la faune locale. Une fois parés de vos nouveaux habits, chacun part investiguer dans son coin.

— Où peut se trouver un docteur, ici ? demanda Salila.

— Je ne pense pas que celui que nous cherchons se trouve au dispensaire, répondit Mana.

— Il n'officie peut-être même pas ici, ajouta Max.

— On ne sait même pas ce qu'il fait avec les revenants, alors comment savoir où chercher ? demanda Andoval. Et si on balance son nom partout, il saura qu'on le cherche…

— On va se contenter d'observer pour le moment. Essayez de repérer des choses inhabituelles et échangez un maximum avec les clients à propos de ce qu'ils font ici.

— Tu peux développer ? demanda Mana.

— Pourquoi le « docteur » agirait depuis le Venus Luxuria ? C'est plutôt visible comme planque. Je pense qu'il est ici, car c'est ici que se trouvent les gens les plus riches. Sa clientèle est là, et cela corrobore le prix d'achat astronomique des revenants. Reste à savoir quels sont ses services. Cela n'a peut-être rien à voir avec la médecine, il ne faut occulter aucune piste.

— Entendu, on se répartit comment ? demanda Mana.

— Andoval, tu es le seul homme, tu vas du côté des plaisirs intimes.

— Comment ça, c'est le seul homme ? protesta Mana.

— Il est évident que je ne participerai pas à cette première phase, Mana. Je suis le revenant que vous cherchez à vendre. Même si vous n'évoquez pas cela immédiatement, j'interviendrai pour la seconde partie de l'histoire. Personne ne doit me voir circuler librement, pour le moment je suis votre prisonnier.

Mana jeta un regard noir à Andoval qui en disait long.

— Et pourquoi une femme ne pourrait-elle pas explorer ce « secteur » ? reprit telle.

— Vous n'êtes pas assez perverses, répondit Max en souriant. Un joli décor, un grand gaillard au regard ténébreux, doux et un peu macho à la fois, et vous êtes comblées, ajouta Max en souriant bêtement.

— Ta vision des femmes date quelque peu, dit Salila en secouant la tête.

— C'était une boutade mesdames, calmez-vous, reprit Max. Salila, pour toi je pensais à l'institut de beauté. Un pan entier du vaisseau est consacré au bien-être et la beauté et je pense que tu y seras comme un poisson dans l'eau.

— Et pour moi, cela sera quoi ? demanda Mana d'un ton excédé. Les restaurants ?

— Ne te fâche pas Mana, dit Max en souriant alors qu'Andoval lui lançait des grimaces pour qu'il ne persiste pas dans cette voie. Mana, je fais confiance à ton jugement qui s'est toujours avéré sans faille, et...

— Arrête la pommade, Max, c'est bon, j'ai compris, coupa sèchement Mana alors qu'en arrière-plan Andoval mimait ironiquement des applaudissements.

— C'était sincère, Mana. Et rappelez-vous : nous sommes là pour travailler, annonça solennellement Max. Ne vous laissez pas emporter par la luxure omniprésente. Plus vite nous saurons qui est le « docteur », plus nous aurons de temps pour faire tomber ce réseau.

Max rejoignit ensuite sa cabine pour y demeurer seul. Mana, Salila et Andoval s'équipèrent de bracelets multifonctions civils, délaissant leurs modèles plus évolués, mais beaucoup trop voyants et uniquement utilisés dans des conditions professionnelles. Ils partirent dans l'une des nombreuses galeries marchandes du Venus Luxuria pour changer de vêtements, puis se séparèrent.

****

Vêtu à la manière d'un jeune bourgeois, rebelle, mais sans franchir la limite de la vulgarité, Andoval déambulait dans l'une des artères principales du Venus Luxuria. L'endroit n'était pas bondé et de nombreux commerces demeuraient sans visiteurs. Une chose frappa Andoval : les automates ou les robots étaient absents, en apparence du moins. Tout semblait avoir été pensé pour rendre l'expérience à bord du Venus Luxuria chaleureuse et humaine. De nombreux employés se tenaient à disposition du quidam pour renseigner ou servir, et les forces de sécurité, discrètes, mais omniprésentes, ne dérogeaient pas à la règle : aucun drone ne survolait les larges allées. L'aménagement intérieur des zones publiques était varié, mais toujours luxueux et dans le souci du détail. Tout était mis en œuvre pour faire oublier aux aisés résidents qu'ils se trouvaient dans un vaisseau spatial. Le métal froid de la structure était parfois habillé de pierre, de bois, de tissu ou même de végétaux. Rien ne semblait impossible, et si certains vacanciers déambulaient de manière blasée, Andoval avait du mal à cacher sa stupeur.

Arrivé au croisement de deux allées, l'ancien soldat se tenait immobile face aux murs d'eau surplombés par une immense verrière, donnant l'illusion qu'une cascade se déversait depuis l'espace.

— Première visite à bord du Venus ? demanda une voix.

Plongé dans ce décor hors du commun, Andoval n'avait pas vu le jeune homme s'approcher. Il portait la tunique bleu clair des employés du Venus Luxuria et arborait un large sourire compatissant.

— En effet, répondit-il.
— Puis-je vous aider ? Cherchez-vous une activité en particulier ?
— Oui, enfin… commença Andoval l'air emprunté.
— Je suis à votre disposition, dites-moi ce que vous souhaitez. Quelle que soit votre requête, elle est légitime ici, ajouta le jeune homme sans lâcher son sourire.
— Je vais… Je vais me débrouiller, répondit Andoval qui aperçut un hologramme d'indications un peu plus loin.

Andoval s'éloigna et fut soulagé de voir que l'employé ne prêtait plus attention à lui. Il se rendit face à l'hologramme et trouva rapidement ce qu'il cherchait. Les ascenseurs desservant les différentes zones étaient juste à côté et il s'engouffra dans l'un d'entre eux. Il prit place dans un confortable fauteuil positionné au centre d'une cabine en forme d'œuf. La machine lui demanda sa destination et Andoval pesta intérieurement contre lui-même : il lui aurait suffi de venir là plutôt que de s'infliger cet échange avec l'employé qui avait, du reste, sûrement deviné ce qu'il cherchait vraiment.

— « Plaisirs insensés », lança Andoval.

— Quelle est votre affinité sexuelle ? demanda la machine.

— Quoi ?! s'étonna Andoval.

— Je décèle une présence masculine. Souhaitez-vous atteindre la zone réservée aux rencontres entre hommes, avec des femmes, ou indifférent ?

— Des femmes ! s'exclama Andoval.

La machine stoppa sa course quelques dizaines de secondes plus tard et la porte s'ouvrit sur un endroit bien plus sombre. Andoval s'extirpa de son fauteuil pour déboucher dans une reproduction nocturne de ce que devait être une ruelle d'un quartier populaire sur Terre. Des devantures aux néons clignotants et aux messages sans équivoque lui confirmèrent qu'il était bien arrivé à destination. La rue était chargée de quelques passants et de femmes vêtues de lingerie qui patientaient sur les trottoirs. Une jeune femme semblant apparaître de nulle part s'approcha d'Andoval, une petite valise à la main. Ses longs cheveux châtains et bouclés amplifiaient la beauté de son visage harmonieux. Elle avait l'air d'une enfant innocente et si son imperméable ne laissait entrevoir un généreux décolleté, elle aurait pu passer pour une adolescente.

— Excusez-moi, je crois que je suis perdue, dit-elle d'une petite voix en souriant tendrement.

Andoval fixa la jeune femme sans savoir que faire ni quoi dire.

— Cela fait des heures que je marche... souffla-t-elle. Auriez-vous la gentillesse de m'accompagner prendre un café ? dit-elle en se déchaussant un pied pour le masser. Cet endroit ne rassure pas et vous avez l'air gentil.

Andoval demeurait tétanisé, se remémorant les paroles de Mana. En d'autres temps, peut-être, mais il ne pouvait faire cela. Il voulut décliner l'offre de la jeune femme lorsque la porte d'un ascenseur s'ouvrit. Un homme d'âge mûr, vêtu d'une tenue débraillée, en sortit. Devant l'hésitation persistante d'Andoval, la jeune femme se dirigea alors vers ce nouveau venu pour lui jouer mot pour mot la même scène. L'homme accepta l'invitation sans se faire prier et les deux comparses s'éloignèrent en poursuivant leur discussion dans la ruelle sous le regard médusé d'Andoval. Un employé du Venus Luxuria s'approcha à son tour de ce visiteur qui paraissait demeurer désemparé.

— La jeune femme perdue ne vous branche pas on dirait, dit-il avec un sourire complice.
— C'était un androïde ? demanda Andoval, encore éberlué.
— Évidemment. Nous essayons de créer de petites histoires pour mettre en jambe... Il y en a beaucoup d'autres à découvrir. Baladez-vous, entrez dans les établissements, vous verrez, nous ne manquons pas d'imagination ! Et après chaque utilisation, les filles vont directement en coulisse pour un nettoyage complet : elles sont irréprochables ; plus vraies que nature et beaucoup moins regardantes, si vous voyez ce que je veux dire.
— C'est-à-dire que je voulais autre chose, commença Andoval qui se rappelait les propos de Max.
— Nous avons tout ce que vous voulez. Celles dans la rue, c'est du direct ; certains préfèrent. Ensuite, chaque établissement a ses spécificités, que cela soit au niveau de

la mise en scène ou des filles. N'hésitez pas à laisser libre cours à vos fantasmes les plus dingues, elles sont là pour ça ! Et si vous ne voulez pas d'androïde, il y a un salon de rencontre spécialement réservé aux clients et clientes, mais cette fois il faudra que votre partenaire soit d'accord si vous voulez aller plus loin.

— Non, mais je voulais dire que je cherche quelque chose de spécial, bredouilla Andoval.

— Ah, je vois, répondit l'homme en faisant un clin d'œil. Ne vous en faites pas, nous avons tout prévu. Vous êtes plutôt quoi ? Morphologie particulière ? Nous en avons une à quatre seins si vous aimez ! Ou sinon, êtes-vous jeux douloureux ? Animaux ? Enfants ?

— Non ! s'exclama Andoval avec vigueur. Je pensais à… enfin, quelque chose de plus… classe, répondit Andoval tout en se maudissant d'avoir si peu d'éloquence pour ces sujets.

— Plus « classe » ? Je ne suis pas certain de vous suivre. Pourriez-vous me détailler votre souhait ?

— Écoutez, mon vieux, laissez tomber, répondit Andoval en s'écartant devant le regard interloqué de l'employé.

Andoval pénétra ensuite dans quelques établissements qui bordaient la ruelle. Il y avait effectivement de quoi contenter tout le monde, même si l'ensemble renvoyait au final une image assez glauque. Tous ces hommes qui se servaient de ces machines se sentaient-ils mieux après avoir assouvi leurs fantasmes les plus profonds ? Même s'il savait que la jeune femme qu'il avait rencontrée ne pouvait être dotée d'un libre arbitre, sa démarche, ses gestes et son éloquence lui donnaient une réalité dérangeante. L'imaginer reproduire encore et encore cette scène pour se donner quelques instants plus tard lui faisait froid dans le dos. Avant de participer à cette orgie, il fallait accepter d'abandonner une partie d'humanité pour ne laisser s'exprimer que ses plus bas instincts. Il retourna sur ses pas.

****

Parée d'une tunique claire aux reflets changeants qui lui donnait un air sévère, Mana filait à travers les allées du Venus Luxuria. Complètement ahurie par les décors du vaisseau, plus ostentatoires les uns que les autres, elle gardait cependant une attitude détachée. Il était hors de question de passer pour une nouvelle venue, il fallait au contraire paraître habituée à ce luxe indécent. Arrivée à l'un des nombreux nœuds du vaisseau, elle emprunta un de ces ascenseurs individuels et indiqua à la machine qu'elle souhaitait se rendre au casino. Un instant plus tard, la porte s'ouvrit sur une petite place pavée au milieu de laquelle coulait une fontaine en fer forgé entourée d'arbres. Sur le pourtour se trouvaient plusieurs restaurants et cafés-pubs dont les terrasses étaient envahies de clients. Le magnifique ciel artificiel qui chapeautait l'endroit parachevait l'illusion de se trouver catapulté sur Terre, quelques siècles auparavant.

Mana s'avança en direction d'un hologramme qui indiquait le chemin du casino. Elle traversa la place baignée de soleil et ressentit une légère brise qui fit onduler ses cheveux et les feuilles des arbres l'espace d'un instant.

L'entrechoquement des couverts des convives des restaurants se mêlait aux musiques d'un autre temps. Elle s'engouffra dans une ruelle baignée des odeurs mêlées des cuisines. Quelques dizaines de mètres plus loin, une large devanture dotée de deux doubles portes en vieux bois était surplombée d'une enseigne en métal peint : le casino se trouvait là. Elle progressa dans cette étroite ruelle jonchée de magasins, comme partout à bord du Venus Luxuria. Un jappement attira son attention sur l'un d'entre eux : il proposait des animaux de compagnie et une cliente était en train de se laisser tenter par un petit chiot vigoureux qui sautait de joie autour d'elle. Mana s'approcha. Elle avait déjà entendu parler de ces animaux domestiques, utilisés par le passé pour tenir compagnie aux hommes. Trop chers à entretenir et interdits à bord des vaisseaux ou des stations, Mana n'en avait jamais aperçu. Elle se rapprocha de la devanture vitrée et se laissa emporter un instant par la beauté de ces petites boules de poils enjouées.

Au fond de la ruelle, les portes s'ouvraient et se refermaient lentement au passage des clients. Mana s'engouffra à l'intérieur pour y découvrir un long tunnel oblique dont la luminosité s'abaissait au fur et à mesure de sa longueur. Elle se positionna sur le tapis roulant qui emmenait les clients du casino un peu plus haut. Étonnamment, les parois étaient neutres, unies et sans décoration. L'absence d'animation rendait ce petit voyage presque ennuyeux et Mana se surprit à regretter les nombreuses tentations présentes partout à bord. Elle comprit le pourquoi lorsqu'elle arriva en haut. Le tunnel débouchait sur une immense salle circulaire surplombée d'un dôme transparent qui laissait apparaître la planète

Mars dans sa totalité. Les clients s'adonnaient à toutes sortes de jeux de hasard, seuls ou en équipe, sous la lumière rougeâtre de Mars. Les proportions hors norme de l'endroit décuplaient l'impression d'être dans l'espace, bien davantage que sous le dôme des cabines qui paraissait ridicule en comparaison. Mana s'aventura entre les tables de jeu et les appareils clignotants lorsqu'un flash bleu illumina une partie du dôme. Mana se figea, mais devant l'impassibilité des autres, elle comprit que cela devait être normal. Un employé du casino s'approcha discrètement avant de la saluer avec respect.

— Bienvenue, Madame. Que puis-je faire pour vous être agréable ? demanda en souriant le jeune homme à la tunique bleu clair.
— Je fais le tour avant de me décider, répondit Mana. Il faut sentir la chance, vous voyez ?
— Certainement, Madame. Dans ce cas, je ne vous importune plus.
— Un instant, fit Mana pour retenir le jeune homme qui s'écartait déjà.
— Oui, Madame ?
— La lumière bleue…
— N'ayez crainte, c'est une réaction de la membrane énergétique située autour du dôme. Cela arrive souvent lorsque nous sommes en orbite et malheureusement, nous ne pouvons éviter ce flash, même s'il est atténué par la paroi réfléchissante du dôme.
— Très bien, je vous remercie, répondit Mana d'un air détaché.

Mana fit quelques pas avant de s'arrêter pour fixer le dôme. Elle connaissait l'existence de ces membranes énergétiques, utilisées depuis quelques années comme bouclier de protection pour de petites surfaces, mais ne pensait pas en voir une fonctionner un jour sur un vaisseau. Placé en orbite d'une planète colonisée, le Venus Luxuria devait croiser quantité de petits débris. Même réalisé avec les meilleurs matériaux, un dôme de cette taille demeurait un réel point faible. Ce bouclier lui permettait d'assurer une résistance aux impacts équivalente aux parties métalliques, si ce n'était plus encore. Mana avait beau chercher des yeux une composante du système, le dôme demeurait uniformément lisse sur toute sa surface. La mélodie d'une machine à sous qui semblait appeler les joueurs à elle lui rappela ce pour quoi elle est venue ici. Elle se dirigea vers le centre du casino pour atteindre le bar. Une poignée de serveurs s'activaient derrière un comptoir positionné sur un grand disque noir qui tournait lentement sur lui-même. Mana gravit les quelques marches permettant d'atteindre la plateforme puis vint s'asseoir face au comptoir. Depuis là, elle avait une vue panoramique sur l'ensemble du casino. Elle commanda un cocktail, puis un autre et commençait à désespérer lorsqu'enfin quelqu'un vint s'asseoir à ses côtés. Habillée d'une tunique semblable à celle de Mana, mais de couleur sombre, une femme brune aux yeux d'un bleu profond commanda à son tour un cocktail avant de se tourner vers Mana. Avec un sourire éclatant, la femme plongea immédiatement son regard hypnotisant dans les yeux de Mana.

— Salut, belle inconnue, dit-elle.

— Salut, répondit laconiquement Mana, quelque peu contrariée d'être courtisée par une femme.

— Je n'aime pas voir une jolie jeune femme esseulée, tu n'es pas contre un peu de compagnie ?

— Au moins vous êtes directe, répondit Mana.

— Cela te dérange ?

— Pas le moins du monde.

— Plus que deux jours me concernant et cela sera un retour à la réalité, alors oui, je préfère être franche, ajouta-t-elle avec un sourire charmeur.

— Mana, dit Mana en tendant la main.

La femme s'approcha en faisant mine de tendre à son tour la main, mais à la surprise de Mana elle la saisit par l'épaule pour l'attirer vers elle et l'embrasser comme le ferait une amante.

— Je te l'ai dit, je n'ai plus beaucoup de temps, dit-elle en riant tout en relâchant son étreinte face au regard interloqué de Mana, restée bouche bée. Moi, c'est Lana. Qu'est-ce que tu fais dans le coin, Mana ?

— J'ai perdu une petite fortune, alors je calme pour ce soir, répondit Mana.

— Tu aimes jouer ?

— Je suppose que oui, sinon je ne serai pas là…

— Tu n'es pas une bavarde, toi ! s'exclama Lana en riant.

— Et toi ? Tu viens souvent sur le Venus Luxuria ?

— Cela faisait un moment à vrai dire, mais par le passé, oui. Je suis d'ailleurs agréablement surprise par les dernières nouveautés. Le casino a de la gueule maintenant. Cela n'empêche qu'au final, peu importe le flacon, c'est ce qu'il y a à l'intérieur qui est intéressant. Et tu es un très joli contenu.

— J'avais compris, oui, répondit Mana en se forçant à sourire d'une manière naturelle. Moi, c'est ma troisième visite, mais je m'ennuie déjà. Il manque un je ne sais quoi…

— Je sais, tout est faux et même si tu te prêtes au jeu, cela ne dure qu'un temps. En revanche, si tu veux goûter à de vrais plaisirs, tu as juste à m'accompagner.

— On peut prendre le temps de se connaître, non ?

— Oui ! s'exclama Lana en riant. Mais tu as mal interprété mes propos. Bien sûr que nous allons aller dans ma suite et que je peux te promettre que tu ne t'ennuieras pas, mais je parlais d'autre chose. Cela saute aux yeux que tu n'es pas une Rouge, tu ne connais pas encore la partie cachée du Venus Luxuria.

— La partie cachée ? Une « Rouge » ? Tu commences vraiment à m'intéresser, répondit Mana avec des yeux ronds.

— Deux types de clients fréquentent cet établissement. Les Blancs, c'est-à-dire toi et la plupart des gens, et ceux qui sont en classe Rouge.

— Une classe « VIP » ?

— C'est hors de prix, oui, mais c'est sans commune mesure.

— Pourquoi ? Qu'y a-t-il de différent ?

— Tout y est vrai, tout simplement, et cela fait toute la différence. Aucun androïde de plaisir, pas de jeux virtuels, on s'amuse avec de la chair et du sang.

— Mais pourquoi ne m'a-t-on jamais parlé de cette classe Rouge ?

— L'argent ne suffit pas, il faut être parrainé. Viens avec moi, je te ferai jeter un œil aux quartiers rouges, et si tu es très gentille, peut-être auras-tu ma voix pour nous rejoindre, dit Lana avec des yeux complices.

— Et qu'est-ce que tu fais ici, parmi les « Blancs », si tu as accès a mieux ?

— Je croise toujours les mêmes personnes là-bas, mon terrain de chasse favori est ici. Je viens chasser de jeunes femmes fragiles comme toi pour les ramener dans ma tanière et les dévorer ! répondit Lana avec un sourire carnassier.

— Cela donne presque envie, plaisanta Mana.

— Prête pour une petite visite ? demanda Lana en se levant.

— Pas maintenant, j'ai un rendez-vous, mais j'aimerais bien que l'on se revoie, si tu es d'accord.

— Pas avec une autre fille au moins ? s'esclaffa Lana.

— Pas vraiment, c'est pour le boulot, répondit Mana en soupirant.

— Comme tu veux, si je n'ai pas trouvé une autre victime d'ici là… répondit Lana tout en partageant ses coordonnées avec Mana depuis son bracelet.

****

Salila arriva dans la zone du Venus Luxuria dédiée au bien être : une grande allée arborée et ensoleillée par un ciel d'été plus vrai que nature. De nombreuses statues de pierre représentant de jeunes hommes ou femmes aux corps parfaits s'égrainaient le long des instituts spécialisés situés de part et d'autre. Construits en pierre de taille, les bâtiments reproduisaient de célèbres lieux terriens dédiés à des divinités liées à la beauté. Des oiseaux multicolores allaient et venaient dans ce décor irréel baigné d'une odeur agréable et parfumée.

Les têtes se tournaient au passage de la jeune femme qui avait revêtu une robe fendue blanche tout juste assez transparente pour laisser deviner ses formes élancées. Un élégant et discret diadème retenait ses longs cheveux noirs et parachevait son allure d'icône de la beauté.

Salila n'était pas à l'aise. Marcher avec ces talons hauts se révélait être bien plus difficile qu'elle ne le pensait, mais les regards gonflés de jalousie ou d'envie qui se posaient sur elle l'indisposaient plus encore. Elle passa devant une série d'établissements de massages de toutes sortes, pour arriver ensuite au niveau de « l'Artémis », un salon de beauté qui vantait les bienfaits de plantes récoltées dans toute la galaxie. Entouré de nombreuses colonnes de marbre veiné, le corps du bâtiment en forme de dôme était presque entièrement couvert de végétation grimpante.

Salila fut accueillie dans le vaste hall, dont le haut plafond était peint d'une fresque qui devait représenter d'anciens Dieux observant les visiteurs d'un regard déstabilisant. Au centre de la pièce se trouvait une immense statue d'une superbe femme portant un arc avec fierté.

— Bienvenue à l'Artémis, dit une jeune femme souriante venue accueillir Salila. Désirez-vous un soin en particulier ?

— Je vais me laisser guider entre vos mains expertes, répondit Salila, se forçant à être aussi naturelle que possible.

— Parfait, dans ce cas, suivez-moi.

Salila fut conduite dans un petit vestiaire afin de se dévêtir et passer un peignoir. Elle rejoignit ensuite une vaste pièce cernée de colonnes et au milieu de laquelle se trouvaient plusieurs bains fumants dont les odeurs épicées se mélangeaient dans un bouquet au parfum floral. L'ensemble des murs, du plafond et du sol étaient recouverts d'une mosaïque représentant des scènes de la vie antique. Plusieurs personnes, toutes des femmes, se prélassaient ou discutaient dans les différents bains.

— Voilà, dit la jeune femme qui accompagnait Salila. Vous commencez ici par dix minutes d'un bain infusé à la racine d'Ambroisie de Jupiter VI. À chaque fois que vous entendrez le gong retentir, vous vous rincez, puis vous passez au bain suivant. Un panneau situé dans chaque bassin vous détaillera les bienfaits des différents bains. À la fin du processus, vous serez conduite en salle de massage pour un dernier soin à base de safran de Cygnus et votre peau sera nettoyée, purifiée et apte à recevoir notre traitement de jouvence. Utilisez bien les douches situées sur le pourtour entre chaque soin. Est-ce clair pour vous, Madame ? demanda la jeune femme avec un ton amical.
— Parfait, répondit Salila qui était gênée d'avance à l'idée de se dévêtir devant toutes les clientes déjà en place et dont les regards se portaient naturellement vers la nouvelle venue.
— Très bien, il reste cinq minutes avant le prochain gong, vous avez juste le temps d'aller vous doucher. Je vous laisse, à tout à l'heure.

Salila s'exécuta. Elle pouvait sentir les dizaines de paires d'yeux braqués sur elle et n'avait aucun doute sur le fait que les commentaires allaient bon train. Elle prit sa douche en se forçant à ne pas regarder les autres avant de rejoindre le premier bain lorsqu'un gong métallique retentit dans la pièce. Un grand jeu de chaises musicales débuta alors. Chaque cliente sortait se doucher pour rejoindre le bain suivant.

Installée dans une petite piscine à l'eau bleu vert fumante et au parfum enivrant, Salila commençait à se détendre lorsqu'une femme entre deux âges la rejoignit. Elle la salua d'un rapide sourire et vint s'installer non loin d'elle.

— Vous avez un corps superbe, jeune femme, lança-t-elle sans gêne aucune. Je suis arrivée juste après vous, je vous ai vu sous la douche, ajouta la femme devant le regard interloqué de Salila.
— Merci, bredouilla Salila.
— Ne faites pas attention aux autres, elles vous dévisagent, car vous représentez ce qu'elles aimeraient devenir, mais il va falloir plus que quelques bains aux herbes pour cela ! pouffa la femme. Je m'appelle Léane Standford, enchantée. Désolée si je peux paraître directe, c'est ma nature. Je suis franche, et même si cela m'a joué de sacrés tours, je n'ai pas envie de me forcer à être différente.
— Enchantée, je m'appelle Salila.
— Vous n'êtes pas bavarde, n'est-ce pas ?
— Désolée, ce n'est pas ma caractéristique première.
— Pourquoi êtes-vous là ? Regardez, nous sommes toutes venues ici essayer d'effacer quelques petites traces des

affres du temps, mais le moins que l'on puisse dire, c'est que vous n'en avez pas besoin.

— J'aime bien cela et ma peau est très sensible. Et que faites-vous dans la vie, Léane ? demanda Salila pour changer de sujet.

— Contrairement à la plupart des vieilles pies présentes ici, je travaille. Je dirige une compagnie de remise en état, puis de revente de vaisseaux. Et vous ?

— Je suis ingénieure systèmes... Enfin, je veux dire, je suis directrice technique d'une compagnie minière. Nous débutons une nouvelle activité et j'ai été nommée à sa tête.

— Ça doit être un bon début, si vous avez les moyens de venir poser vos si jolies fesses dans le Venus Luxuria, s'esclaffa Léane.

Les deux femmes échangèrent encore quelques banalités sur leurs vies respectives, puis le gong retentit à nouveau. Si Salila trouvait la compagnie de Léane dérangeante au début, avec ses questions et remarques trop franches, elle commençait à apprécier sa présence. Léane était une femme qui s'était faite toute seule, et si elle n'était pas très diplomate, au moins disait-elle ce qu'elle pensait sans détour. Les deux acolytes s'installèrent dans le bain suivant, d'un jaune presque fluorescent.

— Celui-ci est à la fougère luminescente de Prima Orion, dit Léane en lisant le panneau.

— C'est encore plus chaud, c'est agréable, dit Salila en s'installant dans le bain fumant.

— Cette fougère est censée libérer notre peau de toutes ses toxines, s'esclaffa Léane qui continuait de lire. Il est en revanche bien écrit de ne pas boire l'eau sous peine de finir les prochains jours aux toilettes.

— Je n'en avais pas l'intention, s'amusa Salila qui s'étirait, profitant des rebords inclinés du bassin pour s'allonger.

Léane se rapprocha de Salila, s'étendant juste à côté d'elle. Les deux femmes observaient les fresques du plafond à travers les volutes de vapeur d'eau qui baignaient l'endroit d'un léger parfum camphré. Les autres clientes s'étaient finalement désintéressées de Salila et chaque bassin avait ses conversations, aussi futiles que variées.

— Vous savez, Salila, il existe un traitement pour votre petit défaut, reprit Léane sans bouger la tête, après quelques minutes de silence.

— Pardon ? s'étonna Salila en tournant la tête pour voir le visage de Léane.

— Je faisais, moi aussi, partie de votre race, répondit Léane, toujours sans bouger. Tout comme vous, j'avais la chance de n'avoir qu'une malformation discrète : j'étais atteinte de ce qu'ils appellent « le syndrome du requin ». Mes dents poussaient en permanence, les nouvelles chassant les plus vieilles, ou se logeant à côté. J'étais obligée de me faire opérer tous les mois, avec les complications que cela entraîne d'avoir la bouche en sang en permanence... Ce n'était pas une partie de plaisir, mais pour le travail il me suffisait de fermer la bouche pour dissimuler mon état.

— Et qu'est-ce qui vous fait croire... commença Salila.

— J'avais le syndrome du requin, vous avez celui du caméléon, Salila. Cela ne saute pas aux yeux, sauf pour une ancienne compatriote comme moi. Vos yeux ont changé depuis notre arrivée, et regardez comment votre peau réagit à ce bain…

Salila sortit un bras de l'eau pour découvrir avec stupeur que toute la partie de son corps immergée s'était brutalement foncée.

— Ne vous inquiétez pas, j'irais vous chercher un peignoir lors du changement de bain.
— Merci. Qu'avez-vous fait, alors ?
— Un nouveau traitement, ici même, sur le Venus Luxuria. Après des années à endurer mes problèmes, il a à peine fallu d'une journée pour les effacer. Aucun effet secondaire et pas la moindre nouvelle dent depuis.
— Je n'en ai jamais entendu parler et pourtant des milliards de personnes sont concernées.
— Des dizaines de milliards, je pense, mais ce traitement n'est pas officiel et surtout, il est extrêmement cher. Mes affaires fonctionnent bien, j'ai pu me payer cette cure et si je vous en parle, c'est que j'ai la sensation que vous aussi.
— C'est-à-dire, combien faut-il ? demanda Salila.
— Je vous en parlerai plus tard. Le gong va sonner, je vais vous chercher un peignoir.

Les deux femmes décidèrent d'écourter leur traitement, et se retrouvèrent à l'extérieur du bâtiment une demi-heure plus tard. La peau de Salila avait presque retrouvé une teinte normale. Pour l'observateur moyen, la différence était invisible. Léane rejoignit Salila.

— Je vous avais jugée timide, mais à en voir cette robe qui doit drainer les regards, je me demande si je ne suis pas trompée, dit-elle en voyant Salila.

— C'est trop transparent ? s'inquiéta Salila.

— Non, c'est juste parfait, mais vêtue par une plante comme vous, c'est une invitation aux sollicitations, s'esclaffa Léane.

— Léane, vous deviez me parler du traitement, reprit Salila, plus sérieuse.

— C'est cinq millions pour le traitement et un pour mon parrainage, répondit froidement Léane en fixant le regard de Salila.

— Votre parrainage ?

— Officiellement, ce traitement n'existe pas. Avant même d'avoir la chance de pouvoir verser vos crédits, vous devez être recommandée. J'aimerais vous dire que vous m'avez touchée, que je vous crois honnête et sincère et que j'ai envie de vous aider, mais la vérité c'est que je m'en contrefous. Nous ne nous connaissons pas, vous n'êtes qu'une mutante qui a croisé la route d'une ancienne de votre espèce. Pour un million, je vous donne le contact et mon appui sans lequel vous ne serez pas retenue. C'est à prendre ou à laisser, jolie jeune femme caméléon.

— Je comprends, répondit lentement Salila, éberluée par les propos de Léane. Pouvez-vous me laisser vos coordonnées ?

— Bien entendu, répondit Léane en souriant avant d'activer une commande sur son bracelet.

****

Mana s'était arrêtée prendre un jus de fruits frais sur la place ensoleillée qui précédait le casino. Elle fulminait à l'idée de savoir Andoval dans la zone réservée aux plaisirs intimes. Il ne l'avait pas encore appelé et elle ne pouvait s'empêcher de s'imaginer que son compagnon ait fini par céder aux nombreuses tentations qui devaient s'y trouver. Elle s'en voulait d'avoir accepté qu'il parte là-bas. Si cet endroit était aussi bien pensé que ce qu'elle avait vu jusqu'alors, comment cet enfant d'Andoval aurait-il pu résister ? Son bracelet vibra enfin, mais ce n'était pas son compagnon qui l'appelait.

— Salila, tout va bien ?
— Oui, j'ai fini et je crois que j'ai trouvé quelque chose, répondit Salila.
— Moi aussi.
— Des nouvelles d'Andoval ?
— Aucune.
— Tu veux que je l'appelle ? demanda Salila, un peu gênée par le ton de Mana qui en disait long.
— Je vais le faire, répondit sèchement la pilote.
— Ok, on se retrouve aux cabines. Il y a un petit salon juste avant.

Mana et Andoval arrivèrent peu après Salila, installée dans une salle d'attente positionnée juste avant la zone des cabines. L'endroit, souvent désert, était équipé d'un distributeur de boissons et de confortables fauteuils. Andoval semblait abattu, il devait avoir eu le droit à une petite explication et avait sûrement dû devoir détailler son emploi du temps. Salila raconta son histoire sans omettre de détails, puis Mana fit de même.

— C'est à toi, Ando, raconte-nous donc tes péripéties, lança Mana d'un ton sec.

— Mana, je t'ai déjà expliqué que je n'avais rien fait et que je n'ai rien trouvé, répondit Andoval en soufflant. Toute la zone est remplie d'androïdes et s'ils se sont donnés un peu de mal avec des scénarios aguicheurs, je n'ai rien vu qui vaille la peine de s'attarder dessus.

— Tu as pourtant mis un certain temps, répliqua Mana, caustique.

— C'est grand, je pense que tu t'en es rendue compte au casino. Tout est disproportionné, j'ai simplement fait le tour, mais je n'ai rien fait ! Et puis d'ailleurs, qui me prouve que tu n'es pas allée rejoindre cette « charmante Lana » ? demanda Andoval avec un ton maladroitement agressif.

— S'il vous plaît, coupa Salila alors que Mana allait répliquer plus fort encore, les joues rougies par l'émotion. Je pense qu'on a assez d'éléments pour retourner voir Max.

— Oui, faisons ça, répondit prestement Andoval en se levant.

Les trois se dirigèrent vers la cabine de Max. Andoval n'osait pas dire le moindre mot, et Mana continuait de fulminer intérieurement. Salila sonna à la porte de la cabine et Andoval éclata de rire. Max se trouvait au lit, accompagné de deux jeunes femmes nues qui frottaient leurs poitrines contre son visage tout en lui susurrant des phrases délurées.

— Max ? demanda Salila avec insistance.

— Oui ? répondit Max tout en profitant des attributs qui lui étaient offerts à pleine bouche.

— C'était un appel vidéo, on te voit, répondit Salila.

Max plongea immédiatement sous les draps en ordonnant aux filles de filer.

213

— C'est pas tout, on est derrière ta porte, ajouta Andoval qui avait du mal à parler tant il riait.

Chapitre 9 – La zone rouge

— Vous avez fait du bon boulot, dit Max après que ses trois employés lui aient détaillé leurs expériences respectives.

— Et toi, ce n'était pas trop dur l'attente ? demanda Andoval en ricanant.

— Ça va, Ando, je me suis tapé deux siècles de cryo, je peux tout de même décompresser un peu, répondit Max avec une sincérité presque touchante.

— Je ne juge pas, « mon petit cochon de l'espace », répondit Andoval en imitant l'une des filles.

Mana ne put s'empêcher d'éclater de rire à son tour. S'ils avaient évité le sujet depuis l'incident à la porte, tous avaient les images en tête. Seule Salila semblait impassible et sombre.

— On peut continuer ? reprit Max face aux rires qui ne s'estompaient pas.

— Désolée, mais il faut avouer que tu as fait fort, répondit Mana.

— « Et surtout, rappelez-vous, nous sommes là pour travailler ! » dit Andoval en imitant Max.

— D'accord, c'est mérité, ajouta Max en riant à son tour.

— Où sont tes deux succubes, à propos ? demanda Mana.

— Dans le placard. Ce sont des androïdes, répondit Max. Bref, pour revenir à nos affaires, nous savons qu'il y a une zone réservée à l'élite et qu'il s'y trouve des choses à faire plus extravagantes encore qu'ici, et nous savons aussi que quelqu'un propose une cure aux mutants. La somme demandée est astronomique, cela rejoint l'ordre de valeur d'achat des revenants.

— Ça semble évident que cette personne est Hicks et qu'il se trouve en zone rouge, ajouta Mana.

— Mais comment on va faire pour aller là-bas ? demanda Andoval.

— C'est hors de question ! s'exclama Mana lorsque tous les regards se pointèrent vers elle. Je n'irai pas avec cette femme !

— Mana, nous n'avons pas un million de crédit, dit Max. La piste de Salila est excellente, mais non exploitable.

— Trouvez autre chose ! rétorqua Mana. Je ne suis pas une dévergondée comme vous, messieurs.

— Et ça recommence... murmura Andoval.

— Tu lui demandes juste à la suivre, puis tu lui fausses compagnie ? tenta Max.

— Et puis après ? Même si j'y arrive, que pourrais-je faire ?

— Salila, tu peux pirater le système de sécurité ? demanda Andoval.

— Je te passe les détails techniques, mais c'est impossible, répondit Salila.

— Dans ce cas, nous n'avons que la piste de Mana, reprit Max. Il faut que tu trouves un moyen de contacter Hicks une fois en zone rouge. Tu lui fais savoir que tu as un revenant à vendre, vu leur intérêt pour la chose, cela devrait débloquer la situation.

— Nous avons déjà failli y passer avec « H » et ce n'était qu'un intermédiaire, vous pensez que cela va mieux se dérouler cette fois ? demanda Mana avec ironie.

— Ça va, je suis venu vous chercher, non ? lança Andoval avec assurance.

— Et Salila et moi-même t'avons sauvé la peau ! s'exclama Mana.

— Nous avons eu une chance inespérée avec cette Lana, il faut la saisir maintenant, avant qu'elle ne change d'avis à ton sujet, Mana, dit Max. Contacte-la, dit lui que tu acceptes sa proposition, mais qu'avant de passer aux choses sérieuses, dis-lui que tu veux t'amuser. Tu auras alors notre unique chance de rencontrer ce Hicks et lorsque ce sera fait, il te suffira de refuser ses avances. Tu lui fais le coup de celle qui voulait juste voir la zone rouge, tu la critiques sur son physique, tu la rabaisses et cela devrait calmer ses ardeurs.

— Ça sent le vécu, lâcha Andoval.

— Pas du tout, répondit Max en souriant bêtement.

— Max, je te préviens, si cela se passe mal, cela va te coûter très cher, avertit Mana.

— Tu ne pourras probablement rien emporter là-bas, ni intercom ni bracelet, ajouta Salila, sortant de son mutisme. Vu la sécurité déployée ici, je n'ose imaginer ce qu'ils ont mis en place pour un endroit qui n'existe pas officiellement.

— Quel dommage que je n'ai pas un million à claquer, répondit Mana en souriant à Salila.

Après de multiples élaborations de plans et de scénarios pour aider Mana à agir face aux situations auxquelles elle pourrait être confrontée, le groupe se sépara. Mana voulait contacter Lana seule et se préparer à cette rencontre. Elle s'isola dans sa cabine, repoussant même Andoval qui partit faire de l'exercice dans une salle de sport. Salila se retrouva seule avec Max. Engoncée dans son fauteuil, elle le fixait avec un regard noir.

— Qu'est-ce qu'il y a ? fini par demander Max, voyant que Salila ne décrochait pas un mot.

— Tu n'as rien à me dire ?

— Quoi ? Tu es jalouse pour les androïdes ? lança Max en souriant niaisement.

— Max, enfin ! s'exclama Salila avec une colère qu'elle n'avait jamais montrée. Tu crois vraiment que je n'ai pas remarqué ?

— Mais de quoi parles-tu ? demanda Max avec un air innocent plus vrai que nature.

— L'une des artificielles avec lesquelles tu batifolais me ressemblait comme deux gouttes d'eau ! Tu as fait quoi ? Tu as rejoué la scène du Gemini II, mais avec une fin qui t'était plus favorable ?

— Salila, ne le prends pas comme ça… dédramatisa Max.

— Tu as vraiment un problème, Max. Pourquoi me harcèles-tu comme ça ?

— C'était un hasard, voyons ! J'ai commandé deux filles et ça s'est fait comme ça…

— Max, si tu veux que je reste à tes côtés comme tu me l'as demandé, il va falloir te calmer avec moi, prévint Salila.

— Bon, Ok, j'ai refait la scène, avoua Max d'une voix coupable. Salila, tu es une belle femme et tu as été mon fantasme pendant des mois. J'avais besoin de cet exutoire pour passer à autre chose. Maintenant que c'est fait, je te promets de me tenir tranquille à ton égard.

— Inutile de prendre ce ton, Max, je ne te crois plus. Encore un écart avec moi et je pars, lança Salila d'un ton froid.

— Aucun problème. Comme un père avec sa fille, répondit Max en souriant.

****

Cela faisait déjà près d'une heure que Mana patientait dans le grand hall des arrivées. L'équipage était aux abois, le Venus Luxuria quittait l'orbite martienne, mais un dernier vaisseau chargé de précieux clients venait de décoller de la planète rouge. Assise dans un canapé, Mana observait tous ces gens s'activer pour réserver un accueil digne du liner de luxe aux futurs arrivants.

— Madame Manadori Romani ? demanda une voix sortie de nulle part.

Mana tourna la tête pour apercevoir un employé du vaisseau venu la rejoindre. Il s'inclina en signe de respect, puis l'invita à le suivre dans un petit bureau où se trouvait une femme portant une tunique rouge.

— Bienvenue, Madame Romani, je suis Esteralde et je vais m'occuper de vous, dit la femme en souriant. Avant toute chose, vous devez savoir qu'en tant qu'invitée dans la zone rouge, vous ne pouvez emporter aucun appareil avec vous. Cette zone est entièrement cloisonnée et ce qui s'y passe ne concerne nullement le reste du vaisseau.

— Je sais que la zone rouge est non officielle, répondit Mana.

— Elle l'est, mais nous réservons son accès qu'à un petit nombre de clients sélectionnés. Dans votre cas, c'est différent puisque vous y êtes invitée. Vous n'avez pas de test à passer et nous ne mènerons aucune enquête. En

219

revanche, nous ne pouvons vous laisser entrer avec un quelconque matériel d'enregistrement. Est-ce bien clair ?

— Cela me va, je n'ai rien sur moi.

— Pas d'implants ? Excusez mon insistance, mais de toute manière vous serez scannée. Je préfère vous éviter une déconvenue.

— Rien, réitéra Mana.

— Parfait. Dans ce cas, vous avez juste à me signer ce document et nous aurons fini, dit la femme en activant un hologramme face à Mana.

— En gros, vous n'êtes responsables de rien, dit Mana en lisant brièvement le contrat.

— Parfait, dit à nouveau la femme en souriant alors que Mana venait de signer du doigt. Quelqu'un va maintenant vous conduire à la zone rouge. Bonne visite, Madame Romani.

Mana fut menée à travers les coulisses du Venus Luxuria, bien moins reluisantes que la partie réservée aux clients. Une fois son scan de contrôle achevé, elle fut conduite par une jeune femme vers un ascenseur individuel comme il y en avait partout dans le vaisseau. À l'arrivée, elle fut accueillie par une autre jeune femme. L'endroit était silencieux, étonnamment sombre et dépouillé. Seuls quelques tableaux et sculptures ornementaient le large couloir aux murs tapissés de tissu rouge sombre.

— Je vous en prie, dit la jeune femme en invitant Mana à sortir de sa capsule. Madame a été prévenue, elle vous attend.

Mana expira profondément en espérant ne pas s'être trompée. Elle suivit la jeune femme. Le couloir, à peine éclairé par quelques lampes qui mettaient en valeur les œuvres d'art, dessinait un virage pour déboucher sur une salle circulaire dotée d'une dizaine de portes d'ascenseurs. La jeune femme se dirigea vers l'une d'entre elles, puis se retourna vers Mana.

— Voilà, nous y sommes. Cette capsule vous mènera directement dans la suite de Madame. Je vous souhaite un excellent séjour, dit-elle alors que la porte s'ouvrait.

Mana pénétra dans la capsule tapissée de velours rouge. La machine ne lui posa aucune question et se mit en marche dès qu'elle fut attachée. Quelques instants plus tard, la porte s'ouvrit sur un vaste salon doté de meubles anciens qui reproduisaient l'intérieur d'une demeure bourgeoise de l'ère préindustrielle. De larges tentures à motifs s'abattaient sur un sol de marbre clair depuis un splendide plafond ornementé. Située dans une autre pièce, Lana invita Mana à s'installer. La pilote marcha dans ce décor irréel. De larges hublots installés sur un pan de mur projetaient une image champêtre et on pouvait même percevoir le chant des oiseaux à l'extérieur. Lana arriva enfin, vêtue d'un peignoir sombre de soie, le visage radieux.

— Ça te plaît ? dit-elle en s'approchant.
— C'est... différent, répondu Mana, plongée dans l'observation des lieux.

Sans prévenir, Lana enlaça la pilote et l'embrassa à pleine bouche. Mana eut un mouvement de recul.

— Tu es tendue, qu'est ce qui ne va pas ?

— Rien, désolée. Tu m'offres un verre ? demanda Mana pour essayer de gagner du temps.

Lana se dirigea vers une petite commode et en sortit deux verres et une bouteille. Elle s'assit ensuite sur l'un des fauteuils anciens et servit les verres d'un liquide brun translucide. Mana se positionna en face, échangea un sourire avant de tremper ses lèvres dans le verre.

— C'est fort ! s'exclama-t-elle en toussant ? Qu'est-ce c'est ?

— Whisky écossais, pas très féminin, mais j'adore ça, répondit Lana.

— Ça vient de Terre ça, non ?

— Exact.

— Bien, tu m'as vendu une expérience extraordinaire dans la zone rouge, que me proposes-tu ? demanda Mana en souriant.

— Si on commençait par visiter ma chambre ? demanda Lana avec son sourire carnassier. Te voir ainsi, toute chose, telle une enfant perdue, provoque chez moi des désirs inavouables.

— Je pensais qu'on ferait d'abord un tour, répondit Mana qui commençait à paniquer tout en pensant à Andoval qui serait sûrement hilare de la situation.

— Le problème, c'est que tu me rends folle, petite, répondit Lana en se mordant les lèvres. Je pense que je vais d'abord te dévorer toute crue. Tu seras plus détendue pour aller profiter des loisirs interdits de la zone rouge, ajouta-t-elle en se levant.

— Je ne suis pas une proie aussi facile que tu l'imagines et je pourrais m'échapper, dit Mana.

— Tu pourrais, mais je ne t'ai autorisé que deux heures de visite, ma belle, alors plus vite tu me satisfais, plus vite tu profites, dit Lana qui se trouvait maintenant juste à côté de Mana, la main tendue pour l'inviter à se lever.

Mana saisit alors sa main, se leva, puis dans un bref mouvement rotatif, fit pivoter le bras de Lana pour lui faire une clef dans le dos, l'immobilisant.

— Qu'est-ce qui te prend ?! s'exclama Lana d'une voix aussi coléreuse que surprise.
— Tu m'as dit ce que je voulais entendre, répondit Mana en passant son autre bras sous la gorge de Lana pour la contenir complètement. J'ai encore quelques souvenirs de l'armée sur le combat rapproché. Ne tente rien ou cela fera plus mal encore.
— Tu es folle ? Qu'est-ce que tu veux ? s'exclama Lana en grimaçant de douleur.
— On va aller dans ta chambre, mais je crains que pour ce qui est de dévorer, tu doives te contenter d'un oreiller.

Tout en maintenant sa douloureuse étreinte sur Lana, Mana se dirigea doucement dans la chambre de la suite.

— Mais c'est une blague ? s'exclama Mana en pénétrant dans la pièce qui était bardée d'accessoires de toutes sortes pour jeux d'adultes.
— Ne me fais pas de mal, s'il te plaît, implora Lana qui commençait à redouter une fin tragique.

Tout en maintenant sa clef de bras, Mana agrippa un petit fouet en cuir posé sur une table de chevet avant de projeter Lana sur le lit. Elle sauta ensuite à califourchon sur son dos pour lui attacher les mains. Lana continuait d'implorer son bourreau tout en l'abreuvant de questions jusqu'à ce que Mana la bâillonne avec une taie d'oreiller. Elle l'attacha solidement au lit de manière à ce qu'elle ne puisse en bouger.

— Voilà, Lana. Désolée, mais je n'aime pas les femmes. Je me suis servie de toi. Je vais profiter des deux heures qu'il me reste et je préviendrai ensuite la sécurité pour qu'ils viennent te libérer, dit Mana en ôtant le bracelet multifonctions de Lana.

Mana s'engouffra ensuite dans l'ascenseur. La machine lui demanda une destination, mais ne semblait pas connaître de docteur Hicks ou d'institut médical dans la zone rouge. Après plusieurs essais infructueux, la capsule se mit en route dès que Mana lui indiqua « Jeux interdits ». Un bref instant après, la porte s'ouvrit sur une petite salle rectangulaire en béton brut, éclairée par des plafonniers de style industriel. Au centre de la pièce se trouvait un comptoir métallique derrière lequel se tenaient deux employés vêtus de leur uniforme rouge et au fond, une porte aux contours lumineux.

— Bienvenue, Madame Romani, dit l'un des employés alors que Mana s'approchait du comptoir.
— À quel jeu désirez-vous jouer ? demanda l'autre avec le même sourire crispé.
— Quels sont mes choix ? demanda Mana.
— Derrière cette porte, il n'y a plus aucune limite, répondit le premier.

— Excusez-moi, mais c'est ma première visite. Pouvez-vous me détailler le genre de jeux disponibles ?

— Certainement. Torture, en tant que bourreau ou victime ; chasse à l'homme, avec l'arme de votre choix ; exécutions sommaires ; jeux de rôles au thème de votre choix ; esclaves sexuels ; toute demande est légitime. Seule votre imagination fixe les limites.

— Et tout ceci sans aucun artificiel, bien évidemment, compléta le second en souriant. Nous facturerons simplement les frais de vos jeux à la note de votre suite, en fonction.

— Vous parlez des gens que j'aurai tués ? demanda Mana du bout des lèvres.

— Exactement.

— Et quand vous dites qu'il n'y a aucun artificiel, cela veut dire que tout ce que vous venez de me dire se fait avec des humains ? Des gens comme vous et moi ?

— C'est une manière de le dire, répondit le premier avec calme.

— Mais pourquoi ? Et comment se fait-il qu'ils soient là ?

— Nous ne sommes pas habilités à dévoiler cela, répondit le second en souriant.

Mana était horrifiée. Elle n'osait imaginer les atrocités qui pouvaient avoir lieu derrière cette porte. Comment les nantis avaient-ils pu en arriver là ? La cruauté humaine s'exprimait ici dans sa plus pure essence.

— En fait, je cherchais autre chose, reprit-elle après une courte réflexion.

— Certainement. Comment pouvons-nous vous aider ?

— Une amie m'a parlé d'un traitement génétique accessible uniquement ici. Enfin, pas dans la salle de jeux, mais en zone rouge.

— Désolé, je ne vois pas, répondit l'un des jeunes hommes.

— Vous avez les instituts de beauté en zone blanche si vous désirez une cure de jouvence, ajouta l'autre.

— Non, je parle d'un traitement profond. Un soin pour effacer une tare génétique. C'est Lana qui m'en a parlé, et je suis recommandée par Léane Standford.

— Il se trouve… commença l'un en regardant l'autre, cherchant une approbation des yeux.

— Je vous en prie, insista Mana. Je n'ai pas de temps à perdre et mes amies non plus, ajouta-t-elle d'un ton autoritaire.

— Très bien, Madame, nous allons vous aider, dit le second. Il faut vous rendre au dock vingt-trois. Le code est « N.H. ».

— Merci, messieurs, conclut Mana avant de retourner dans l'ascenseur.

La destination et le code d'accès donné, la machine se mit en marche. Le voyage, bien que bref, dura un peu plus longtemps que pour venir aux jeux interdits. Mana se retrouva dans une toute petite pièce aux parois métalliques. La porte d'un sas était située en face, dénuée de hublot, avec le nombre vingt-trois inscrit sur le côté. Mana s'en approcha et activa une commande d'appel. Malgré plusieurs sollicitations, personne ne répondait. Quelques instants après, Mana entendit un bruit métallique avant que le sas ne s'ouvre enfin. Un jeune homme, aux traits androgynes et vêtu d'un très élégant costume, sorti du sas et se posta face à elle.

— Bonjour, Madame, que puis-je ? demanda-t-il.

— Je souhaite rencontrer le docteur Hicks, répondit Mana.

— Quel est le motif de votre demande ?

— Je dispose d'un revenant, répondit Mana, non sans une certaine crainte.

— Que souhaitez-vous ? demanda l'homme après une courte réflexion.

— Le vendre. Et je ne le ferai pas face à une machine, ajouta Mana d'un ton aussi déterminé qu'elle put.

— Je vous en prie, suivez-moi, répondit l'homme après une nouvelle courte pause.

Mana pénétra dans le sas, précédée par ce qu'elle présumait être un androïde. Elle fut conduite à l'intérieur d'un vaisseau aux parois d'un blanc immaculé qui ne devait pas être bien plus grand que la Raie Hurlante. L'homme lui demanda de bien vouloir patienter dans une petite salle d'attente agrémentée de deux confortables fauteuils et d'un mur holographique qui passait un film en boucle. Les images démontraient avec quelle efficacité le docteur Hicks parvenait à effacer les tares mutantes ou rajeunir ses patients. Le film allait redémarrer lorsque la porte de la petite pièce s'ouvrit. Un homme en blouse blanche y pénétra, avant de s'asseoir face à Mana. Portant des lunettes de réalité augmentée sur son visage rond, il semblait ennuyé et à l'inverse de presque tout le monde sur le Venus Luxuria, il ne souriait pas.

— Bonjour, dit-il, un peu sèchement.

Mana hocha la tête pour lui renvoyer son salut.

— Pouvez-vous m'en dire davantage ?

— Je dispose d'un revenant, et je sais que vous les achetez à bon prix. Voilà l'histoire.

— D'où vient-il ? De quel vaisseau ?

— Du Gemini II, mais je ne l'ai pas attrapé là-bas. Je l'ai volé à un certain « H » sur Primaube.

— Et vous-même, qui êtes-vous ?

— On me nomme « Mana » et cela suffira pour cette transaction.

— Vous êtes seule ?

— Nous sommes quatre.

— Des privés ?

— Oui, sous couvert d'une compagnie.

— Et qui est ce revenant ?

— Odrian Univers.

L'homme jeta un œil sur son bracelet multifonctions. Mana aperçut de loin les fiches de l'équipage du Gemini II défiler sur l'hologramme.

— Il n'y a pas d'enregistrement au nom que vous m'avez donné, dit finalement l'homme après une recherche infructueuse. Il n'était pas à bord.

— Il y était, mais de manière non officielle. Vérifiez son identité durant la période précédant le départ du Gemini II.

L'homme effectua une nouvelle recherche selon les instructions de Mana et la fiche de Max apparut enfin sur son hologramme.

— Ce n'est pas du premier choix, reprit l'homme sans ressentiment.

— Combien ? demanda Mana.

— Pour celui-là, nous irons jusqu'à un million, pas plus. À la condition qu'il soit dans le même état qu'à son départ.

— Ça me va. Comment procède-t-on ?

— Où se trouve-t-il ?

— À bord du Venus Luxuria.

— Vous n'auriez pas dû l'emmener. Nous ne prenons aucune livraison ici.

— Et ce vaisseau ?

— C'est un centre de consultation. Nos clients sont ensuite emmenés vers le centre médical.

— Et les affaires marchent bien on dirait.

— On ne se plaint pas, répondit l'homme avec l'esquisse d'un sourire. Bien, je vais vous donner des coordonnées. Vous vous rendrez sur place pour procéder à la livraison. Nous ferons des vérifications et s'il s'avère qu'il s'agit bien d'Odrian Univers, nous conclurons l'échange.

— Et pour le paiement ?

— Le docteur a toujours payé ses fournisseurs. Dès que nous aurons vérifié la qualité du sujet, nous procéderons au versement. Inutile d'entrer dans des négociations : ce n'est pas négociable. Je vais maintenant vous demander de bien vouloir retourner d'où vous venez.

— Vous n'êtes donc pas Hicks ?

— Le docteur est occupé, mais n'ayez crainte, je suis habilité à traiter ce genre d'affaires.

— Et pour les coordonnées ?

— Je vous les transfère directement à votre vaisseau.

— Vous savez déjà tout de moi apparemment.

— Nous avons nos précautions.

Mana fut reconduite au sas. Juste avant de refermer la porte, l'homme s'adressa une dernière fois à elle.

— Comment avez-vous fait pour vous rendre en zone rouge ?

Mana lui lança un grand sourire et appuya sur le bouton de commande pour refermer la porte.

****

Mana arriva en trombe dans la cabine de Max où se trouvaient déjà les autres. En l'espace de quelques dizaines de secondes, elle fit face à une pluie de questions. Max et Salila s'inquiétaient de la réussite du plan, alors qu'Andoval voulait savoir comment cela s'était passé avec Lana.

— On dégage, tout de suite ! s'exclama Mana.
— Quoi ? Mais pourquoi ? demanda Max.
— J'ai séquestré Lana dans sa suite et elle peut se faire libérer à tout instant. Tout s'est très bien passé, mais on file d'ici. Maintenant !
— Est-ce qu'un jour on pourrait quitter un endroit sans se griller ? lança Andoval en rassemblant ses affaires.
— Tu n'iras finalement pas tester le surf, gloussa Salila.
— Au prix que coûte la semaine, c'est malheureux, ajouta Andoval ironiquement.

Après les quelques formalités d'usage, le groupe se trouva à bord de la Raie Hurlante. Personne ne les empêcha de partir. Lana ne devait pas avoir encore reçu de visite. Mana détacha l'amarre mécanique, et éloigna la Raie Hurlante du

Venus Luxuria. Dans la passerelle, Andoval, Max et Salila brûlaient de poser enfin leurs questions.

— Qu'est-ce que tu fais ? demanda Andoval qui voyait Mana transmettre un message au Venus Luxuria.
— Je fais livrer des fleurs à Lana, répondit Mana, concentrée sur son pupitre.
— C'est une blague ? s'inquiéta Andoval d'un ton sec.
— Calme-toi. Je l'ai attachée et bâillonnée. Les cabines sont certainement les seuls endroits non surveillés sur le Venus Luxuria. C'est juste pour qu'elle ne reste pas ainsi des jours durant. Elle n'a pas mérité cela. Avec quelques fleurs et un message d'excuses pour expliquer mon geste, elle ne devrait pas nous causer d'ennui. Et avant que tu ne t'énerves : non, il ne s'est rien passé entre nous.

Mana expliqua ensuite son périple en zone rouge, éludant simplement le baiser de Lana et la richesse des accessoires de sa chambre. Ne sachant pas ce qu'ils trouveraient au point de rendez-vous, la suite du plan était plus incertaine que jamais. La Raie Hurlante fila vers la station vortex la plus proche pour quitter le système solaire et rejoindre celui indiqué par les coordonnées transmises. Ils avaient quelques jours pour trouver le moyen de s'assurer une chance de réussir.

Max retrouva Mana dans la passerelle. La Raie Hurlante se trouvait dans la file d'attente pour emprunter le vortex.

— Tout se passe bien ? demanda-t-il en s'affalant dans le fauteuil du copilote.

— Encore deux cargos et un petit liner et c'est à nous, répondit Mana.

— Il faut qu'on réussisse, entre le Venus Luxuria et les sauts à répétition, notre budget a pris un sacré coup et j'ai peur qu'Andoval ne me fasse la peau si je ne peux pas le payer le mois prochain.

— Je l'aiderai à le faire, répondit Mana en ricanant.

— Vous êtes conscient que ça peut foirer, tout de même ?

— Cela ne me change guère de la vie quotidienne avec Ando, tu sais. Évidemment qu'on le sait.

— Et la planète, ça dit quoi ?

— C'est la deuxième du système Profila-B. C'est assez loin de tout.

— J'ai l'impression d'entendre ça à chaque fois. Et sur place, on peut s'attendre à quoi ? Trois cents degrés au sol ou des pluies d'acide pur ?

— Ni l'un ni l'autre, Profila-B2 est une planète de classe L3.

— En effet, si c'est une « L3 », ce n'est pas si mal, lança Max avec ironie.

— Désolée, s'amusa Mana. Il y a une atmosphère respirable, des températures supportables et une présence de vie évoluée.

— Genre ? Des poulpes géants dotés de pouvoirs psychiques ?

— Je dirais plutôt des êtres multicellulaires comme des plantes ou des animaux, mais pas plus. Nous n'avons jamais rencontré d'autre espèce dite « intelligente ».

— Et ce genre de planète n'est pas protégé ? De mon temps, il en était question.

— Les premières découvertes l'ont été afin de laisser la vie s'exprimer à sa guise là où elle était apparue. Ensuite, probablement face au nombre de ces planètes et aussi plus vraisemblablement parce que certaines disposaient de ressources, on a laissé tomber. En l'occurrence, Profila-B2 appartient à l'Empire et est considéré comme un site potentiellement exploitable, dit Mana en lisant son écran.

— Ça veut dire quoi ? Ils vont débarquer un jour avec des excavatrices ?

— Peut-être, mais ce n'est pas garanti. Tant qu'il y aura mieux sur la liste d'attente, la planète restera dans son jus.

— C'est tout de même incroyable qu'après tout ce chemin parcouru, l'humanité soit toujours régie par le fric, dit Max.

— Tu es mal placé pour dire ça, répondit Mana en gloussant. Tu n'étais pas une ancienne vedette de l'écran prête à tout pour la gloire et le succès ?

— Tu marques un point, répondit Max en souriant. Mais je pensais quand même que…

— À propos, pourquoi avoir quitté tout cela en secret ? Je ne sais pas comment tu as réussi cela, mais tu n'étais même pas enregistré en tant que membre d'équipage sur le Gemini II. C'est assez dingue pour quelqu'un de ton rang d'avoir tout laissé tomber pour aller t'enfermer dans un caisson cryo pendant deux siècles.

— J'avais mes raisons, répondit Max en quittant la passerelle pour éluder toute nouvelle question.

Chapitre 10 – Le frigo

La Raie hurlante sortit du vortex du système Profila-B sous la lumière orangée de son astre. Mise à part la deuxième planète, ce système en possédait cinq autres dont deux faisaient l'objet d'une exploitation massive de minerais par une compagnie privée. Des cargos passaient sans discontinuer, emportant leur cargaison vers le plus offrant. Après encore deux jours de voyage une fois la station-vortex franchie, Profila-B2 apparut en visuel. De loin cette boule bleue ressemblait à s'y méprendre à la Terre, mais elle était en fait un peu plus grande et massive, et dépourvue de continents. Une myriade l'îles ou de bras de terres émergées s'enchevêtraient au milieu d'un immense océan, parfois sous d'épaisses bandes de nuages cotonneux.

— Le point de rendez-vous se trouve sur cette île, dit Salila en activant l'hologramme principal de la passerelle.
— Ando, tu as détecté quelque chose de spécial ? demanda Mana, concentrée sur les commandes de la Raie Hurlante.
— Rien. Tu veux balayer avant de descendre ? répondit Andoval.
— Salila, quelle puissance ont nos senseurs ? demanda Mana.
— Il faudrait effectuer une trentaine de révolutions pour tout scanner, et sans garantie. Si ce que nous cherchons est enterré ou doté d'un système de dissimulation, il est fort probable que nous passions à côté sans le voir.
— Bon, on descend, dit Mana en activant une commande.

Le vaisseau plongea vers la planète. Le son caractéristique du système de propulsion de la Raie Hurlante surgit dès que le vaisseau pénétra dans l'atmosphère, s'intensifiant au fur et à mesure qu'ils se rapprochaient du sol.

— J'avais presque oublié sa voix, dit Mana avec un sourire de satisfaction.

— Tu parles d'une arrivée discrète… lança Andoval.

— L'atmosphère est dense, cela amplifie le phénomène, ajouta Salila.

Sans secousse, Mana dirigea le vaisseau vers une petite île, perdue au milieu d'innombrables autres îlots, et posa délicatement les patins du train d'atterrissage sur une colline envahie d'herbes hautes qui dominait une forêt en contrebas. Mana ouvrit la porte ventrale du vaisseau qui permettait de se rendre sur la terre ferme depuis l'espace cargo. Salila transmit le message convenu pour indiquer qu'ils étaient arrivés au point de rendez-vous, puis l'équipe sortit du vaisseau pour aller faire quelques foulées.

— J'ai l'impression d'avoir pris vingt kilos, s'exclama Max en rejoignant les autres d'une démarche mal assurée.

— La gravité est assez forte, oui, dit Mana. En revanche, cela ne va pas s'arranger si tu ne mets pas ton régulateur respiratoire.

— C'est le petit truc que vous avez dans les narines ?

— Ouais, rejoins le club des narines garnies pour avoir l'air stupide, toi aussi, répondit Andoval.

— On récapitule ? demanda Max tout en mettant en place son appareil respiratoire.

— Je pense que nous allons légèrement modifier le plan, dit Mana. Max il faut que tu ailles dans le banc cryo que nous avons récupéré sur Primaube.

— Quoi ?! protesta l'intéressé.

— Si nous voulons être un minimum crédibles, c'est l'unique façon dont des mercenaires s'occuperaient de ton cas, répondit Mana avec un sourire complice. Te laisser divaguer serait trop dangereux, tu pourrais tenter de fuir, faire une bêtise… Ce n'est pas réaliste.

— Génial, souffla Max.

— Comme ça, si en sortant de là-dedans tu te retrouves entouré de types en blouses blanches, tu sauras qu'on a foiré, ricana Andoval.

— Ando fous lui la paix, dit Mana

— On est bien d'accord pour la suite ? reprit Andoval plus sérieusement. Vous êtes bien conscients qu'il y aura du sang ? Personne ne va revenir sur le plan une fois lancé ?

— Et s'ils n'avaient pas de mauvaises intentions envers les revenants ? demanda Salila. Nous en avons parlé avec Max, peut-être essayent-ils simplement de créer une nouvelle race exempte de tares ?

— Voilà, c'est exactement ce que je disais, soupira Andoval.

— Franchement, Salila, tu y crois ? demanda Mana. Tu nous as toi-même expliqué comment ils traitaient les revenants sur le Gemini II. Tu crois vraiment qu'ils agiraient ainsi envers les futurs sauveurs de l'humanité ?

— C'est évident que non, dit Max alors que Salila demeurait pensive. Salila, je suis le premier intéressé par cette question et je suis persuadé que nous sommes à l'aube de découvrir quelque chose de profondément inhumain. Tout laisse à penser que les revenants sont de la viande pour ce docteur Hicks.

— Je sais, répondit Salila d'un ton fatidique.

— Bon, on est donc tous raccord, conclut Andoval. J'accompagne Max. Si le complexe ne grouille pas d'hommes armés, les filles, vous créez une diversion et on investit les lieux. Dans le cas contraire, on plie et on se tire vite fait.

— Tu vas enfin pouvoir te servir de ton arme magique, dit Mana.

— Magnétique, pas magique, dit Andoval d'un ton désespéré. Et je te rappelle qu'elle t'a sauvé les fesses sur Primaube.

Une réponse à leur message arriva peu après. Ils avaient les coordonnées d'un point de rendez-vous. La Raie Hurlante décolla et se dirigea vers l'une des rares grandes îles qui était presque entièrement recouverte d'une dense forêt. Au centre, se trouvait une construction qui émergeait bien au-dessus de la cime des arbres. Mana vola en cercle autour du bâtiment de forme cylindrique. Il était chapeauté d'un centre de contrôle entièrement vitré qui surplombait une petite plateforme, bien trop frêle pour supporter le poids de la Raie Hurlante, même si une petite navette y était posée.

— Je ne vais pas pouvoir me poser sur la plateforme, dit Mana aux commandes.

— Il ne semble pas y avoir grand monde. Je vois deux types dans la tour de contrôle. Laisse-nous descendre et reste dans le coin. Je te donnerai le signal, dit Andoval.

— Ok, répondit Mana. Salila surveille les communications et tiens-toi prête pour le brouillage.

Mana approcha le vaisseau de manière à se trouver juste au-dessus de la plateforme, mais sans la toucher. Elle abaissa ensuite la porte ventrale, et stabilisa son altitude le temps qu'Andoval sorte en poussant la capsule cryogénique dans laquelle se trouvait Max et qui avait été paramétrée par Salila pour simuler un fonctionnement normal. Elle reprit ensuite de l'altitude, inondant les lieux du bruit assourdissant des tuyères du vaisseau. Andoval s'avança vers le corps central du bâtiment. Une porte s'ouvrit et un jeune homme en blouse blanche en sortit, accompagné de deux individus armés de fusils d'assaut.

— Ando, ça pue, tu as vu les types ? lança Mana dans l'intercom.
— Ça va aller, tiens-toi prête, répondit-il rapidement alors que les hommes s'approchaient.
— C'est pas possible ! s'exclama soudain Mana.
— Quoi ? demanda Andoval.
— Le type en blouse blanche, c'est le même que celui que j'ai rencontré en zone rouge. C'est un androïde.
— Bonjour, dit le jeune homme androgyne en haussant la voix pour couvrir le bruit de la Raie Hurlante située encore proche.
— Salut, répondit Andoval en se saisissant de son fusil.
— Inutile de prendre ce genre de précautions, nous sommes là pour un simple échange, dit l'homme en voyant Andoval faire.
— Je fais comme vous, répondit Andoval en montrant les deux hommes armés de la tête.

— Bien, dit l'homme en souriant. Puis-je voir la marchandise ?

— Faites donc, dit Andoval en reculant d'un pas pour s'éloigner de la capsule.

Andoval scrutait les environs pendant que l'homme pianotait sur les commandes de la capsule. Les deux opérateurs de la tour de contrôle semblaient calmes et personne d'autre n'était visible dans les parages.

— Ando, je suis prête, dit Mana dans l'intercom. Je vais tirer en puissance mini sur le centre de contrôle si tu es Ok.

Andoval fit un geste discret de la main. Quelques secondes plus tard, le grondement strident de la Raie Hurlante s'amplifiait à mesure que le vaisseau se rapprochait. L'homme en blouse blanche leva les yeux et vit les deux canons à ion de la Raie Hurlante à découvert, mais avant qu'il n'ait le temps de prononcer quoi que ce fût, Mana fit feu. Un double jet de faisceaux verdâtres accompagnés d'un bruit étouffé fusa depuis la Raie Hurlante. La tour de contrôle se disloqua d'abord. Des morceaux de béton et de métal volèrent dans toutes les directions avant qu'une grande déflagration ne retentisse. Le souffle plaqua tous les individus présents sur la surface de la plateforme. Andoval s'était jeté au sol. Il se saisit de son fusil pour tirer en direction des hommes armés, mais l'un d'entre eux avait un temps d'avance. Il balaya la zone d'une grande rafale. Les projectiles arrachaient le béton de la plateforme et heurtaient la coque de la Raie Hurlante. Miraculeusement indemne, Andoval pressa à son tour la détente pour faire taire son adversaire, puis tira sur le second, resté au sol. Il se releva ensuite et vit la capsule de Max criblée d'impacts.

— Ando, ça va ? s'exclama Mana dans l'intercom.
— Ça va, j'ai rien, mais j'ai peur que Max soit touché, dit-il en se rapprochant de la capsule tout en fixant l'androïde qui était resté immobile au milieu de la scène, observant les évènements avec un sourire inapproprié.
— J'ai lancé le brouillage, ils essayent de communiquer ! s'exclama Salila dans l'intercom.
— Comment ? demanda Mana. Je viens de détruire leur émetteur !
— La navette ! s'exclama Salila.
— Putain, elle décolle ! cria Andoval qui n'avait pas vu qu'un individu s'y était précipité depuis la porte du bâtiment. Fous-le en l'air !

La navette prit de l'altitude avant de pivoter sur elle-même, puis d'enclencher sa propulsion au maximum. Alors qu'elle s'éloignait, le hurlement des tuyères de la Raie Hurlante résonna dans toute la zone. Mana coursait la navette à plein régime. Elle se positionna légèrement en dessous et ouvrit le feu. Les premiers tirs passèrent juste à côté avant de frapper le fuselage du frêle vaisseau qui explosa immédiatement dans une puissante détonation. Des morceaux de la navette furent projetés sur des kilomètres répandant une odeur de brûlé jusqu'à sur la plateforme.

Andoval ouvrit la capsule cryogénique avec une grimace. À l'intérieur, Max baignait dans son sang, les yeux clos.

— Revient chercher Max ! s'exclama Andoval dans l'intercom.
— Comment va-t-il ? demanda Mana.
— Mal.
— Oh non ! s'exclama Salila la voix teintée de sanglots.

Andoval releva la tête juste à temps pour apercevoir deux nouveaux hommes armés sortir de la porte du bâtiment. Il tira abondamment dans leur direction, les obligeant à faire marche arrière pour se tenir à couvert.

— Ça vient ? s'exclama-t-il.
— Je suis là, répondit Mana, survolant le bâtiment après avoir faire une boucle.
— C'est la merde, y en a d'autres. Salila, viens chercher Max, je te couvre. Et apporte-moi mon sac.
— Je ne peux pas ! s'exclama Salila en pleurs.
— Salila arrête de pleurer et reprends-toi ! ordonna Mana. Tu vas chercher Max, tout de suite !

Mana repositionna le vaisseau au-dessus de la plateforme et Salila sortit peu après pendant qu'Andoval continuait de tirer irrégulièrement en direction de la porte. Salila laissa tomber un sac au sol et s'empara du chariot qui supportait la capsule cryogénique de Max. Elle le poussa péniblement le long de la rampe en sanglotant. Tout en se rapprochant du sac, Andoval maintenait sa cible en joue. Il s'agenouilla, pressa un bouton sur le côté de son fusil et ajusta son tir. Une déflagration précédée d'un bruit sourd fit voler l'un des panneaux de la porte en arrière, emportant avec lui l'homme qui se trouvait derrière. La balle en uranium appauvri avait transpercé le métal, puis la chair. Le second adversaire d'Andoval en profita pour répliquer. Se mettant à découvert, il lâcha une grande rafale, mais sous la panique ses tirs diffus n'inquiétèrent pas Andoval qui ajusta un second tir et le coucha au sol. Mana reprit un peu d'altitude avant de se placer en vol géostationnaire à quelques mètres de la plateforme.

— C'est bon, la voie est libre pour le moment, dit Andoval. Salila, il faut que tu reviennes avec moi, je vais avoir besoin de toi à l'intérieur.
— Max est mort, bredouilla Salila entre deux sanglots.
— Mais bordel ! s'exclama Andoval.
— Attends, une minute s'il te plaît ! s'exclama à son tour Mana tout en aidant Salila à porter Max vers le banc médical du vaisseau.

Andoval s'approcha de l'ouverture du bâtiment en ayant pris soin de passer son sac à dos. Un ascenseur aux portes closes se trouvait à l'intérieur. Andoval venait de mettre son scanner tactique en place lorsque Mana reprit la parole.

— Max va s'en sortir, dit-elle avec joie.
— Qu'est-ce qu'il a ? demanda Andoval.
— Il est mal en point, mais stabilisé. Je ne suis pas sûre, pour Salila. Elle n'est pas beaucoup mieux.
— Pas le choix, Mana. Ça doit grouiller de portes sécurisées là-dedans. Mets-lui une dose de Syrrix.

Quelques minutes plus tard, la Raie Hurlante se repositionna pour laisser Salila rejoindre la plateforme avant de redécoller. Salila accourut vers Andoval.

— Ça va mieux on dirait, dit-il d'une voix presque amicale.

242

— Oui, répondit la jeune femme avec des yeux sombres encore rougis par les larmes.

— Parfait. Alors tu suis mes instructions et tout va bien se passer.

— Et lui ? demanda Salila en désignant l'androïde toujours immobile au centre de la plateforme.

Andoval ajusta un tir et pressa la détente, faisant exploser la tête artificielle de la machine.

— Voilà, répondit-il sous les yeux stupéfiés de Salila.

— On prend l'ascenseur ? demanda Salila d'une voix tremblotante.

— Oui, mais pas tout de suite, dit Andoval en ouvrant son sac.

Il sortit deux grenades puis appela l'ascenseur. Il abaissa son fusil lorsque les portes coulissantes s'entrouvrirent pour laisser apparaître une cabine vide, puis bloqua leur fermeture avec sa jambe.

— Le système de ventilation est centralisé ? demanda-t-il à Salila.

— Pardon ? s'étonna-t-elle, encore choquée par l'image de la tête explosée de l'androïde.

— Salila, il va falloir être plus réactive que ça. Est-ce qu'il y a un putain de système de ventilation centralisée dans l'ascenseur ?

Salila passa la tête dans la cabine. Elle se dirigea ensuite vers la platine de commande et y connecta son multiscanner.

— Oui, répondit-elle enfin du bout des lèvres.

— Parfait, alors pousse-la au max. Je veux que la moindre molécule d'air de cet ascenseur soit dispersée dans tout le complexe.

Salila pianota quelques touches de son appareil, puis fit un signe d'approbation de la tête. Andoval dégoupilla alors ses deux grenades avant de les poser sur le sol métallique de la cabine et d'ôter sa jambe afin que les deux portes se referment.

— On attend cinq minutes et on y va, dit-il en fouillant son sac avant d'en sortir deux masques à gaz.

Quelques minutes plus tard, Andoval rappela l'ascenseur. Accompagné de Salila, il descendit au seul niveau inférieur disponible. Sur les instructions d'Andoval, Salila se positionna contre une paroi pendant qu'il se tenait face à l'ouverture, arme à la main. Lorsque l'ascenseur arriva à destination, les deux portes s'ouvrirent sur une grande pièce en longueur et de laquelle plusieurs couloirs partaient. L'endroit, entièrement fait de béton brut, était correctement éclairé. Plusieurs voiturettes étaient garées dans un recoin de la pièce et devaient permettre de transporter du personnel ou du matériel dans le complexe. Au sol, plusieurs hommes étaient étendus, leurs armes tombées à leurs côtés.

— On avance, lança Andoval en saisissant le bras de Salila.

Andoval stoppa vers les hommes étendus pour vérifier leur pouls, avant de reprendre avec un air satisfait. Salila s'efforça de ne pas regarder leur visage. Ils se positionnèrent face à un couloir qui plongeait encore plus bas dans le sous-sol. Moins éclairé, il permettait tout de même de voir qu'il débouchait dans une autre pièce plus sombre encore. Andoval contrôla les deux autres couloirs qui plongeaient également vers les profondeurs. Il se plaqua brutalement contre le mur, avant de se remettre doucement à couvert.

— Merde, une Sentinelle Tripod, dit Andoval dans l'intercom.

— Quel modèle ? demanda Mana.

— J'ai bien peur que cela soit un Victory III.

— C'est quoi ? demanda Salila qui n'osait pas regarder.

— Une saloperie de 10 tonnes dotée d'un bouclier et qui ne devrait pas se trouver là, répondit Andoval.

— Ah bon ?

— C'est une arme développée par et pour l'armée, ajouta Mana.

— Il va falloir se la faire, dit Andoval.

— Ton fusil magique suffira ? dit Mana.

— Pfff… Non. En puissance maxi j'ai un temps de recharge trop long entre deux tirs et son bouclier se reformera. Écoute moins bien, Salila. Tu vas prendre le railgun, tu verras, c'est un jeu d'enfant. Dès que tu auras tiré, le bouclier de la sentinelle tombera pour une ou deux secondes et ça me laissera le temps de l'arroser avec le pistolet. Je sais où tirer, normalement, ça doit jouer.

— Tu es sûr, là ? demanda Mana.

— Euh, et si je le rate ? ajouta Salila.

— Il est au bout d'un couloir ! Tu ne le rateras pas, et oui, je suis certain de moi. Il n'y a rien d'autre à faire. De toute manière s'il détecte qu'on a assez de puissance pour faire tomber son bouclier, il ne devrait pas approcher.

Tout en gardant un œil sur le robot qui semblait faire une ronde dans le complexe, Andoval expliqua à Salila comment se servir du fusil. Une fois prêts, ils attendirent que la machine repasse face au couloir et Andoval donna le signal. Salila pressa la détente. Au moment où le projectile frappa la corps métallique, le flash de lumière bleue du bouclier vint contrer la balle. L'impact fut tel que le robot fut projeté quelques mètres en arrière, indemne, avant de se stabiliser à l'aide de ses trois réacteurs. Andoval tira à plusieurs reprises avec son arme, faisant voler des étincelles sur le corps du robot qui répliqua immédiatement après s'être stabilisé. Un déluge de feu s'abattit dans le couloir. Les deux canons à ions rotatifs de la machine faisaient voler en éclat le béton de toute part. Andoval et Salila s'étaient aplatis au sol pour éviter d'être touchés, les mains sur la tête.

— On va mourir ! s'écria Salila.
— Calme-toi et reste couchée ! hurla Andoval. On recommence dès qu'il stoppe.

Le robot stoppa son feu quelques secondes plus tard. Couverts de poussière et de gravats, Andoval et Salila restèrent immobiles quelques instants avant de se repositionner pour un second tir. Terrorisée, Salila tremblait comme une feuille. Andoval lui ordonna finalement de rester à l'abri, en arrière. Il posa son pistolet prêt à tirer au sol, puis ajusta son tir avec le fusil magnétique. Dès qu'il eut frappé le robot, Andoval saisit le pistolet, prit une seconde pour ajuster son tir et fit feu. Une grande gerbe d'étincelles suivie d'une petite explosion émergea de la partie haute du robot qui tomba au sol, inanimé.

— Putain, c'est pas rien cette saloperie, s'exclama Andoval. J'espère qu'il n'y en avait qu'un.
— Tu l'as eu ? demanda Mana.
— Ouais. C'est bon Salila, tu peux revenir.

Andoval et Salila s'approchèrent prudemment du fond du couloir. Il débouchait dans une petite salle circulaire et dotée d'une seule porte, close.

— Tu nous ouvres ? dit Andoval tout faisant le guet.
— J'ai l'impression de ne faire que ça, répondit Salila qui retrouvait doucement ses esprits.

Salila connecta son scanner multifonctions à l'interface de la porte qui finit par s'ouvrir après quelques minutes d'essais.

— Ando, je ne sais pas si c'est bien prudent de continuer, dit Mana dans l'intercom. S'il y avait un Victory III pour garder la porte, qu'est-ce que vous allez trouver là-dessous ?
— Qu'est-ce que tu veux faire d'autre ? On va pas laisser tomber maintenant. On continue un peu.

Andoval et Salila s'engouffrèrent dans l'ouverture pour déboucher dans un grand et long couloir dont les parois latérales vitrées laissaient entrevoir ce qui ressemblait à un laboratoire équipé d'appareils flambants neufs. Très éclairé, l'endroit était bondé de machines en tout genre devant lesquelles se trouvait parfois le même androïde à l'aspect androgyne. L'un d'entre eux aperçut Andoval et Salila et vint à leur rencontre.

— Bienvenue au centre médical du docteur Hicks, dit le jeune homme.
— C'est marrant, j'ai comme l'impression de vous avoir déjà vu quelque part, dit Andoval avec ironie.
— Que puis-je faire pour vous ? Il ne me semble pas vous avoir sur l'agenda.
— Vraiment ? répondit Andoval. C'est ennuyeux.
— Désolé, je confirme, répondit l'androïde sans joie ni peine.
— On va juste jeter un œil, alors.
— Désolé, cela n'est pas possible. Le centre et ses activités sont strictement confidentiels. J'espère que vous comprenez.
— Et pourtant, on va quand même faire ça, répondit Andoval en le poussant pour entrer dans le laboratoire.

Immédiatement après, une alarme se mit à retentir dans la zone, figeant tous les androïdes, y compris celui qui venait de leur parler.

— Je n'aime pas ça, dit Salila, inquiète.
— Il n'y a plus personne, Salila. Avec la saloperie que je leur mis dans les naseaux, ils sont tous raids. À moins qu'il ne reste un Tripod, on devrait être tranquilles. C'est d'ailleurs étonnant que cette base soit si mal protégée.
— Tout est récent, ils se sont installés il y a peu.

Andoval et Salila parcouraient le laboratoire sous les sirènes de l'alarme.

— Qu'est-ce qu'ils peuvent bien faire avec tout ça ? demanda Salila en pénétrant dans ce qui ressemblait à une salle d'opération située sur le côté du laboratoire. Quanti saurait probablement, mais j'avoue que tous ces appareils ne me disent rien, si ce n'est que tout ceci n'est pas destiné à des opérations chirurgicales classiques.
— Tu m'étonnes, t'as vu ce bordel ! s'exclama Andoval face aux innombrables tuyaux et raccords qui s'enchevêtraient entre les appareils présents pour se diriger vers le lit chirurgical situé au centre de la pièce.

Salila pianotait sur un ordinateur, essayant de comprendre l'utilité de tout cela, lorsqu'elle vit quelque chose bouger.

— Ando, ils bougent, dit-elle en fixant la baie vitrée qui donnait sur le laboratoire.
— Ah ? C'est l'heure de la sieste peut-être, répondit Andoval à peine concerné.
— Ando, ils viennent ici ! s'exclama Salila.

Andoval regarda à son tour les androïdes se mouvoir dans leur direction, le regard vide.

— Ils ne peuvent pas nous faire de mal, n'est-ce pas ?
— Normalement, non, mais qu'est-ce qui est normal, ici ? répondit Salila.
— Bon, on va être fixés, dit Andoval en se saisissant de son pistolet et en se dirigeant vers l'androïde le plus proche.

L'homme artificiel avait, dès sa création, était bridé pour ne pas permettre qu'il puisse faire de mal à un humain sous quelle condition que ce fut. Andoval se posta en face de lui. La machine agrippa son bras avec une telle force qu'il ne pouvait s'agir d'autre chose que pour lui nuire. Andoval tenta de se défaire en vain, avant de pointer son pistolet vers la tête de l'androïde qui essaya d'écarter l'arme avant de tomber au sol lorsque la balle lui traversa le crâne de part en part. Accroupi, Andoval luttait pour libérer l'étreinte des doigts crispés de la machine inanimée. Les autres arrivaient et il fallait déguerpir.

— Ok, c'est vu, on dégage ! s'exclama Andoval en revenant vers Salila.
— Ando ? Que se passe-t-il ? J'ai entendu un coup de feu ! s'exclama Mana dans l'intercom.
— Tout va bien, c'est juste que les hommes en plastique de Hicks ont oublié un ou deux trucs, comme par exemple « tu ne lèveras pas la main contre tes créateurs ».
— Ils sont nombreux ?
— Pas mal, ouais.
— Ando ce n'est pas grave, revenez ! Une seule de ces saloperies peut te déchiqueter !
— Ils ont de la poigne, mais pas à ce point. En tout cas, pas ceux-là. Ne t'en fais pas, je ne prends pas de risque inutile, j'ai Salila avec moi.

Andoval entraînait Salila avec lui vers le fond du laboratoire. Les androïdes ne couraient pas, se contentant d'encercler les intrus méthodiquement. Il en arrivait de partout et leur nombre grandissait. Arrivés au bout de la pièce, ils tombèrent face à une grande double porte blindée qui clôturait le passage. La porte était verrouillée et protégée par un code d'accès. Après avoir connecté son multi scanner au système de commande, Salila luttait contre le système de sécurité autant que contre ses tremblements.

— Alors ? demanda Andoval qui s'impatientait tout en rechargeant son fusil d'assaut.

— C'est un niveau de sécurité comparable à ceux utilisés dans l'armée ou par les grandes compagnies. Je n'y arriverai pas, répondit Salila tout en pianotant sur l'hologramme qui s'affichait sur son avant-bras.

— Tu ne peux pas la transpercer avec ton arme magique comme sur Primaube ? demanda Mana.

— C'est trop épais et c'est une arme ma-gné-ti-que, répondit Andoval.

— Je sais, mais je sais aussi que ça t'énerve, alors moi, ça m'amuse, répondit Mana avec un ton espiègle.

— Sans vouloir être rabat-joie, ce n'est pas vraiment le moment, Mana. Bon, on fait quoi alors ? reprit Andoval en direction de Salila.

— Il faut amener un androïde ici, répondit Salila.

— Comment ça ? demanda Andoval qui commençait à tirer sur les premiers individus qui arrivaient dans leur pièce.

— La sécurité est maximale, mais je doute que Hicks ait prévu une invasion par des mercenaires, répondit-elle. Rien n'est aux normes ici. Je pense que les androïdes transmettent automatiquement le code d'ouverture.

— Tu marques un point, répondit Andoval.

Ayant cessé de tirer, Andoval remarqua que les androïdes maintenaient une distance avec eux, ou plutôt avec la porte. Ils étaient à présent une petite vingtaine à s'agglutiner au fond de la pièce, barrant toute issue.

— Bon, je vais chercher un de ces trucs, on va pas passer la journée sur une putain de porte, lança Andoval en se dirigeant vers les androïdes, son pistolet en main.

— N'abîmes pas la tête, lança Salila en observant Andoval hésiter sur la manière de faire.

Andoval s'approcha suffisamment pour être à portée de bras, mais la vingtaine de paires d'yeux artificiels se contentait de l'observer sans ressentiment. Il fit un rapide pas en avant pour attraper l'un d'eux et le tira de toutes ses forces en arrière. La machine fut projetée au sol, s'agrippant au même moment au mollet de son agresseur. Andoval fut déséquilibre et chuta à son tour sous le cri effrayé de Salila qui voyait les autres s'approcher pour l'attraper. Étendu sur son dos, Andoval attrapa son arme tombée à ses côtés et tira dans la tête des individus les plus proches. Cela stoppa leur élan, mais pas celui qui lui tenait le mollet. L'androïde se repositionna et, sans lâcher prise, attrapa de son autre main le bras libre d'Andoval. Le soldat hurla sous la douleur de l'emprise des doigts mécaniques de la machine avant de se reprendre et de tirer lui tirer dans le bras. Il répéta l'opération dans chaque membre moteur, se libérant peu à peu et parvenant même à se relever. Il revint ensuite vers Salila en traînant la carcasse désarticulée de l'androïde qui restait figé dans une position inappropriée. Les autres avaient repris leur position initiale et leur regard vide. Andoval laissa tomber la carcasse de l'homme artificiel au sol, juste devant la porte qui, dès lors, s'ouvrit après avoir émis un petit bip.

— Ça va ? demanda Salila les mains encore sur la bouche en voyant le bras et la jambe d'Andoval qui saignaient.

— J'ai connu mieux, mais j'ai connu pire, répondit Andoval en serrant les dents. Allez, on dégage.

— Ando ? Que se passe-t-il, s'inquiéta Mana dans l'intercom.

— Ça va, pas le temps là.

Ils pénétrèrent dans une petite salle qui avait été vidée. Seule une petite plaque vissée au mur demeurait. La porte ouverte, le groupe d'androïdes se rapprochait. Salila referma la porte depuis la commande intérieure.

— Ça devrait tenir quelque temps, dit-elle après avoir activé quelques commandes.

— Et tu pouvais pas faire ça avant ?

— Non. Ando, tu veux que je regarde tes blessures ?

— Ando ! Qu'est-ce qu'il y a ? s'exclama Mana.

— Calme-toi, ce n'est rien.

— Salila, connecte la caméra de son scanner tactique s'il te plaît, dit Mana

Salila s'exécuta pendant qu'Andoval se pansait grossièrement les profondes éraflures qu'il avait au bras et la jambe.

— Regarde, dit Salila en s'approchant de la plaque pour lire l'inscription qui y figurait. « Station d'observation RC-III-PB2 ».

— C'est un code impérial, dit Mana. Ils devaient étudier la faune et la flore de la planète depuis cette base.

— Hicks doit avoir un lien avec l'Empire, dit Salila. Il hérite d'une station impériale, possède un drone de combat

253

avancé, d'une armée d'androïdes... Ça commence à faire beaucoup.

— On continue ? demanda Andoval qui avait fini de panser ses blessures.

Ils sortirent de la pièce pour déboucher dans un immense hangar qui s'illumina à leur arrivée. Une multitude de capsules cryogéniques s'étendaient devant eux, alignées en rangées superposées. Plusieurs appareils de manutention équipés d'un système de griffes permettant la préhension des capsules étaient garés dans un coin de la pièce. Juste à côté se trouvait un pupitre de commande relié au dédale de câbles qui serpentaient à travers toute la zone. Chaque appareil cryogénique était connecté avec le système.

— Putain ! s'exclama Andoval qui demeurait bouche bée devant ce qu'il voyait.

— Ils sont là ! s'exclama Mana dans l'intercom. Ce sont les revenants !

— Cela doit être ce que les mercenaires du Damascus appelaient « le frigo », dit Salila abasourdie.

— Mais qu'est-ce qu'il peut bien foutre avec tous ces gens ? lança Andoval avec incrédulité.

Salila se dirigea vers le pupitre de commande et fut rejointe par Andoval dont le regard se perdait dans la multitude d'appareils installés.

— Il y a deux mille capsules. Trois cent vingt-trois sont occupées, dit-elle en lisant l'écran du pupitre.

— Cherche un certain Vido Gratien, dit Max. Il était présent avec moi sur le Gemini II.

— Max ?! Tu es réveillé ? s'exclama Salila avec joie.

— J'ai été le chercher, il s'ennuyait dans son banc médical, dit Mana. Ce n'est pas encore la grande forme, mais c'est moins grave qu'il n'y paraissait.

— Il est là, répondit Salila après sa recherche.

— Ça fait froid dans le dos, souffla Mana.

— Il y a des enfants... murmura Salila.

— Il faut retrouver Hicks, dit Max. C'est le seul qui puisse nous expliquer.

— Encore faudrait-il qu'il soit là, ajouta Andoval. À part quelques soldats, il n'y a que des hommes en plastique ici.

— Peut-être pas, j'ai une petite idée, dit Salila en pianotant sur le pupitre. Voilà, je l'ai ! s'exclama-t-elle soudain avec vigueur.

— Pardon ? s'étonna Mana.

— Une capsule a été ouverte il y a un peu moins d'une heure. Ma main à couper qu'il s'est caché à l'intérieur.

— Donne le code, lança Andoval en se saisissant de son pistolet.

Suivi de Salila, Andoval s'avançait entre deux rangées de capsules cryogéniques. Ils arrivèrent au niveau de celle désignée par Salila. Elle faisait partie de la première rangée située au niveau du sol. Toutes les capsules étaient dotées d'un vitrage qui permettait d'apercevoir le visage de la personne à l'intérieur. Andoval se positionna sur le côté, pendant que Salila activa une commande située au pied de l'appareil. Une lumière envahit alors l'intérieur, faisant apparaître le visage d'un homme endormi. Salila activa une autre commande et la porte de la capsule s'ouvrit.

— Salut, Doc, lança Andoval en s'approchant avec son arme pointée vers Hicks. Tu peux sortir, je crois.

L'homme soupira, puis sortit doucement de l'appareil tout en observant qui était présent.

— Il va falloir nous expliquer deux ou trois trucs, Doc, reprit Andoval.

Chapitre 11 – Neo Hominum

Andoval avait rengainé son arme et se tenait aux côtés de Hicks, paré à toute tentative désespérée du scientifique. Le personnage, plutôt frêle et de petite taille, paraissait être un jeune adolescent face à l'imposante carrure de l'ancien soldat. Sa blouse blanche, ses cheveux impeccables et son bouc parfaitement taillé lui donnaient un aspect respectable.

— Pour commencer, que faites-vous avec tous ces gens ? demanda Andoval.

— Écoutez, je crois qu'il y a une méprise. Je ne suis pas Hicks.

— Oh, c'est pas de chance, quand même, dit Andoval avec une voix amusée. Réponds à ma question, doc, reprit-il autoritaire.

— Écoutez, vous ne devriez pas être ici. Nous sommes protégés et vous risquez gros. Laissez-moi vous faire une offre : dix millions et vous repartez sur le champ.

— Ben voilà ! s'exclama Andoval en donnant une tape du plat de la main dans le dos de l'homme, manquant de le faire tomber au sol.

— Mais qu'est-ce qui peut bien valoir une telle somme ? demanda Mana.

— On s'en fout un peu, non ? dit Andoval tout en craignant la réaction de Mana.

— Andoval, ne commence pas, lança Mana d'un ton presque maternel qui sonnait comme un avertissement.

— Mana, c'est plus que ce que l'on pourra gagner dans toute notre vie et je suis sûr que le Doc peut encore faire un petit effort. Ce sont des vacances à vie dont on parle, des vacances premium, une suite à ton nom sur le Venus Luxuria si tu veux.

— Une bonne fois pour toutes, Ando, c'est non, rétorqua Mana avec fermeté.

— Ando, s'il est prêt à payer ça, il y a certainement beaucoup plus derrière, dit Max. Vraiment beaucoup plus. Nous toucherons dix pour cent une fois l'affaire portée aux autorités et je ne crois pas une seconde que cela sera moins.

Andoval jeta un rapide regard en direction de Salila, mais son visage était plus sombre encore que celui que devait avoir Mana à cet instant.

— Alors, Doc, désolé, mais on n'est pas clients, reprit-il en frappant l'homme dans le dos une nouvelle fois. Parle.

— Vous commettez une grossière erreur, prévint l'homme.

— Ça, c'est l'histoire de ma vie, mais on en est plus à une près, dit Andoval en ricanant. Parle, je te dis.

— Vous n'avez aucune idée des ennuis qui vous attendent, reprit-il, plus déterminé encore.

— Putain, mais tu vas répondre ! s'exclama Andoval en saisissant le bras du scientifique pour commencer à le tordre.

Andoval exerçait une pression presque suffisante pour casser le bras de l'homme, mais ce dernier ne réagit pas. Aucune expression de douleur ou de gène n'apparut sur son visage. Andoval força encore jusqu'à lui briser les os.

— Mais c'est quoi ça, encore ! s'exclama Andoval avec le bras de l'homme complètement désarticulé entre les mains.

— C'est un androïde, dit Salila qui venait d'effectuer une vérification sur son multi scanner.

— Ça commence à devenir lourd, souffla Andoval.

Des bruits de pas attirèrent leur attention. En se retournant, ils aperçurent une dizaine d'androïdes rassemblés près de l'entrée de la pièce. Ils avaient réussi à ouvrir la porte et se tenaient immobiles afin de barrer la sortie. Andoval lâcha sa prise et dégaina son pistolet, pointant le canon sur la tempe de l'androïde au bouc.

— Fais-les partir ! ordonna-t-il.

— Non, répondit l'androïde.

— Salila, tu es certaine ? demanda Mana.

— À cent pour cent, répondit Salila. Il est semblable aux autres si ce n'est son apparence.

— C'est votre dernière chance, partez maintenant, reprit l'androïde. Je vous verserai dix millions et nous pourrons tous passer à autre chose.

— Sinon ? demanda Salila.

— Sinon je vais être dans l'obligation de vous supprimer, dit-il alors que d'autres androïdes venaient grossir les rangs de ceux massés vers la porte.

Andoval et Salila s'échangèrent un regard interrogatif. Salila posa les yeux sur le fusil magnétique d'Andoval installé contre la capsule ouverte. Andoval soupira et pressa la détente. L'androïde s'effondra au sol juste après la détonation qui resonna dans tout le hangar. Peu après, ses semblables se mirent en marche. Sans se presser, avançant méthodiquement afin de les encercler. Andoval ramassa son fusil et balaya la zone d'une rafale dans un vacarme assourdissant. Criblés d'impacts, les hommes artificiels continuaient cependant d'avancer.

— Putain, c'est un cauchemar ! s'exclama Andoval tout en abattant cette fois ses adversaires en visant systématiquement la tête.

Malgré tout, certains continuaient de progresser en rampant avec leur crâne transpercé.

— Comment ils font ça ?! s'exclama Andoval.
— Ils n'ont pas besoin de leur processeur principal pour leurs fonctions motrices, répondit Salila. Ils ne nous lâcheront pas.
— Je vous avais prévenu, répondit l'androïde au sol avec le crâne transpercé d'une voix artificielle.
— On recule ! cria Andoval tout en continuant ses tirs.

Les androïdes étaient fauchés par les projectiles, un à un, puis se relevaient pour continuer. Seuls trois d'entre eux étaient restés complètement immobiles, probablement trop abîmés pour ramper.

— Là ! s'exclama soudain Salila qui venait d'apercevoir une porte au fond du hangar.

Ils s'engouffrèrent à l'intérieur avant de verrouiller la porte.

— Condamne là ! cria Andoval à Salila.

Les mains tremblantes, Salila connecta son multi scanner à la platine du système d'ouverture de la porte. Elle parvint à la verrouiller juste avant que les premiers androïdes ne frappent le panneau métallique de leurs poings. Pendant ce temps, Andoval observait les lieux. Ils se trouvaient dans une grande pièce qui ressemblait à un laboratoire. Au centre se trouvait une salle d'opération semblable à celle qu'ils avaient déjà vue. De nombreux autres appareils étaient rassemblés là. Sur les côtés se trouvaient de grandes baies vitrées qui donnaient sur des zones obscures. Andoval s'approcha de l'une d'entre elles et pressa l'interrupteur situé sur le côté. Derrière le vitrage se trouvait une petite pièce borgne, dénuée d'objet ou de mobilier. Juste à côté de la baie vitrée, une porte permettait d'entrer dans ce qui ressemblait fort à une cellule.

— La porte est verrouillée pour de bon ! s'exclama Salila en venant vers Andoval. Qu'est-ce que c'est ? demanda-t-elle en voyant la cellule vide.
— J'ai peur de comprendre… dit doucement Andoval en tournant la tête vers le reste des autres grandes vitres.

Ils se dirigèrent vers une seconde cellule et Salila pressa l'interrupteur. Une silhouette humanoïde était recroquevillée dans un coin de la cellule. Complètement nue, la créature sursauta lorsque la lumière jaillit. Les vertèbres proéminentes de sa colonne vertébrale indiquaient une grande maigreur. Sa peau boursouflée et grisâtre était parcourue de veines foncées qui lui donnaient un aspect monstrueux. La créature mit ses mains devant les yeux avant de lentement se lever, puis de se retourner.

— Oh non ! s'exclama Salila lorsqu'elle comprit que la créature était une femme.

— Bordel de merde, lâcha lentement Andoval avec des yeux ronds.

La femme qui se tenait devant eux était méconnaissable, transformée en une espèce de monstre cauchemardesque, mais sans pour autant laisser l'ombre d'un doute sur son appartenance au genre humain. Elle leva doucement les mains de ses yeux pour laisser apparaître deux orbites oculaires creusées qui hébergeaient des yeux presque entièrement blanchis.

— Madame, vous m'entendez ? cria Salila devant la vitre.

La femme s'approcha. Elle semblait répéter une supplique, mais sa voix était trop faible pour être entendue derrière le vitrage. Andoval se dirigea vers la porte.

— Qu'est-ce que tu fais, là ? demanda Salila avec le ton d'une mise en garde.
— Elle ne va pas me sauter dessus, répondit Andoval avec dérision.

Il pénétra à l'intérieur de la cellule en tenant la femme en joue avec son fusil, suivi de Salila qui se tenait deux pas en arrière, terrifiée.

— Je vous en supplie, tuez-moi, répétait la femme d'une voix très faible.

Andoval jeta un regard interrogateur à Salila.

— Qui êtes-vous ? demanda Salila. Pourquoi êtes-vous là ?
— Par pitié, tuez-moi, répétait sans cesse la femme.

— Salila, sors, ordonna Andoval tout en ajustant son arme.

— Ne faites pas cela, dit soudain une voix qui résonna dans toute la pièce.

— Et pourquoi pas, Doc ? répondit Andoval alors que la femme s'était assise au sol, probablement trop faible pour demeurer debout, attendant sa libération.

— Je n'ai pas fini avec elle, répondit la voix.

— Il y en a d'autres ? demanda Andoval à Salila tout en lui faisant signe de la tête de se rendre vers les autres cellules.

— Oui, il y en a d'autres, répondit la voix. Et j'aimerais les conserver. Ne soyez pas stupides, il n'y a pas d'autre issue, vous êtes pris au piège. Laissez mes sujets d'expérience tranquilles et je vous laisse partir.

— C'est généreux de votre part, Doc, répondit Andoval tout en voyant Salila allumer les autres cellules les unes après les autres.

— Il est encore temps de faire machine arrière, ajouta la voix.

Andoval pressa la détente, tuant la femme sur le coup d'une balle dans la tête.

— Oups. Désolé, Doc, c'est parti tout seul, dit-il avec arrogance.

Salila revint, horrifiée. La plupart des cellules contenaient des hommes ou des femmes dans le même état, si ce n'était pire. Un puissant bruit métallique résonna en provenance de la porte. Les androïdes étaient en train d'essayer de l'enfoncer avec un chariot de manutention. Andoval se rendit dans une autre cellule et pointa son arme vers un homme étendu au sol qui n'avait pas la force de se lever.

— Je continue ? s'exclama-t-il. Arrête tes machines.

Le silence revint.

— C'est horrible, murmura Salila. Pourquoi ?

— Ce n'est que la résultante d'un monde décadent, Salila, répondit la voix. Vous savez mieux que quiconque de quoi je veux parler.

— Qu'est-ce que cela a à voir avec moi ? s'offusqua Salila, le visage encore tourmenté par ses émotions.

— Les mutants vont signer l'arrêt de notre civilisation et je suis le seul à pouvoir contrecarrer cette fatalité, répondit la voix.

— Mais t'es qui au juste ? demanda Andoval.

— Je suis Hicks.

— Je suis pas Hicks, je suis Hicks, faudrait savoir.

— Je suis une copie numérique de Hicks.

— Il n'est pas ici, dit Salila. C'est pour cette raison qu'il n'y a que des androïdes, il peut agir au travers de n'importe lequel d'entre eux.

— Ok, mais comment il sait ce qui se passe ici, alors ?

— Je n'en ai pas besoin, répondit la voix.

— Et comment comptez-vous « sauver l'humanité » ? Avec des revenants ? demanda Salila.

— Ils font partie des dommages collatéraux, mais n'y en a-t-il pas dans chaque conflit que l'homme a mené ? L'histoire est ainsi faite. Leur sacrifice va sauver leur espèce, n'est-ce pas là ce à quoi chaque représentant de l'humanité devrait aspirer ?

— Vous les utilisez pour purifier des mutants, n'est-ce pas ? demanda Salila.

— Je peux faire cela et bien davantage encore. Leurs cellules, leurs gènes, sont le seul espoir que nous avons. Ils savaient qu'ils auraient pu mourir de mille façons lorsqu'ils se sont embarqués dans leurs vaisseaux de colonisation, mais ils ne se doutaient pas qu'ils allaient sauver toute l'humanité. C'est un sacrifice nécessaire.

— Mais si tu as besoin de revenants, pourquoi ne pas les cloner tout simplement ? demanda Andoval.

— Sans parler des délais supplémentaires que cela engendre, le clonage fait diminuer drastiquement l'efficacité du processus, répondit la voix. Il y a quelque chose qui ne fonctionne pas. Appelez cela l'âme ou ce que vous voulez, mais il demeure un manque que je n'arrive pas à combler.

— Vous êtes un monstre, Hicks, ou qui que vous soyez, lança Salila avec dégoût. Vous allez payer pour vos crimes, nous allons nous en assurer.

— Et comment comptez-vous vous y prendre ? Vous êtes dans une impasse. Vous voulez tuer ces gens ? Allez-y. Je recommencerai d'autres expériences. Ce n'est qu'une perte de temps et il se trouve que je n'en manque pas.

— Vous oubliez Max, Monsieur Odrian Univers, le revenant qui se trouve dans notre vaisseau. Il décollera quoiqu'il nous arrive avec toutes les images de cette base. Dans quelques jours, la galaxie entière pourrait être informée de vos agissements.

— Faites ce que bon vous semble, vous ne m'arrêterez pas. Le progrès ne s'arrête jamais.

— Bon, c'est pas que je m'ennuie… commença Andoval.

— Que fait-on ? demanda Salila.

— Salila, essaye de trouver des informations, dit Mana dans l'intercom. J'ai vu un ordinateur tout à l'heure dans la pièce.

— Entendu, répondit l'ingénieure en se dirigeant vers la machine posée sur une petite console.

— Vous êtes pathétiques, dit la voix.

— Ouais, on le sait déjà, répondit Andoval.

— Inutile de vous battre, dit la voix. Encore quelques instants de patience et vous irez rejoindre vos cellules. J'ai déjà une idée d'expérience vous concernant. En fait, vous tombez à pic !

— Putain, mais on peut pas le faire taire !? s'exclama Andoval.

— Ce n'est pas une mauvaise idée. Je m'en occupe, dit l'ingénieure en se dirigeant vers un coin de la pièce.

Elle grimpa sur une desserte pour atteindre le plafond et souleva un panneau du double plafond. Derrière, plusieurs chemins de câbles alimentaient la pièce en énergie et en données. Salila commença à sectionner quelques câbles.

— Vous êtes puérils ! s'exclama la voix en riant. Comment pensez-vous…

Les haut-parleurs qui transmettaient les paroles de Hicks venaient de cesser de fonctionner. Salila redescendit. Sur plusieurs appareils allumés de la pièce, un message d'erreur s'affichait, indiquant une perte de signal.

— Voilà, dit-elle.

— Il peut nous entendre ? demanda Andoval.

— J'ai tout coupé sauf pour l'ordinateur. Potentiellement, il peut encore nous entendre, oui.

— Alors, trouve les données et coupe tout, dit Andoval.

Salila s'exécuta. Une lutte s'engagea entre l'ingénieure systèmes et l'intelligence artificielle. L'une tentant de déverrouiller l'accès à des données confidentielles pendant que l'autre dressait des verrous supplémentaires. De leur côté, les androïdes avaient repris et s'acharnaient à faire céder la porte à coup de bélier. Ils lançaient un chariot de manutention à pleine vitesse contre la structure métallique, reculaient et recommençaient. Andoval prépara ses armes avant de commencer à tourner en rond.

— Alors ?

— Je ne suis pas seule, il essaye de m'empêcher de rentrer, répondit Salila sans se déconcentrer.

— Dépêche-toi, ses copains vont finir par faire tomber la porte, dit Andoval en se saisissant de son fusil.

— Encore une minute. Il est plus rapide que moi, mais moins intelligent qu'il n'y paraît. Le vrai Hicks a dû prendre ses précautions pour que son double n'ait jamais l'idée de s'affranchir.

— Je ne comprends rien à ce que tu dis.

— La copie numérique de Hicks, celui avec qui nous parlons, se contente d'utiliser des scripts, des phrases préparées si tu préfères. Il n'est pas assez puissant pour se doter d'un libre arbitre. Les défenses qu'il dresse contre moi sont efficaces, mais prévisibles, dit Salila tout en continuant de pianoter à grande vitesse sur le clavier holographique.

— Ok, ben dépêche-toi, répondit Andoval.

— C'est bon, répondit Salila.

— Déjà ?

— Mana, je t'envoie les données.

— C'est dans la boîte, répondit Mana.

— Très bien, alors on dégage ! s'exclama Andoval avant de s'approcher de la porte de la pièce.

Complètement déformée par les coups incessants, la porte allait céder. Andoval profita d'un entrebâillement pour jeter un œil. Plusieurs dizaines d'androïdes à l'aspect androgyne se trouvaient derrière, mais cette fois la plupart avaient saisi des barres de fer ou des objets contondants. Le chariot de manutention allait frapper de nouveau, Andoval recula.

— C'est la merde ! s'exclama-t-il.

— Quoi ? demanda Mana.

— Ils sont encore plus nombreux, on ne passera pas.

— Et tes grenades de Primaube ?

— Même avec une balle dans la tête ils sont complètement acharnés, c'est mort, répondit Andoval. Il nous faudrait une diversion et encore, le seul moyen d'ouvrir la porte maintenant c'est de les laisser faire.

— Je sais ! s'exclama Salila. Le robot de réparation !

— Tu veux réparer la porte ? demanda Andoval, presque amusé.

— Elle a raison ! s'exclama Mana à son tour. La Raie Hurlante était livrée avec un drone d'entretien et réparation, capable d'intervenir dans n'importe quelle condition…

— Oui, il peut découper la porte et faire diversion, dit Salila en fixant Andoval, mimant un regard amusé à son tour.

— Exactement, il est équipé d'une découpe plasma pour réparer la coque, ajouta Mana. Je vais le piloter à distance.

Après avoir réveillé le drone, Mana en avait pris les commandes depuis la passerelle. L'hologramme du pupitre central affichait la vision de la machine et Mana bougeait les mains d'une manière ou d'une autre afin de le contrôler.

Soudain, un bruit sourd ébranla toute la pièce. La structure en béton sur le pourtour de la porte était en train de céder. Encore un ou deux coups de bélier et les androïdes seraient là.

— Ça vient ?! s'exclama Andoval dans l'intercom.
— J'arrive, mais ça ne se pilote pas aussi facilement que je l'aurais cru. Je galère avec l'ascenseur, répondit Mana.
— Trouve un moyen d'appuyer sur le bouton, sinon c'est deux cadavres que tu vas venir récupérer, dit Andoval en mettant son fusil en joue en direction de la porte.

Propulsée par trois réacteurs, la machine traversa la base désertée pour arriver dans la grande salle des capsules cryogéniques.

— Ils sont nombreux ! s'exclama Mana.
— Vas-y, fonce dans le tas ! cria Andoval.

Mana activa une commande et une petite lance sortit du corps de l'appareil. Elle s'illumina peu après d'une vive lueur rougeâtre. Elle fit fuser le robot en direction de l'amoncellement d'androïdes. Pivotant ses mains et ses doigts dans un sens, puis dans l'autre, Mana utilisait la découpe plasma de l'appareil comme une arme, sectionnant des membres ou des corps entiers. Les androïdes ne réagirent pas immédiatement, mais dès que ce fut le cas, le robot de réparation fut la cible de dizaines de coups portés à l'aide d'objets métalliques. Dans la passerelle de la Raie Hurlante, le bruit des chocs endurés par le drone résonnait en même temps que l'image de l'hologramme vacillait. Les androïdes frappaient la carlingue du robot de réparation avec une telle puissance que Mana n'arrivait pas à le contrôler. Elle lui fit prendre de l'altitude pour le stabiliser près du plafond.

— On n'y arrivera pas ! s'exclama-t-elle. Ils sont trop nombreux, ils vont finir par l'avoir.

— Il faut le faire exploser, dit Salila.

— Comment ? demanda Mana tout en faisant louvoyer l'appareil pour éviter les projectiles que lançaient maintenant les androïdes contre la machine.

— Il y a une documentation technique dans l'ordinateur de bord. Envoie-nous celle du drone, dit Salila.

— Max, ça va être à toi ! s'exclama Mana. Je ne peux pas lâcher les commandes.

— Comment je fais ça ? demanda Max.

Salila guida Max pas à pas pendant que Mana gesticulait pour faire voler le drone, coursé par les androïdes. Lorsque le schéma technique de l'appareil fut transmis, Salila pointa son doigt sur l'écran.

— Il faut frapper ici, dit-elle en pointant une zone d'à peine deux centimètres sur la coque du drone.

— Facile, répondit Andoval en activant son scanner tactique. On va tenter le coup. Ça va exploser fort ?

— Je ne suis pas certaine, mais plus qu'une grenade, répondit évasivement Salila.

— Mana, pose le drone au plus près de la porte. Il faut que je le voie à travers l'ouverture.

— Vous êtes sûrs ? lança Mana tout en continuant ses gestes.

— Mets-toi à l'abri, Salila, dit Andoval.

Salila se dirigea vers le fond de la pièce. Andoval se positionna en travers, de manière à avoir un petit champ de tir sans se trouver face à l'ouverture pour éviter au mieux la déflagration. Le drone descendit au niveau de la porte et se positionna suivant ses instructions. La masse d'androïdes vint immédiatement l'entourer pour le frapper.

— Voilà, c'est bon, lâche tout ! hurla-t-il en se couchant sur le viseur de son arme.

Malgré la taille de l'appareil qui était plus grand qu'un homme et le poids conséquent qu'il devait faire, les androïdes parvenaient à le faire bouger sous les multiples coups qu'ils lui infligeaient. Andoval ajusta lentement son tir, attendant une accalmie dans les secousses, puis pressa la détente. La balle, accélérée à son maximum, traversa la carlingue du drone de part en part pour aller se ficher dans le mur situé derrière. La force l'impact avait fait reculer la machine de plus d'un mètre.

— Merde ! s'exclama Andoval, furieux.

— Je le ramène, dit Mana en reprenant les commandes.

Le drone répondait mal. Outre les nombreux coups qu'il recevait en permanence, le projectile du fusil avait détruit de nombreux systèmes internes. Mana le rapprocha tant bien que mal. Andoval ajusta son second tir et pressa à nouveau la détente. Une violente déflagration souffla la porte et une partie des murs adjacents. L'explosion fit voltiger les androïdes dans toutes les directions. Certains se retrouvèrent suspendus dans la structure qui portait les capsules, situées en hauteur dans le hangar.

La fumée se dissipa peu à peu. Allongé au sol, son arme encore en mains, Andoval était couvert de gravats. Il tourna la tête en arrière et vit que Salila était en train de se relever. La jeune femme accourut vers lui, l'aidant à se redresser. Elle lui hurlait quelque chose, mais un puissant acouphène empêchait Andoval d'entendre quoi que ce fût. Sa jambe était transpercée par un morceau de métal, mais il ne ressentait aucune douleur. Salila continuait de hurler, accompagnant ses paroles de gestes indiquant qu'il fallait partir. Sonné, Andoval attrapa le pistolet hypodermique qu'il avait dans son sac à dos avant de le laisser tomber au sol. Salila le ramassa et lui injecta la dose d'antidouleur qui était déjà préchargée.

Dans le hangar, quelques androïdes encore capables de se mouvoir tentaient désespérément de ramper avec ce qui leur restait de motricité, mais même avec une jambe blessée, Andoval traversa le hangar sans heurt, épaulé par Salila. Ils parvinrent à rejoindre le vaisseau avec difficulté et quelques instants après, le rugissement de la Raie Hurlante gronda dans le ciel de Profila-B2.

****

Andoval pénétra dans la passerelle, équipé d'un exosquelette médical lui permettant de se déplacer sans forcer sur sa jambe blessée. Avec une démarche peu assurée, il s'effondra sur un siège.

— Quelles sont les nouvelles ? lança-t-il avec un ton fataliste.

— Pas pire que d'habitude, répondit Mana en souriant.

— Je t'ai encore sauvé la vie, dit Salila. Il ne faudrait pas que cela devienne une habitude, ajouta-t-elle en riant.

— Par contre, t'as oublié mon fusil, répondit-il, blasé.

— Tu entends, Salila ? La prochaine fois, le fusil d'abord ! s'esclaffa Mana.

— Et toi Max, ça roule ? demanda Andoval en voyant Max lire avec attention les données récupérées de la base depuis son fauteuil roulant.

— Impeccable, répondit l'intéressé.

— On a assez pour faire tomber Hicks ? demanda Salila.

— Oui et non, répondit Max qui finissait de lire un texte avant se retourner vers les autres.

— Vu ta tête, c'est pas gagné on dirait, lança Andoval.

— L'endroit d'où nous venons n'est que la partie immergée de l'iceberg. Ils l'appellent « le frigo ». Ils réceptionnent et stockent les revenants là, avant de les trier.

— J'avais remarqué que certaines capsules avaient un tronc commun dans leur codification, ajouta Salila.

— Oui, ceux qui sont déclassés restent au frigo et servent aux traitements génétiques. Je n'ai pas bien saisi comment, mais a priori Hicks est parvenu à créer une sorte de vase communicant entre deux sujets.

— C'est-à-dire ? demanda Mana.

— Un sujet avec des tares, un client de Hicks, est raccordé à un autre, un revenant donc, et une sorte d'échange se fait. Les patients ressortent purifiés et rajeunis, alors que les revenants héritent en retour de tous leurs maux, au passage amplifiés.

— C'est immonde, dit Mana d'un air dégoûté.

— Comment les mutants peuvent-ils accepter un tel marché ? s'offusqua Salila.

— Ils n'ont aucune idée du procédé, répondit Max. J'ai la liste des patients et la description de chacun de leur traitement. Jamais ils n'ont été en contact direct avec leur « victime ».

— Bon, ben c'est pas mal ça, lança Andoval. Pourquoi tu dis qu'on n'a peut-être pas assez pour le faire tomber ?

— C'est les autres ? demanda Mana tout en craignant l'explication de Max.

— Les revenants les plus jeunes, les plus purs génétiquement parlant, sont envoyés ailleurs, dit Max. Ils rejoignent le programme « Neo Hominum ».

— Neo Hominum ? Qu'est-ce que ça veut dire ? demanda Salila.

— C'est du latin et on pourrait traduire cela par « nouveaux humains ».

— Hicks est en train de créer une nouvelle race d'homme… souffla Mana, éberluée.

— C'est là que nous avons un sérieux problème, dit Max. Ce n'est pas Hicks le commanditaire.

— Putain, je le savais ! s'exclama Andoval.

— Quoi ? demanda Mana. Ce n'est pas l'Empire tout de même ?

Max fit oui de la tête avec un air désolé.

— Bon on fait quoi alors ? lança Andoval, brisant le silence alors que les autres demeuraient pensifs.

— On est dans la merde, Ando, répondit Mana, le regard perdu. On est fauchés. On ne pourra rien tirer de tout ça, mais ce n'est pas le pire. Tôt ou tard, ils vont apprendre qui a presque entièrement détruit leur petite base secrète et à ce moment-là on aura l'Empire aux fesses. Autant dire qu'on est tous foutus.

— Foutu pour foutu, retournons là-bas et libérons tous les revenants, dit Salila.

— Ben tient ! s'exclama Andoval. T'as pas une meilleure idée, genre un suicide direct ?

— Désolée Salila, mais je crains qu'Andoval n'ait raison, dit Mana d'un ton amical. Si nous libérons ses pauvres gens, et encore il faudrait trouver un moyen de les faire partir, nous signons notre arrêt de mort.

— Parce que là, ce n'est pas déjà le cas ? demanda Andoval.

— Pas sûr, répondit Mana. De mon point de vue, il reste deux options : soit ils vont essayer de nous faire taire définitivement, soit ils vont essayer de nous acheter.

— Tu crois ? demanda Max, incrédule.

— Ce n'est pas à exclure. Nous pourrions avoir préparé des diffusions de toutes ces informations s'il nous arrivait quelque chose. Et il faudra le faire, d'ailleurs. Donc s'ils venaient à nous proposer un marché, mieux vaudrait se montrer coopératif. Je me demande même si nous ne devrions pas prendre les devants et leur proposer un arrangement.

— Genre ? demanda Andoval.

— Tant qu'ils nous laissent tranquilles, on ne balance pas l'information, répondit Mana.

— Avec une rallonge de quelques millions, je signe, répondit Andoval.

— Ça, ce n'est pas gagné, dit Mana.

— Et ces pauvres gens ? demanda Salila. On ne va rien donc faire pour eux ? Vous imaginez tous ces colons sortis de cryogénisation pour aller directement être torturés aux frontières de la mort dans les mains de Hicks ? Vous avez vu les images ?

— Désolée, Salila, on ne peut strictement rien faire, répondit Mana.

— Nous n'avons qu'à le dire à la galaxie entière ! Pourquoi attendre ?

— On peut faire ça, mais je suis prête à parier gros que cela ne fera rien d'autre que les gêner. Ils n'arrêteront jamais. Sans même parler du programme Neo Hominum, il y a trop de fric en jeu.

— Il y a des membres du gouvernement haut placés parmi les patients de Hicks, ajouta Max. Ils savent comment tout ceci fonctionne et ils sont pourtant venus suivre leur traitement. Les autres clients, tous des dirigeants, ne savent probablement pas, mais crois-tu vraiment qu'ils renonceraient à gagner quelques dizaines d'années de vie en plus ou à se défaire de tares s'ils savaient ?

— Oui, notre meilleure option est de rester en porte à faux, dit Mana.

— Nous pouvons aussi essayer d'en apprendre davantage sur le programme Neo Hominum, dit Max. S'il s'avère qu'ils sont en train de préparer les remplaçants de l'humanité, cela pourrait ébranler toute la galaxie.

— On s'attaque directement à l'Empire, là ! s'exclama Mana.

— Et sans pouvoir en retirer un crédit, ajouta Andoval.

— Cela reste à voir, répondit Max.

— Bon, alors, on fait quoi, là maintenant ? demanda de nouveau Andoval.

— On rentre sur EVH-83, répondit Mana. Je crois qu'on a tous besoin d'un peu de repos et Quanti aura sûrement une vision plus sage de tout ceci. Max, il te reste de l'argent ?

— Largement de quoi rentrer, oui.

— Alors nous allons mettre en place notre assurance vie. On fait trois sauts pour s'arrêter dans chaque station-vortex et y déposer une copie des données du frigo, dit Mana.

— On ne peut pas tout simplement transmettre les données, cela sera juste quelques dizaines de milliers de crédits moins cher, répondit Max.

— Les données seront interceptées, répondit Salila.

— Et quelle différence si on les dépose physiquement ? demanda Max.

— Chaque station dispose d'une suite de coffres-forts numériques gérés par des compagnies privées. Le service est payant, mais permet de stocker et de transmettre des données via certains vaisseaux spécialement équipés des données sensibles.

— Des boîtes aux lettres sécurisées quoi, répondit Max.

— Voilà, répondit Mana. De cette manière, en appuyant sur une commande, nous pouvons décider de diffuser nos données à qui nous le souhaitons.

— On va rentrer à la base à sec ! s'exclama Max.

— On en a bien pour trois semaines, ça te laissera le temps de trouver comment payer nos salaires, la fin du mois c'est dans vingt jours, Boss, ajouta Andoval en ricanant.

****

La Raie Hurlante se posa dans le hangar de la base d'EVH-83, mais contrairement à ce qu'ils pensaient, Quanti n'était pas venu à leur rencontre. Le médecin ne répondant pas non plus aux appels sur son intercom, Andoval, Mana et Salila rejoignirent la zone de vie avec appréhension. Lorsqu'ils arrivèrent sur place, ils aperçurent Quanti, étendu au sol dans une mare de sang. Mana se précipita vers lui, mais fut stoppée net dans sa course par un homme qui sortit d'une chambre adjacente. Armé d'un pistolet de gros calibre, il mit la jeune femme en joue et fit un signe de la tête à Andoval pour qu'il ne tente rien.

Derrière eux apparurent trois autres hommes armés. Celui situé au centre s'avança en souriant. L'homme n'était pas très grand et avait un visage rond qui lui donnait presque un air enfantin. Il s'approcha lentement, dévisageant chaque membre du groupe avant de se poster face à Max.

— Salut, Max, ça fait deux cents ans que je t'attends.

Autres romans de Tristan Valure
Collection « Légendes de Rayhana », fantasy.

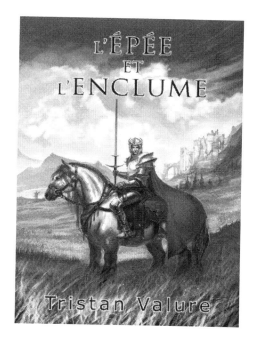

Face à un avenir qu'il juge ennuyeux, Clarn, fils de maitre-forgeron, va s'enfuir avec Monin, un orphelin que la vie a transformé en larron. Une guerre se prépare pour conquérir le trône d'un roi décrié de toutes parts. De son côté, l'Église accentue sa domination sur le royaume. Les inquisiteurs sillonnent le pays pour faire appliquer avec zèle un décret royal qui rend les autres cultes illicites. Au fil de leurs rencontres et déboires, les deux compagnons vont vivre une aventure hors du commun qui changera leur existence à tout jamais. Au travers de l'histoire de Clarn et Monin, découvrez quelques mystères du monde de Rayhana où la magie côtoie l'épée.

TRISTAN VALURE

Il était une foi

La vie est dure pour Seric, orphelin adopté par une famille de paysans qui voient plus en lui une aide supplémentaire, qu'un nouveau fils. Lorsqu'un prêtre de l'Église lui propose d'embrasser la foi, et de suivre le chemin vertueux, la vie du jeune homme va changer à tout jamais. Avec enfin un avenir, et des rêves plein la tête, Seric va partir de son petit village de campagne pour découvrir qui il est vraiment.

À travers les yeux d'un jeune dévot de l'Église de l'Étoile du Matin, « Il était une foi » vous plongera dans une aventure inattendue, où les dieux s'affrontent à travers leurs fidèles pour assoir leur pouvoir.

Sous l'œil des puissants, que la foi vous accompagne !

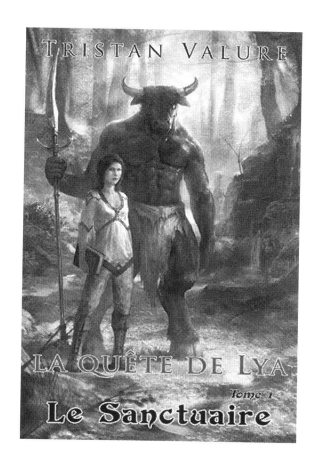

Fougueuse et insouciante, Lya ne peut se résoudre à se laisser bercer par la douce vie de Salinar. Après avoir découvert la trace d'une communauté disparue appelée « les Voyageurs », elle n'aura de cesse d'en savoir davantage sur l'histoire de son peuple : « le peuple des étoiles ». Sa quête la mènera, au gré des rencontres et de ses voyages à travers les provinces, à découvrir des aspects insoupçonnés du monde qui l'entoure. Partie dévoiler un fragment de son histoire, elle pourrait bien élucider l'un des plus grands mystères que son peuple ait jamais connus...

Lya a atteint le Sanctuaire. Elle a réussi à rejoindre ce lieu chimérique, mais perdu tous ses compagnons. Malgré sa peine et pour leur mémoire, elle se doit de terminer sa quête.

Les réponses aux nombreux secrets du peuple des étoiles vont-elles enfin lui être révélées ? Le destin de l'insouciante elfe va lui réserver encore quelques surprises...

Récit de la genèse des civilisations de Rayhana, «Le peuple des étoiles» lève nombre d'interrogations sur cet univers chimérique ainsi que sur ses premiers habitants : les varlans. Comment ce peuple, venu à bord d'un vaisseau spatial, a-t-il pu se retrouver bloqué là pour des millénaires et retourner au temps des chevaliers? Cet endroit était-il vraiment inhabité auparavant? D'où viennent la magie et les Dieux? De nombreuses révélations vous attendent au fil du récit, révélations qui, je l'espère, vous tiendront en haleine jusqu'à l'ultime page !

Désemparé face aux desseins du projet *Neo Hominum*, l'équipage de la Raie Hurlante n'est pourtant qu'au début de ses pérégrinations... Sans retour en arrière possible, Max et ses compagnons vont poursuivre ce qu'ils ont entamé sans se douter des révélations auxquelles ils vont faire face. L'équation passe à trois inconnues, toutes plus terrifiantes les unes que les autres. Les enjeux sont colossaux, l'avenir de l'Homme dans la galaxie se retrouve au centre de leur quête et de leur réussite peut naitre une nouvelle ère ou une fin.

Printed in Great Britain
by Amazon